U0120690

古诗海

唐五代诗鉴赏

本社编

1

图书在版编目(CIP)数据

　　唐五代诗鉴赏 / 上海古籍出版社编. —上海：上海古籍出版社，2023.1
　　（古诗海）
　　ISBN 978-7-5732-0526-1

　　Ⅰ.①唐…　Ⅱ.①上…　Ⅲ.①唐诗—诗歌欣赏②古典诗歌—诗歌欣赏—中国—五代(907-960)　Ⅳ.①I207.22

中国版本图书馆 CIP 数据核字(2022)第 211894 号

国家普及类古籍整理图书专项资助项目

古诗海
唐五代诗鉴赏
（全四册）
上海古籍出版社　编
上海古籍出版社出版发行
（上海市闵行区号景路 159 弄 1-5 号 A 座 5F　邮政编码 201101）
　（1）网址：www.guji.com.cn
　（2）E-mail：guji1@guji.com.cn
　（3）易文网网址：www.ewen.co
苏州市越洋印刷有限公司印刷
开本 787×1092　1/32　印张 49.375　插页 39　字数 1,054,000
2023 年 1 月第 1 版　2023 年 1 月第 1 次印刷
印数：1—5,100
ISBN 978-7-5732-0526-1
I·3688　定价：198.00 元
如有质量问题,请与承印公司联系

出版说明

中国素有"诗国"之称，古代诗歌源远流长、奇丽宏富，作家作品众多，风格流派纷呈，为世人叹服。古诗如浩渺的大海，奇珍异宝，触目皆是；蓬莱瀛洲，时或可见，畅游其中，令人流连忘返。

1992年，本社以《古诗海》为名，出版了一套集选本、注释、鉴赏及诗史研究于一体，全面介绍中国古代诗歌的大型工具书，深受欢迎。

两百多位专家、学者参与了诗歌的挑选和鉴赏。共选录历代诗歌两千余首，上起先秦，下讫清末，既有脍炙人口的名篇佳作，也有代表各个时期诗坛面貌和流派特征的优秀作品。诗歌按各朝代和诗人的生年先后排序，每位诗人的作品则以体裁（五古、七古、五律、七律、五绝、七绝）为序。每首诗均有精彩的赏析文章，对疑难词句、创作背景、主题思想、艺术技巧进行说明和阐释；从中，不仅可见古诗之美、之精、之妙，亦可见各位鉴赏者的学识与风采。此外，每个时代前均设概述，提纲挈领，总览诗歌创作的特色和价值；每位诗人均有简介，介绍其生平和诗歌创作的特点和成就。

1998年，为了满足当时读者的阅读需要，本社将《古诗海》分为四册印行，分别为：《先秦汉魏六朝诗鉴赏》《唐五代诗鉴赏》《宋辽金诗鉴赏》《元明清诗鉴赏》。

时隔二十年，本社再版此套经典丛书，以"古诗海"为丛书名。仍分为四卷，每卷分册，小巧轻便。内文疏朗美观，并配以与诗意相符的古代绘画、书法作品，以添新意。畅游诗海，品赏书画，亦是人生快事。

上海古籍出版社

2022 年 10 月

目 录

唐五代诗概述

赵昌平

唐代是我国古典诗歌的全盛时期。仅清代康熙年间所编纂的《全唐诗》就收录有姓名可考的诗人两千两百余家，凡四万八千九百余首诗，加上后人辑佚，今存唐诗达五万余首；而就著录来看，这个数字实际上还百不及一。

唐诗名家辈出，在中国诗史上有一定地位的诗人达百余人，其中影响久远的大诗人二十余家，还出现了李白、杜甫、王维、白居易等具有世界性影响的巨匠。他们的作品当时就风行于日本、朝鲜、越南等邻国。今天仍为许多国家所研究、欣赏。

唐诗创作十分繁荣，流派之众多，内容之深博，诗体之齐备，都达到了前所未有的高度。唐诗既集先秦以降中国古典诗歌之大成，而以后一切诗体形式、一切诗歌流派几乎都能在唐诗中找到渊源。关于唐诗的研究，发展至明代已成为专门的学问。研究著作的众多、深刻，唐诗欣赏者与习作者的广泛，是其他各代诗歌所无法比拟的。

这一切说明，唐诗代表了古典诗歌的最高成就。

习惯上将唐诗的发展分为初、盛、中、晚四个时期：

初唐：高祖—睿宗（618—712 近百年）；盛唐：玄宗时期（712—756 约四十五年）；中唐：肃宗—敬宗（756—827 约八十年）；晚唐：文宗—哀帝（827—907 约八十年），而每一时期又可分为若干阶段（以上分期法参游国恩先生主编《中国文学史》唐代部分）。

唐兴四五十年间，主宰诗坛的是太宗及其周围的一批宫廷诗人，诗歌创作大抵处于陈、隋余光的返照与反激之中。宴游声色（返照）与颂功纪德（反激），成为诗材的两个大宗，而取法六朝声辞以表现帝国创建伊始的胸襟与气象，又促成了调和南北诗风的第一次努力。这一看来对立的现象，既是陈、隋诗在新时代的合乎逻辑的发展，又体现了新的统治层的矛盾性格。调合而未能融和，典雅精丽然而缺乏鲜明个性是当时的通病，但在设题炼辞、结构布局、声韵对偶等诗歌技巧方面的发展，却对后来产生了不可低估的影响。魏徵的《述怀》、李百药的《途中述怀》等个别篇章，虽然在陈、隋已有先期表现，却以朴茂遒劲出之，预兆了后来陈子昂的以复古为变革。不过就他们的全部创作看来，这些既非主流，而于当时之诗坛，也影响甚微。当时能拔戟自成一家之体的是由隋人唐的王绩，其清淡自然的风格祖述陶潜，成为初唐前期诗坛的一股清风，这是存诗不多的初唐在野诗人风格的一种可贵遗迹，其诗史意义，远过于其本身，而其影响，要到盛唐时方能充分显现。

　　大约自七世纪下半叶高宗麟德年间起，初唐诗坛发生了重要的变化。宫廷体诗至此已由两朝词臣上官仪发展为上官仪体，于婉媚错彩中时见清远之气，预示了以后沈、宋一脉的出现。被称作初唐"四杰"的王（勃）、杨（炯）、卢（照邻）、骆（宾王）的出现是诗坛的一件大事。他们地位较低却胸怀大志，遭遇坎坷而视野较广，遂将建功立业的豪情与人生的悲欢升沉熔铸于创作之中，从而使诗歌题材"由宫廷走向市井"，"从台阁移至江山与塞漠"（闻一多《唐诗杂论》），虽然在艺术形式上，他们的作品多保留着六朝藻绘的遗痕，但是一种豪纵跌宕的气势却显示出新的进境，与这种气质相应，"四杰"尤其擅长两种诗体。卢、骆二者于体制自由、音调流转、有律化倾向的歌行体七古尤其当行，将这一在梁、陈时产生的诗体形式推进到成熟的境界，其格局之宏大开阔，气势之骏发奔逸，开了盛唐歌行的先声。而王、杨二人则于五言律诗的形成贡献更著，整丽之中，每见一种俊爽之气于字里行间荡漾。"四杰"虽无完整的七言律诗，但其律化歌行中不少八句一节、偶句押同韵的片断。其合律程度，甚至超过当时数量甚微的七言八句体诗。就七律由律化歌行中蜕变而来的历史过程看，"四杰"实占有未可轻忽的地位。

　　武后时期的沈（佺期）、宋（之问），及"文章四友"（李峤、崔融、杜审言、苏味道）也是一批宫廷诗人，他们的诗作虽然不如"四杰"的宏壮，但风气既开，又每有一段甚至数度的外贬经历，其题材比太宗时期的宫廷诗人远为开阔。他们大抵继承了"四杰"由六朝诗的基础进行新变的路子，而洗汰铅华则较"四杰"更进一步。气机流畅，风格清丽，是其共同特点。他们对诗史最大的贡献是在上官仪、"四杰"等的基础上回忌声病，"约句准篇"，完成了五、七言律诗的定型化。五律已成为当时的重要诗体之一，而武后久视元年（700）有十七人参与的石淙应制，都用七言八句体。李峤、苏味道、崔融、沈佺期，还有薛曜的五言诗已完全合律，而在七世纪的末一年所出现的这件小事，却标志着七言律诗已从律化的歌行体中颖脱而出。下至中宗景龙年间，在包括沈宋、李峤、杜审言在内的景龙文馆学士的切磋努力下，这一新的诗体形式终于成熟。要之，由沈宋、"四友"起，古近各体诗的分野基本明确，这正如明人胡应麟在《诗薮》中所说的，"实词章改变之大机，气运推迁之一会"。

　　约略与沈宋、"四友"同时的陈子昂，与前述诸家不同，走着以复古为变革的路子，在唐诗史上第一次明确地揭扬"汉魏风骨"的旗帜，这是对六朝以来纤靡诗风的激烈反抗，与魏徵提倡诗歌教化作用的主张有着隐然而显的联系，然而不同于魏徵的枯燥说教，他的诗作以充实的内容、刚健的风力在武后朝的诗坛上独树一帜。虽然因他对六朝诗的艺术经验缺乏重视，所作质朴有余、文采不足，未能全面解决唐诗发展的方向，但他所倡导的"汉魏风骨"，却成为嗣后盛唐诗健康发展的重要因素。

总之，初唐诗的成就主要有二：其一是在诗歌的气格方面，从不同角度出发，逐渐扭转了齐、梁、陈、隋的纤靡风习，终于提出了"汉魏风骨"的口号；其二则是在诗体上完成了唐诗各体的基本定型，从而为盛唐诗的发展作好了准备，而陈子昂以"复古"为"正变"，与"四杰"、沈宋、"四友"由齐、梁、陈、隋基础上作新变的两种不同方向的努力，也预示了唐诗嗣后发展的不同趋势，初唐诗可以说是一代唐音的先兆精光。

盛唐诗的总的风貌可以用唐人殷璠在专选盛唐一代诗的《河岳英灵集》中所说的"文质半取，风骚两挟。言气骨则建安为传，论宫商（指声韵）则太康（晋年号）不逮（及）"、"既多兴象，复备风骨"二语来概括。做到了寓艺术技巧于自然浑成之中，创造出情性与物象高度融一、形象美焕、意兴灵动、富于韵味的艺术境界。

刘希夷、张说、张九龄，以及张若虚等"吴中四士"，是初、盛唐之交起着过渡作用的几位重要诗人。较之初唐诗，他们的作品更少粘滞于景物而显得疏朗空灵。其中最重要的是有着师友关系的两位宰相——张说与张九龄。张说由景龙文馆学士出身，入盛唐后因军旅生活，特别是二度贬谪的经历，所作寓凄惋于悲慨之中，堂庑宽大而有清刚之气，加以技巧纯熟，故能境界悠远。九龄继起，由初入盛而为开元贤相，他继承陈子昂《感遇》诗的传统，却又吸取了"四杰"、沈宋、张说五言古、律的经验，所作和雅清淡、情致深婉、蕴藉自然。由于二人从不同方面体现了朝、野二体诗结合的趋向，又因身处高位，是公认的诗坛盟主，故这种趋向对盛唐中期的诗人足具影响。

大抵在开元十五年（727）前后，盛唐诗的高潮来临。松散的才士型的诗人群，代替了密集的词臣型的宫廷诗人群，成为诗坛的主角。朝体的经验为在野诗人进一步吸取，"英特越逸"之气也自然地代替了雍容典雅之度，而成为典型的盛唐诗的主要气质。

盛唐诗题材多样，而以边塞诗与山水田园诗为两个大宗。玄宗朝与回裔少数民族频繁的战争，既激发了诗人们赴边立功的雄心，而经过了武后、韦后专权后的玄宗前期，政治比较清明，又使诗人的抱负有实现的可能，从而促使了边塞诗的发达。又诗人一旦失意，多在山林田园中寻找慰藉，有的更以泉石清高自鸣，以待朝廷招贤举隐，这就刺激了山水田园诗的兴盛。至开元后期，以李林甫入相、张九龄遭贬为契机，玄宗政治渐趋昏昧，不少诗人见机而退，山水田园诗也就更加发展，为中唐前期诗风埋下了伏笔。

高适、岑参以及李颀、王昌龄等，更多地继承了陈子昂、张说的传统，又融入"四杰"的瑰奇笔致，风格劲遒悲壮而又绚丽高华，以边塞诗的成就为最高。他们在大漠旷野的奇丽景色中融入了志士的感慨，也时而揭露了军中之弊政。与这种风格题材相应，他们更多地采用收放自由、便于驰骋的七言歌行和流荡灵活的七言绝句，并以其疏宕之气将这两种诗体发展到新的高度。其中王昌龄更以其七绝，获得了"七绝圣手"与"诗家夫子"的美誉。

王维、孟浩然以及储光羲、常建等人，使陶潜、谢灵运以来的田园、山水诗开出了新生面。六朝以来的山水田园诗总的发展趋势是以陶潜的自然淡远，参以谢灵运的精丽善绘。入唐，除王绩专尚陶体外，沈宋、张九龄的此类作品都走了这条路子。王、孟为代表的盛唐山水田园诗，正是这一趋势的最高表现。他们的作品态度自然，色调清秀，意境邃远，其中王维成就尤高，唐代宗称之为"天下文宗"。殷璠的《河岳英灵集》序列举诸家，亟称王维，又评曰"词秀调雅，意新理惬，在泉为珠，着壁成绘，一字一句，皆出常境"，正揭示了这一特点，并可看出唐人对这位大家的推崇。

李白与杜甫是盛唐诗坛，也是中国诗史上双峰并峙的两位巨匠。他们主要活动于天宝年间，特别是安史之乱前后，他们的高度成就之取得，除了个人卓异的禀赋外，是盛唐诗歌高潮的产物，也是大动荡前后的社会原因所激成。盛唐诗的第三期天宝时期，主要是由李、杜和高适、王维的后期诗作，以及年辈稍晚的岑参来体现的。

李、杜具有某些共同的特征。他们对历代文化都有深厚的修养，尽管二人在某些场合的具体提法不同，但李白三拟《文选》，杜甫诗称"精熟《文选》理"，正说明了这一共同特征。如果说初唐以来诗坛的总趋向是突破古典诗歌的传统格局，创造从内容到形式焕然一新的一代唐音；那末李、杜则熔铸各家，把这一新变发展到了出神入化的地步。如果说盛唐诗以雄浑胜，那末李、杜诗更表现出海涵地负般的力度。李、杜较之同时代的诗人更广更深地接触到大动荡前后的多种社会矛盾，又兼备各体，善能于挥洒纵横中表现博大的思想感情，不为程式所缚，因此前人评论诗至李、杜，"变态极焉"（沈德潜语）。

李、杜二人诗又具有各自的个性特征：李白崇道行侠，性格豪爽，天才纵逸，加以主要作品都作于安史之乱前，因此更多表现出对理想的追求，即使对于逐渐危殆的时局的担忧与种种苦闷，也显示出力图冲决一切的气势。这种苦闷与执着的追求，形成了他海涛天风、飙来倏去、极富跳跃性的诗歌节奏。有时飙过雨霁，则又似清风朗月，俊爽飘逸。这就是李白诗风的两个主要侧面。相对而言，他的古诗与绝句尤其出色，其中更以七古、七绝为极诣，分别与杜甫、王昌龄并称。前人每评李白诗如天马行空，不可端倪，其实他的作品自有神理，只是不为一切程式所缚，随流曲折，化去了笔墨畦畛。岑参诗在很多方面体现了与李白相近的祈向，唯奇丽过之，恢远不及。

杜甫家世奉儒，性格深沉而学力笃厚，加以他的诗作大都作于安史之乱以后，理想的追求逐渐让位于对人生、社会的深刻思考与沉吟悲慨，因而所作内容博大精深，风格沉郁顿挫，有如高山巨壑，气象盘礴，深不可测。杜甫的一项杰出贡献是在唐诗史上第一个将唐人兼融汉魏与六朝的创作经验提到了理论高度，明确揭出了"转益多师"的文学主张，因此能"尽得古今之体势，而兼人人之独专"（元稹语）。不同于李白，他极重视各体诗歌的法度和句意的提炼，却能一气运转，于法度森严中纵横开阖，腾踔变化，于千锤百炼中臻于炉火纯青，而返之于自然。相对而言，他尤擅古诗与律诗。他把以温醇蕴藉为正体的五古发展为融叙事、抒情、议论于一体的史诗般的巨制；瘦硬峻峭之笔与磅礴大气的融合，开后来韩愈一派法门；五、七言律诗至杜甫而能"寓纵横变化于整密之中"（沈德潜语），尤其是七律，至杜甫才门径大开，由原来的多用于宫廷应制而变得无所不能。如果说七律的形式成型于武后中宗时期，那末直至杜甫才在内容与技法上把它发展到完全成熟的地步。高适后期诗在气调上稍近于杜甫，但变化不速，更多地保留着上一期的特征。

李、杜是风格不同却站在同一水平线上的两位诗国的巨人，是不能以优劣论的。但从诗史演变的角度分析，稍前的李白更多地体现了盛唐的特点；他的诗作所表现的气质是"盛唐气象"最典型的写照；稍后的杜甫却更多地预示着未来。他的作品在盛唐风格中为嗣后的诗人开辟了种种门径。因此杜甫实际上是盛、中唐之交诗风转变的关键人物。（这也与李白诗更多得力于天赋，难于从形式上取法有关。）但是无论是"诗仙"李白，还是"诗圣"杜甫，他们的价值在当时尚未被深刻地认识到，直到中唐后期才产生重要的影响；而在当时声誉最高的，却是由清秀朗远转为清空寂灭，而有"诗佛"之称的王维。

从肃宗至德年间至代宗大历年间，诗坛大抵为王维的影响所笼罩。其原因首先在于安史之乱以后，唐朝国势由盛而衰，加上大乱后普遍存在的休憩欲，于是山水、田园成了诗人们最好的憩息之所。其次，肃、代二宗都崇奉佛教，臣民承风，而山水田园诗的哲学、美学思想正是以释氏为基础的。其三，安史乱中，李、杜分别奔避西南与东南，落拓不偶，以至于贫病而亡，其诗作难以对政治文化中心的长安发生重大影响；而王维却地位日隆，代宗恩命其弟王缙编维集进呈，并手敕许之为"天下文宗"。于是在王缙周围形成了以与王维有诗友关系的钱起为首的文人集团，时称"大历十才子"，他们的诗作以五律为主，以"体状风雅，理致清新"为标格，语言秀润，韵度娴雅，但是过于修饰，格局趋小，气象单弱，已无复盛唐诗的浑成境界。

较"大历十才子"稍前，在盛、中唐之交又有元结及沈千运、孟云卿等诗人（元结曾为沈、孟等七人编选诗集《箧中集》）。他们反对"拘限声病，喜尚形似"，专崇五古，多写愤世嫉俗之情，形成一个不同时俗的小小流派，但是他们将陈子昂提倡汉魏风骨时好古遗近的偏向发展到了极端，所以后继乏人。

　　中唐前期这两个诗派的偏向，说明了传统的诗歌格局发展至开元、天宝极盛后已难以为继，如何继承盛唐诗兴象、风骨并重的特点，却又不落窠臼，勇于创新，已成为唐诗继续前进的关键所在。

　　新变的苗头大致萌发于大历末至德宗贞元前期。当时虽有韦应物"高雅闲淡"的五古，李益取径王昌龄、李白的七绝，可称盛唐诗风鲜见的后劲，但诗坛总的动向却可以唐人李肇在《国史补》中所说的"贞元之风尚荡"来概括。江南以顾况、皎然为首的一批诗人，从南方俗体诗之自然流荡与南朝谢灵运、鲍照诗的奇险跌荡一面作不同方向的开拓，流风所播，包括"大历十才子"中年辈最小的卢纶等人，诗风也起了变化。这种不同于传统格局的诗风及由之而产生的诗歌理论（皎然《诗式》），与李白、杜甫迥出时辈的诗风表现出某种共通倾向，也为贞元、元和后，李、杜的愈益被重视准备了条件。

　　"诗到元和体变新"，新变至宪宗元和年间而臻于极，出现了唐诗史上的又一高潮期。因为这一时期的诗风与前一高潮开元、天宝时的风格迥异，所以李肇《国史补》说"元和之风尚怪"。这正是"贞元之风尚荡"的发展；而围绕着以顺宗永贞革新（805）和宪宗元和（806—820）削藩为中心的政治改革的浪潮所带来的"中兴"气象，是新变高潮终于到来的主要促成因素。

　　元和诗变主要体现于韩（愈）、孟（郊）与元（稹）、白

（居易）两大诗派之上。所以韩孟、元白虽然风格迥异，却体现了同一历史趋势。

白居易是元、白诗派的最杰出代表，他主要从李、杜诗重视向民歌等俗体诗汲取营养的侧面开拓。"看似容易实艰险"，在坦易流利的语言下包蕴甚深，是他多种风格的总的特点。他与元稹等在"四杰"律化歌行的基础上，结合传奇故事与说唱文学的特点，创造了以《长恨歌》《琵琶行》《连昌宫词》等为代表的哀丽感人的长篇叙事性歌行，后来称之为"长庆体"诗。他的律诗从杜诗中已有表现而为贞元诗人大力发展了的轻利流转一路开拓，明丽流荡，其中七言律绝成就尤高，成为中唐七言今体诗的主要风格。他表现闲适情趣的诗章，从诗体至内容都与南宗禅的歌赞密切相关，后来被称作"白体"，对唐末宋初诗风影响尤著。他的最杰出成就是与元稹、李绅、张籍、王建等一起，在贞元、元和之交倡导了新乐府诗。

新乐府诗继承了杜甫《三吏》《三别》等诗"即事名篇，无复依傍"的传统，不用乐府古题，自创新题，却把汉乐府的"感于哀乐，缘事而发"的精神发展为"文章合为时而著，歌诗合为事而作"、"唯歌生民病"的理论主张。他们针对中唐之世的种种弊政，一诗歌一事，并且前有小序，以醒题意，末有警句，点明诗旨，因此具有强烈的暴露现实的意义。新乐府诗在诗歌形式上强调语言的质直易懂，"欲见之者易喻"，在诗体上采用俗体诗的三、三、七句式，以使人们更易接受，因此从内容到形式，新乐府运动都是一种复古通变的创举。

韩、孟诗派则代表了另一倾向，属于这一诗派的尚有贾岛、姚合、卢仝、李贺等人。他们从谢灵运开始的，由杜甫大力发展的奇险深曲一面开拓，"语不惊人死不休"，标新立异，洗削凡近，精思独造，硬语盘空。加以韩愈又是古文运动的领袖，更运文法入诗，以才学为诗，形成一种思深力大、雄奇恣肆、挥斥自如的独特风格，但有时却不免流于僻涩险怪。在诗体方面，此派诗人将杜甫开创的博大宏深、盘旋曲折的五、七言古诗更向拗折、瘦硬、铺张、散化方向发展。其中七古尤见特色，常用单行散句，一韵到底，尽量排除声律的拘限，其奇崛拗峭的风格与元、白的"长庆体"歌行成为中唐后七言古诗的两个大宗。

元、白与韩、孟两大诗派揭开了诗史上一个新时代的序幕。当时处于二派之外的诗人也都在一定程度上受到他们的影响。柳宗元工五古，虽承王、孟、韦应物余绪，但明显受到韩派影响，由清新而变为清峻。刘禹锡与白居易交厚，其七律、七绝受民歌影响，流利轻快与白甚近而稍豪健，诗史上有"刘白"之称。可见一切传统的格局至元和时都起了重大变化，元和诗实际上开了后来宋人诗的种种法门。

元和中兴的势头很快就消逝了。作为白居易和韩愈诗作的根本气质的那种生气勃勃的时代精神，经过穆宗长庆和敬宗宝历二朝的余冲，至文宗大和、开成期间，随着中兴希望的破灭，暂时失去了继续发展的可能。他们的潜在影响要到唐末至宋元祐年间才分别重放异彩。于是中、晚唐之交诗风的转化形成了一种复杂错综的局面，对晚唐前期诗坛影响较著的倒是白、韩二派中某些地位较次、格局较小的名家，以及白、韩诗的某些艺术因素。这就促成了晚唐诗流派众多的局面。

晚唐诗大抵可以懿宗咸通年（860—873）为界分为二期。而以吴、南唐、吴越、闽楚、荆南、蜀为主体的五代诗歌可以视为晚唐尤其是唐季诗歌的延续与唐末宋初诗风的中介。晚唐诗贯串始终的特点是：萧瑟悲凉的情韵、新警奇巧的修辞，今体诗超过古体诗成为最主要的诗体形式，其中尤以七言律、绝增长最快。

中、晚唐之交起着承先启后作用的主要有三组诗人。其一是中唐韩、孟一派的年轻诗人李贺与晚唐的李商隐、杜牧；其二是中唐韩、孟派的贾岛、姚合与晚唐的马戴、周贺等；其三是中唐与元、白派较接近的张籍与晚唐的项斯、朱庆馀。这三派尤以前二派影响为最大。

李贺在韩诗奇峭的体格中融入楚辞的奇瑰与齐、梁诗的秾丽，幽思入僻而寄托遥深，在韩派诗中独辟门径，开晚唐诗坛寓拗峭于丽词一路之先声。杜牧与李商隐继起，承中有变，各擅胜场，史称"小李杜"。二家之共同特征是变李贺之擅七古而为尤工七律、七绝，并都以杜甫、韩愈七律之议论开阔、气脉动荡、结构多变为本体，并多少融入了刘白七律的流利笔致，故虽丽而不伤于弱。七绝亦略近之。二人不同处是，李商隐七律尤胜，设色秾丽不减李贺，却尤善于布局结构，变化腾挪，并以虚词巧妙运掉，遂能于秾丽中见宛转之态，绵邈深致。可以看出其对杜甫《秋兴八首》一类七律的继承与创新，前人评曰"深婉"，颇为中肯。

杜牧则于李贺之丽芟其繁缛，多从杜甫《九日蓝田崔氏庄》一类七律开拓，跌宕恣纵，遂于清丽中见拗峭之态。前人评曰"俊爽"，亦甚贴切。他的七绝尤其突出，是李白、王昌龄、李益之后首屈一指的大家。

中唐前期为李商隐辅翼的有温庭筠、段成式等，至咸通后又有唐彦谦、韩偓、吴融诸家，得其余绪，然风格有向清丽颓唐演变的趋向。后期诸家又大多生活到五代，起着重要影响。其中吴越王钱镠之玄孙钱惟演及闽之黄滔、徐夤是此派后起之秀。降及宋代遂演为"西昆体"诗人，但成就都无法与李商隐比并。值得一提的是唐季至五代的韦庄，他的风格实以温李体与白居易浅切风格之融合，因而自成一家体段。杜牧的影响不及李商隐，同时有张祜、赵嘏、许浑诸家为羽翼，但都稳顺有余、俊爽不足。咸通以后，薛能及以郑谷为代表的"咸通十子"得许浑等一支半脉，但离杜牧体格甚远，已算不得他的余脉了。而罗隐之发露噍杀，于流走中见峭奇，反可视为杜牧恣纵跌宕之极端发展。杜牧于唐末影响最大的是他议论卓异、风神超迈的论史绝句，唐季仿作者如云，往往动辄数十首、上百首连章，成为唐末七绝的一个大宗。但作者分散而出色者鲜，也不成流派。

晚唐上承贾岛、姚合的先有马戴、周贺、刘得仁等。咸通后有方干、李频、崔塗、李洞，"咸通十子"的五律也受此派影响。贾、姚在韩、孟诗派中以主攻五律一体名家。二人在"大历十才子"的灵秀清淡的体格上融以韩、孟派的刻炼，形成清奇僻苦一派。晚唐前期如周贺、刘得仁等效学者大多由僻苦窥入，故格局越来越小，其中咸通前唯马戴成就最高，能由僻苦而返之自然，体现了贾岛一脉新变的先兆，旧时称其为晚唐之最佳者。能存盛唐气象，咸通后方干、李频、李洞崇礼贾岛，沿至五代，更有曹松、江为诸人。宋初之"九僧"与后来之"四灵"是此派遗脉。郑谷幼师马戴，五律能得其体段，并兼融白体自成其苦思精炼，即浅切深婉之风格。崔塗略近之，五代沈彬、孙鲂、齐己等与这一派一脉相承，在宋初影响极大，以至宋初村塾多以郑谷诗为启蒙。

晚唐上承张籍的朱庆馀、项斯等，并非从乐府古题拓展，而是学习他旖旎新巧的七言律、绝和轻灵、工致的五言今体。这一流派影响较少，咸通后司空图等五言律绝略近之，而已与郑谷一路逐渐接近。

除以上三派外，咸通后有于濆、曹邺、邵谒、苏拯、聂夷中等，皆激于国事濒危，翻然复古，远绍元结、白居易，以乐府、古诗写时事，但质直松散，艺术性不强，未引起重大反响，倒是皮日休的正乐府，陆龟蒙与杜荀鹤某些揭露现实的七言律绝，有所创新，这些是白居易新乐府运动的遗脉，他们也大都身入五代与王贞白、郑遨等部分诗作，维系着这一传统，但总体观之，未成流派。

与上述诗人相反，在丧亡之际不少人又从白居易的闲适诗中寻求安慰，唐亡前夕，此风已显。唯作者虽夥而鲜有名家。至五代，南唐等朝发展尤快，先有李建勋等，复又有徐铉、徐锴兄弟及由后周入宋的李昉诸家，遂演而成为宋初的主要诗风之一，所谓白体主要指的这类作品。

晚唐五代诗坛各派，承中有变，各展其长，分化与综合是这一时期诗艺演变的总趋势，而低回、轻纤之调及噍杀、愤激之音，又反映了衰亡之世诗人两种典型的心态。而宋初晚唐体（贾姚以下之两个分支）、西昆体（李商隐之流裔）、白体三种风格之消长的态势也在这时胎息。

综观唐五代诗史，给人印象最深的，是诗人们生生不息的进取创新的努力。从欣赏角度言，不妨各有所喜；但从诗史发展的角度看，春兰、夏荷、秋菊、冬梅，色调骨格虽然各异，却自有其形成的原因、存在的价值，不可简单地以优劣论之。

虞世南

虞世南（558—638），字伯施，越州余姚（今属浙江）人。隋秘书郎，入唐，官至秘书监，太宗十八学士之一，卒谥文懿，世称虞秘监。太宗称其德行、忠直、博学、文辞、书翰五绝兼具。书法与欧阳询并称"欧虞"，纂《北堂书钞》一七三卷，开唐人类书编纂之先。诗擅五言，体沿陈隋而正大纡徐，步骤合度，善用典实，词丽藻精，有典雅雍容之概。有《虞秘监集》一卷。　　（罗宗强）

蝉

垂緌饮清露，流响出疏桐。

居高声自远，非是借秋风。

这是一首咏物诗，借物以寓意。作年难以确定，然就诗意观之，当在显宦之后。

以蝉喻君子，似起自陆云《寒蝉赋》："含气饮露，则其清也……加以冠冕，取其君子，则其操可以事君，可以立身，岂非至德之虫哉！""垂緌"，为一形象之比喻：蝉之针喙，有如冠冕下垂之缨带，形象固如君子。"饮清露"，言其于世更无他求，喻君子之淡泊自守。"流响"，状蝉声之浏亮疏越。此声自零落秋桐间传来，于秋风萧瑟中益显其清脆激越。一"疏"字极状秋之萧索，桐树已枝叶凋零；一"出"字，则形容声之流荡。首两句，写蝉之品格，

19

实亦写君子之品格。后两句继而发为议论，谓蝉声飞扬，皆因栖高而传远，非借秋风之力；君子之声名远播，亦由操守之高洁，非借助于权势。此诗实是作者操守的某种自白。

梁范云咏蝉，谓"端绥挹霄液，飞音承露清"。陈岑之敬咏蝉："声流上林苑，影入侍臣冠；得饮玄天露，何辞高柳寒！"江总咏蝉，谓蝉声"流响遍池台"。对三诗的意象与词语，虞诗均有所承革。其胜于三诗处，是它意蕴更加明确而深厚；而其欠缺，则是情思韵味有所不足。

（罗宗强）

王 绩

王绩（590？—644），字无功，号东皋子，绛州龙门（今山西河津）人，文中子王通之弟。隋炀帝大业年间举孝悌廉洁科，官六合（今属江苏）县丞，旋称病归里。唐高祖武德五年（622）、太宗贞观十一年（637）两度应征入京，先后任门下省待诏、太乐丞，又两度弃官归隐。旷达好酒，时有"斗酒学士"之称。诗作多以田园闲适为题材，疏朴真率，在六朝绮靡积习未尽的唐初诗坛上别树一帜，对日后唐诗的健康发展有一定影响。有《王无功集》（一名《东皋子集》）五卷。 （史良昭）

在京思故园见乡人问

旅泊多年岁，老去不知回。

忽逢门外客，道发故乡来。

敛眉俱握手，破涕共衔杯。

殷勤访朋旧，屈曲问童孩。

衰宗多弟侄，若个赏池台？

旧园今在否？新树也应栽？

柳行疏密布？茅斋宽窄裁？

经移何处竹？别种几株梅？

渠当无绝水？石计总生苔？

院果谁先熟？林花那后开？

羁心只欲问，为报不须猜。

行当驱下泽，去剪故园菜。

　　王绩于唐高祖武德年间接受诏征，以前扬州六合县丞待诏门下省，在长安度过了漫长的八年，至太宗贞观四年（630）才称病罢归。本篇当是辞官前不久的作品。

　　全诗一气贯下，而脉络晰然：前六句是在京喜见乡人，中十四句写同乡人的交谈问讯，末四句则为"见乡人问"后的余情。

　　从全篇的章法来看，首两句总领全诗，旅泊多年，老而未归，本身就蕴含着无限感慨。紧接着的一个"忽"字，见出意外的惊喜之情。惊喜之余不免悲怆，敛眉握手，破涕衔杯，凝集着浓重的乡情，所以余成教《石园诗话》评谓："眼前景况，即是好诗料也。""殷勤"两句互文，是打听故乡的人事；最奇的是接下连用十二句发问，细询家园的近况，从池台树木的经营到渠水石苔，院果林花，不厌其详。这一串娓娓的发问使人如闻其声、如见其状，显露出诗人的拳拳深情，应合了题面的"思故园"三字。诗人是"羁心只欲问"，却希望乡人"为报不须猜"，既是求他不要顾虑和隐瞒，也是请对方原谅自己急切发问的唐突。读诗至此，我们已清楚地知道诗人的"老去不知回"并非忘了回乡，而是不得已的羁留；然而诗人却因这番与乡人的邂逅坚定了辞官的信念，表示不久将驾着下泽车（一种沼泽地区的小车）回到故乡归隐。末两句代表了诗人殷勤问讯后的感想，已足以节省乡人的答案。

　　这首诗继承了古乐府歌行的传统，中间十数句更可见出乐府诗宛转铺排的影响，但全用问句，委曲天然，却使人耳目一新。这种借询问细碎而见挚情深意的表现方法对后人也有所启发，如王维《杂诗》之一："君自故乡来，应知故乡事。来日绮窗前，寒梅著花未。"就是一例。诗中的"门外客"当指朱仲晦，《全唐诗》："朱仲晦，王绩乡人。"并载其《答王无功问故园》诗一首，与本诗相映成趣，兹引录如下：

　　我从铜州来，见子上京客。问我故乡事，慰子羁旅色。子问我所知，我对子应识。朋游总强健，童稚各长成。华宗盛文史，连墙富池亭。独子园最古，旧林间新坰。柳行随堤势，茅斋看地形。竹从去年移，梅是今年荣。渠水经夏响，石苔终岁青。院果早晚熟，林花先后明。语罢相叹息，浩然起深情。归哉且五斗，饷子东皋耕。

（史良昭）

野　望

东皋薄暮望，徙倚欲何依。

树树皆秋色，山山唯落晖。

牧人驱犊返，猎马带禽归。

相顾无相识，长歌怀采薇。

　　东皋是王绩在黄河附近的隐居之所，本篇写的是诗人某日黄昏户外的眺望。他独立于夕阳之下，却又彷徨无定，这就见出了他内心的惘然和苦闷。这种心情为全诗蒙上了一层苍凉沉郁的色调。

　　中间二联写景。颔联是远眺所见。"树树""山山"的秋意暮色，不仅渲染出山野景象的萧索，而且从视野中的浑然无别，见出诗人心绪的廓远。暮野的这种萧散的静穆，恰恰同诗人的怆怀保持着冲融和一致。然而静景不常，眼前出现了夕归的人群，这就是颈联两句的景象。这是《诗经》"日之夕矣，羊牛下来"画面的再现，而"驱犊""带禽"，又无不带有一种各得其所的恬然意味。黄昏的各趋归宿，最容易惹动愁人的情怀。诗人在物我间构造的心理平衡被破坏了，举目凝望，无人相识，他感到了孤独，只能"长歌怀采薇"。"采薇"在古典中有多层含义：《召南·草虫》"言采其薇"是怀念君子；《小雅·采薇》是思归；伯夷、叔齐采薇作歌是伤时避世。从"相顾无相识"句来看，诗人或隐居东皋未久，此诗当作于隋末首次弃官时。这样的话，"怀采薇"便是上述一切含义的总和，是追怀理想中的境界，希望驱除内心莫名的失落感，而求得现实中身心的真正的着落。

本诗除首句微拗外，余皆合律；对仗虽存留着六朝诗"意类而近"的痕迹，却凝炼工稳：是一首诗歌史上较早出现的成熟律诗。在意境和情调上对后人的影响也颇大，如王维的《渭川田家》，便与本诗十分接近。以素淡自然的笔墨勾勒田园风景，复于闲逸气象中抒露襟抱或感想，这几乎成了后代田园隐逸诗的常法。（史良昭）

题酒店楼壁绝句

（八首选一）

　　此日长昏饮，非关养性灵。
　　眼看人尽醉，何忍独为醒！

　　王绩写过《酒经》《酒谱》《醉乡记》，诗作中更是不止一回地讴歌"比日寻常醉，经年独未醒"（《春园兴后》）、"平生惟酒乐，作性不能无"（《田家》），这首小诗，坦露了他沉湎醉乡的真实原因。

　　饮酒养性，见于南朝梁刘孝仪《谢东宫赉酒启》："固知托之养性，妙解怡神。"又《南史·忠壮世子方等传》："一壶之酒，足以养性。"其说实出于西晋的庾阐，他认为竭穷神智会"害性"，恣意追求会"丧真"，酕醄一醉自然便能"静天之性"；而这一切又都溯源于《庄子·达生》醉者神全之说。可见"养性"云云，本身就含有逃避现实的意味。可是诗人却断然否认了这一动机，而代之以更加惊心动魄的缘由："眼看人尽醉，何忍独为醒！"化用了《楚辞·渔父》中屈原"举世皆浊我独清，众人皆醉我独醒"的名言，愤世嫉俗之慨，溢于言表。这是诗人酒后的真言，是他对现实失望和抑郁苦闷的强烈爆发；然而这数句又标志着诗人未能真正地"昏饮""尽醉"，注定着他要清醒地领受和咀嚼这种无法排解的悲哀，这就使读者受到更大的撼动，为之遐想难平。

　　这首绝句发自胸臆，不事雕饰，首两句劈空兀然而至，随即翻化古人成句作结，造出澜翻隽永、耐人寻绎的余韵，率直而不粗嚣，所以明胡应麟将它作为"初唐绝句精巧"的典型（见《诗薮·内编》）。《旧唐书·王绩传》："或经过酒肆，动经数日，往往题壁作诗，多为好事者讽咏。"本诗正属于这样的佳作。　　　　　（史良昭）

李世民

李世民（599—649），唐太宗，武德九年（626）继位，改元贞观，励精图治，有"贞观之治"之称，谥文皇帝。重文教，为唐初文学事业的实际组织者，开有唐一代右文风气。论诗既尚雅正之体，又不废要妙之音，体现了南北诗风交流的历史趋势。所作或整丽高朗，顾盼自雄，或巧构形似，猗靡清华，表现了草创君主扬威立德与憩情休憩的两种心态。《全唐诗》录存其诗一卷，《翰林学士集》存其佚诗四首。

（赵昌平）

经破薛举战地

昔年怀壮气，提戈初仗节。

心随朗日高，志与秋霜洁。

移锋惊电起，转战长河决。

营碎落星沉，阵卷横云裂。

一挥氛沴静，再举鲸鲵灭。

于兹俯旧原，属目驻华轩。

沉沙无故迹，减灶有残痕。

浪霞穿水净，峰雾抱莲昏。

世途亟流易，人事殊今昔。

长想眺前踪，抚躬聊自适。

　　读本诗，可悟向来所谓唐初承陈隋猗靡之风的说法未免以偏概全。

　　隋恭帝义宁元年（617）十二月，群雄中原逐鹿，鏖兵渭北。时李世民为敦煌郡公，西秦薛举以劲卒十万来逼渭滨，世民亲击之，由长安移师西向，于扶风郡大破其众，追斩万余级。次年隋唐迭代，七月薛举又犯泾州，时世民已进封秦王，率众讨之，初战不利。九月，薛举死，子仁杲立。秦王复为元帅以击之，相持于折墌城，深沟高垒六十余日，待其粮尽，于浅水原设奇兵，一举破之。不久，仁杲请降。诸将询秦王御敌折冲之术，叹曰："此非凡人所能及也。"这是唐朝开国之际荡平西陲据割势力的一次重大的战役，也是李世民初为主帅所取得的第一次辉煌胜利。贞观中，已登大位的李世民重经当年攻破薛举的旧战场，追感前事，发为浩唱。

　　诗以"一挥氛沴静"以下四句为中枢，运掉全篇。前此八句追忆当年破敌，可分二层：前四句总写昔年初次仗节钺为主帅时心同朗日，志比秋爽的"壮气"；后四句正写破薛，移锋西向，转战渭滨，终于破敌而妖星沉降，逐北则战阵云横。"一挥"句收束前文之初战，"再举"句又带过二破仁杲，两句详略相济，结过前事。而"于兹俯旧原，属目驻华轩"，"兹""旧"二字承上启下，引出今日车驾行经，登临四眺。以下八句写观感，又分二层：前四句重于所见；后四句重于所感。当年的强敌悍贼，今已沙沉烟消，而自己如同齐将孙膑用减灶之计，佯示兵力日削以诱魏将庞涓深入的奇谋巧算，则遗痕尚在。旧战场是如此的岑寂，近处霞光穿浪，清渭之上泛漾着缥缈的红晕；远望华山联绵，云蒸雾腾，环抱着黄昏之中笔立的莲花峰巅。这悲凉壮阔的景象，更启发了一代英主的幽思长想，故末四句由景入情，感慨万千：世途变化流易，不舍昼夜；而人事迭代，今昔又怎可同日而语？眺望着这旧日的战场遗迹，这位太宗皇帝不禁荡起一种畅旷豫怡的感觉。

黄昏登原，发思古之幽情，人们当不陌生。此前约四百年，晋代那位穷途而哭的阮籍，黄昏登广武原眺刘项古战场，曾叹曰："世无英雄，遂使竖子成名！"读此诗，人们感到虽然同是落日登临，但已初非大言睨世的狂生意气，而唯觉一种宏阔的壮气拂面而来。这是迭经磨难，于马背上得天下者的包蕴深沉的志气，是唐初君臣心态的典型写照；而其所以能给人以这种感觉，又颇得力于此诗的语言与结构功夫。

全诗骈中间散，刚中见柔，造语劲挺，意气盘礴。起笔"昔年"二句，中间"一挥"四句，结末"长想"二句，均用散句叙述，其余全以骈句铺陈。骈句是其主体，前半以"高""洁"，"起""决"，"沉""裂"等富于力度的动词与形容词相对，凸现了克敌制胜、势如破竹的"壮气"。后半写景，则以"迹""痕""净""昏"等色调幽微的字相偶，微现追忆之思。二者均借骈句的复重感、整饬感予以渲染，给人以鲜明的印象。然而骈句多用，易生板滞之感，刚柔相反，更难接转融和；而化板滞为动荡，变反差为相映的关键，正在首、中、尾的三组散句的贯串勾连。诗人起笔不写经旧战地，而以"壮气"领起，立一诗之纲，至因散句的不对称，使之分外突出，它盘旋于以下文句的铺陈之中。至"一挥"四句则又因其散行，排浪般的气势得以舒展回旋，并随即凸现出驻马高原、俯览旧地的英主形象，如同中峰崒立，高屋建瓴；则下半铺陈观感，便虽柔而能有底气充沛、气象宏远之感了。

　　人们常说魏徵《述怀》是唐初少见的遒健之作，其实不然。追怀勋业，歌唱大唐帝国肇创伊始的恢远气象，是唐初君臣诗作的一个重要内容。类似本诗这样的篇章，在太宗集内，即可摘出十多首。不唯如此，即使在那些虽因颂功纪德而缺乏个性的宫廷诗中，也仍普遍可感到一种不同于陈隋之作的朗远气象。这种情况其实是汉初大赋、魏初公宴诗在唐初的历史重演。它们都体现了企图以典丽恢宏的形式以表现成功者远大气度的努力，体现了对新的文体形式的追求——在唐初，则表现为将载道言志与六朝声辞相结合的初步尝试；虽然合而未融，难到后来之作灵动圆熟的地步，但作为"当时体"，自有其存在的价值。

（赵昌平）

魏 徵

魏徵（580—643），字玄成，馆陶（今属河北）人，少孤贫，曾学道，又着意纵横之术。隋大业末入李密军，复归唐。直言敢谏，为太宗信用，官至门下侍中、光禄大夫，封郑国公，卒谥文贞，世称魏郑公、魏文贞。承儒家诗教说，力斥齐梁之音，于唐初首标复古之旨。五古《述怀》质朴刚劲，慷慨激荡，得建安风力。多四言祀神颂功之作，古奥滞涩，是复古而流于偏失者。《全唐诗》录存其诗一卷。

（赵昌平）

述 怀

中原初逐鹿，投笔事戎轩。

纵横计不就，慷慨志犹存。

杖策谒天子，驱马出关门。

请缨系南粤，凭轼下东藩。

郁纡陟高岫，出没望平原。

古木鸣寒鸟，空山啼夜猿。

既伤千里目，还惊九逝魂。

岂不惮艰险？深怀国士恩！

季布无二诺，侯嬴重一言。

人生感意气，功名谁复论。

　　唐高祖武德元年（618）冬，魏徵奉命前往山东招纳李密旧部。诗作于此行途中。

　　首四句回忆隋末天下动乱之时，自己投笔从戎，参加李密义军。本希望于此群雄逐鹿的纷乱之际，有一番作为，因此向李密数建谋议，而终于未被采纳。既投非其主，抱负也便落空。然而抱负虽落空，壮志并未消沉。接下四句，叙与李密同归高祖李渊之后，自请出使山东，招纳李密旧部的事。"请缨"句，以终军自喻。终军上疏汉武帝，谓愿受长缨，缚南越王献于阙下。"凭轼"句，以郦食其自喻。郦食其曾为汉高祖说降齐王田广，下齐城七十二，使成为汉之东藩。此四句虽意在叙事，而实承首四句之慷慨情怀而深一层说，谓不惟壮志犹存，且亦自信此行定能成功。诗一开始，便以非凡之气势，展示群雄争夺的局面，与活跃于这种局势中的一位名臣随英主创业的壮伟情怀。

　　接下转入写一路情状，写景中参以心绪描写，十分动情。道路险阻萦回，时在岁末严冬，古木寒鸟，空山夜猿，更增添战乱带来的荒凉之感。千里荒芜，既触目凄伤，又"魂一夕而九逝"，梦魂时萦故土。之所以不畏途途艰险，盖感激于知遇之恩。这一段描述极细腻，与前此之壮阔适成对照。极言道路之艰难，而称"出没望平原"，山行高下，看平原也便时出时没，写出了行进中视野的动感。为渲染道路之荒凉，写木为"古木"，鸟为"寒鸟"，山为"空山"，猿为"夜猿"。唯以此一气氛之渲染反衬，才使怀抱更见慷慨壮伟。

　　结尾谓一切艰难险阻当置之度外，当如季布，如侯嬴之重然诺，完成此次使命，以报知遇之恩。至于功名，无暇念及也。

魏徵以其政治家之气概风度，脱尽南朝柔弱诗风之影响，故所作直抒怀抱，刚健质实。此诗以气质胜，不应以美词求之。

（罗宗强）

王梵志

王梵志（590？—660？），初名梵天，卫州黎阳（今河南浚县）人。平生皈依佛教。其诗内容多为劝世谈玄，善以口语、俗词入句，近于佛家偈语，世称"梵志体"。《全唐诗》失载，今人于敦煌遗书及历代笔记中辑得佚诗390余首。经研究，除三卷本诸篇作于初唐外，其余是从盛唐至宋初陆续产生并附于王梵志名下者。

（史良昭）

他人骑大马

他人骑大马，我独跨驴子。

回顾担柴汉，心下较些子。

这是一首即事生感、信口吟出的小诗，明白如话，还用上了俗语。"较些子"，在唐代方言中是"稍微强些"之意。虽不事雕琢，用词却十分妥切。"骑"是威风凛凛、得意洋洋的样子。"跨"虽不及前者舒适，却也安稳自在，而"担柴汉"前用上"回顾"二字，负重蹒跚的艰辛行状如在眼前。将骑马、跨驴、担柴步行三组形象安排在一起，就自然见出"我"比上不足、比下有余的境遇，得到了全诗"知足常乐"的意旨。小诗妙在前两句纯用铺排，先不点明其间的联系，至三、四句才作一反跌，回衬出前两句间的相互差别，使人憬然生悟。

宋人费衮在《梁溪漫志》中评王梵志此作"词朴而理"。这种撷取生活中的寻常情事、运用通俗的语言以揭出蕴藉隽永的哲理的表现方法，为后代的禅偈诗及格言诗所经常运用。这种诗诚如唐僧寒山《杂诗》所说的那样，"不烦郑氏笺，岂用毛公解"，然而"忽遇明眼人，即自流天下"。

（史良昭）

上官仪

上官仪（约605—664），字游韶，陕州陕县（今属河南）人。随父居江都（今江苏扬州）。曾为僧避祸，入唐，贞观初中进士第，授弘文馆直学士，迁秘书郎。太宗有所作，辄令过目或继和，并参与房玄龄修撰《晋书》。高宗即位，迁秘书少监，官至宰相。曾为高宗起草废武后诏而得罪了武则天。麟德元年（664）被人诬陷，下狱而死，家口籍没。中宗即位后因孙女上官昭容力得昭雪。《旧唐书》本传说他"以词采自达，工于五言诗，好以绮错婉媚为本……当时多有效其体者，时人谓为'上官体'。"又归纳六朝以来诗歌中对仗方法，提出"六对""八对"之说，对律诗的发展有一定影响。原集三十卷，久佚，《全唐诗》中存录其诗一卷。

（曹中孚）

入朝洛堤步月

脉脉广川流，驱马历长洲。

鹊飞山月晓，蝉噪野风秋。

　　此诗为上官仪在唐高宗朝做宰相时早朝途中所作。"洛堤"是洛水堤岸。唐朝东都洛阳的皇城通连洛水，百官上朝时须经洛堤入宫。据唐刘𬤖《隋唐嘉话》："高宗承贞观之后，天下无事，上官侍郎仪独持国政，尝凌晨入朝，巡洛水堤，步月徐辔，咏诗云云。……音韵清亮。群公望之，犹神仙焉。"《全唐诗》第三句"晓"作"曙"，此从《隋唐嘉话》。

诗状策马长堤时所见情况。"广川"即洛水,用"脉脉"两字,以见水流之绵长。"长洲"即洛水长堤。因是早朝,天尚未明,山间月还很亮,只有乌鹊在空中飞翔,化用曹操《短歌行》"月明星稀,乌鹊南飞"语而不露痕迹。又因是夏末秋初,风中时闻蝉噪之声。闻一多怀疑写景未绝,"此非全章",然细玩其境界实已完足。广川、长洲,先是深远之致,水光月辉中,鹊影初起,长风送来清晨的蝉唱。表里澄澈,颇见初唐宰臣宽远怡悦的气象。宋顾乐在《唐人万首绝句》评语中誉为"景语神采";明胡震亨则在《唐音癸签》中称它"音响清越,韵度飘扬",所评颇为中肯。　　(曹中孚)

卢照邻

卢照邻（生卒年不详），字昇之，自号幽忧子，幽州范阳（今河北涿县）人。十余岁时，从名儒曹宪、王义方学习文字训诂和经史，博学善文章。初为高祖子邓王元裕的典签，深为元裕爱重，曾对人说："此吾之相如也。"后调任新都尉，因患风疾去官，居太白山。因服用方士膏饵，又逢父丧，号哭，呕吐，病情加重。致双足痉挛，一手残废。遂徙居阳翟（今河南禹县）具茨山，著《释疾文》《五悲》以明志。终因不堪疾病折磨，投颍水而死，年仅四十。因一生为疾病所困，壮志难酬，故作品颇见愤激之气，七言歌行尤佳。在初唐诗坛声名卓著，与王勃、杨炯和骆宾王齐名，世称"王杨卢骆""初唐四杰"。有《卢照邻集》二十卷、《幽忧子》三卷，久佚。明张燮辑有《幽忧子集》七卷行世。（曹中孚）

刘 生

刘生气不平，抱剑欲专征。

报恩为豪侠，死难在横行。

翠羽装刀鞘，黄金饰马铃。

但令一顾重，不惜百身轻。

这是汉代乐府诗中的旧题，属横吹曲曲名。《乐府诗集》卷二十四有梁元帝等所作《刘生》诗九首，卢照邻此诗也为其中之一。《乐府解题》说："刘生，不知何代人，齐梁以来为《刘生》辞者，皆称其任侠豪放，周游五陵三秦之地。或云抱剑专征为符节官，所未详也。"又《古今乐录》说："梁鼓角横吹曲，有《东平刘生歌》，疑即此《刘生》也。"

刘生为自古以来传颂的一位豪侠，这诗是对他的一首颂歌。士为知己者死，这诗着重描写了刘生的行侠仗义。为了报恩，不惜死难，甚至受人一顾之重，也不惜（即"吝"）轻于牺牲自己一身。全诗除五、六两句写刘生装束的威武外，都是颂扬这位荆轲式人物视死如归的献身精神。

这诗对仗工整，节奏紧促，读来有一气直下之感；而且不事雕琢，纯用口语，在初唐诗坛尚未完全摆脱六朝宫体诗华而不实绮靡之风的情形下，堪称难得的佳作。

　　　　　　　　　　　　　　　　　　　　　　　　　　（曹中孚）

长安古意

长安大道连狭斜，青牛白马七香车。

玉辇纵横过主第，金鞭络绎向侯家。

龙衔宝盖承朝日，凤吐流苏带晚霞。

百丈游丝争绕树，一群娇鸟共啼花。

啼花戏蝶千门侧，碧树银台万种色。

复道交窗作合欢，双阙连甍垂凤翼。

梁家画阁天中起，汉帝金茎云外直。

楼前相望不相知，陌上相逢讵相识？

借问吹箫向紫烟，曾经学舞度芳年。

得成比目何辞死，愿作鸳鸯不羡仙。

比目鸳鸯真可羡，双去双来君不见？

生憎帐额绣孤鸾，好取门帘帖双燕。

双燕双飞绕画梁，罗帏翠被郁金香。

片片行云著蝉鬓，纤纤初月上鸦黄。

鸦黄粉白车中出，含娇含态情非一。

妖童宝马铁连钱，娼妇盘龙金屈膝。

御史府中乌夜啼，廷尉门前雀欲栖。

隐隐朱城临玉道，遥遥翠幰没金堤。

挟弹飞鹰杜陵北，探丸借客渭桥西。

俱邀侠客芙蓉剑，共宿娼家桃李蹊。

娼家日暮紫罗裙，清歌一啭口氛氲。

北堂夜夜人如月，南陌朝朝骑似云。

南陌北堂连北里，五剧三条控三市。

弱柳青槐拂地垂，佳气红尘暗天起。

汉代金吾千骑来，翡翠屠苏鹦鹉杯。

罗襦宝带为君解，燕歌赵舞为君开。

别有豪华称将相，转日回天不相让。

意气由来排灌夫，专权判不容萧相。

专权意气本豪雄，青虬紫燕坐春风。

自言歌舞长千载，自谓骄奢凌五公。

节物风光不相待，桑田碧海须臾改。

昔时金阶白玉堂，即今唯见青松在。

寂寂寥寥扬子居，年年岁岁一床书。

独有南山桂花发，飞来飞去袭人裾。

这首著名的七言歌行是卢照邻的成名之作。"古意"与拟古、怀古之意相仿，是托古讽今的一种诗体。诗人借汉言唐，极写长安繁华，骄奢淫逸，转笑沧海桑田，徒存墟墓，最后以扬雄自况，抒写襟怀。

全诗大致可以分作五段。首起至"陌上相逢讵相识"为第一段，极叙长安的繁华。狭斜，即小街曲巷，又是娼妓居处的代称。这诗乃从长安井然有条的街衢落笔，从各种不同的场面和角度去铺叙和剖视繁华竞逐的市居和人物。但见香车玉辇，纵横经过；白马金鞭，络绎不绝：他们出入公主宅第，来往公侯之家。"龙衔宝盖"，"凤吐流苏"，更显出交通工具的堂皇富丽。不仅人们如此，"百丈游丝"四句，说长安的树木花鸟，也在争鸣斗艳。至于宫中的复道，外戚的画阁，更是雕琢精巧，巍峨高峻。著名的铜柱承露盘高出云天。这段结末两句，概括说明长安之大，以至楼前相望不相知，陌上相逢不相识。

第二段自"借问吹箫向紫烟"至"娼妇盘龙金屈膝"，转写长安的歌姬舞妓。"借问"一句，用秦穆公女弄玉嫁萧史的典故。传说萧史善吹箫，美丽的弄玉与他结为夫妇后，乘鹤成仙飞去。这里喻专供豪门贵族当作玩物的艳姬美妓。诗人对这一阶层的人们抱着同情的态度，刻画了她们可怜可悲的内心世界。说她们芳年学舞，一心盼望得到王孙公子的宠爱而成比目鱼、鸳鸯鸟，所以起初天真得"何辞死""不羡仙"。她们百般添妆打扮，生怕得不到别人的青睐，失去"双燕双飞""罗帷翠被"的生活。但当她们明白了自己不过是"鸦黄粉白车中出"的处境以后，不得不"含娇含态情非一"了。"妖童"两句是对这种狭邪宿娼现象的绝妙写照。

第三段自"御史府中乌夜啼"至"燕歌赵舞为君开"，因妓乐转入对长安游侠豪强、金吾恶少蓄妓狎娼、纵乐放荡的描写。御史和廷尉,是长安的执法官,诗人借"御史府中乌夜啼"、一个是"廷尉门前雀欲栖",司法禁卫部门的貌似太平、如同虚设为陪衬,极言那些纨袴子弟、少年侠客到处横行无忌。白天翠幰盈道、猎骑塞路;到了夜间,共宿娼家,纸醉金迷。而且北堂南陌,夜夜朝朝,终年如此。逢到金吾将军宿娼,竟有千骑相随,"罗襦宝带为君解,燕歌赵舞为君开",恣意淫乐,不可名状。

第四段自"别有豪华称将相"至"即今唯见青松在",乃紧承上意,把笔锋归到王侯将相,使诗意引入高潮以后,骤然转入议论。"别有豪华"八句中的将相,与上面的侠客少年、金吾将军,早已不可同日而语,他们意气豪雄,紫燕生风,自以为有转日回天之力,根本不把萧何、灌夫之类的人放在眼里。但在作者看来,他们不要以为"自言歌舞长千载,自谓骄奢凌五公",统统都不过是过眼烟云。"节物风光不相待,桑田碧海须臾改。昔时金阶白玉堂,即今唯见青松在。"这是对全诗的归结,说得何等精警!昔日长安的五光十色,现在都已成为过去,这诗也从怀古中收回。人们读到这里,不得不为之三叹。

最后四句是尾声,诗人以自己寂寂寥寥的处境,比作是汉代辞赋家扬雄。"独有南山桂花发,飞来飞去袭人裾",表达了他不同流俗、自鸣清高的品性。

这诗显然受到骈赋的影响,所以铺采摛文,体物写志都是洋洋洒洒。全诗脉络分明,叙事详略得当;谋篇布局,独具匠心。由点及面、由物及人渐次于花团锦簇、色色人等中归到金吾横行、将相专权,形成高潮;又突作反跌,以扬子甘贫自况,对照强烈,冷隽中顿见婉讽之意、不平之气。虽未脱六朝藻绘，而立意超迥，格局宏阔。句式又回环重叠，读来更使人倍感缠绵往复，余韵不尽。无怪清王夫之在《唐诗评选》中要说这诗"心神笔力，独凌千古"了。

（曹中孚）

骆宾王

骆宾王（626？—684？），婺州义乌（今属浙江）人。曾任长安主簿、武功主簿、侍御史等，后因事下狱。狱解，出为临海县丞，终因怏怏不得志而弃去。徐敬业起兵反对武则天，应聘为艺文令，为作《讨武曌檄》。兵败后，亡命不知所终。工诗，擅骈文，能于六朝声辞中见锤炼谨严、恢宏劲健之气，为"初唐四杰"之一。有《骆宾王文集》十卷。

（聂世美）

在狱咏蝉

西陆蝉声唱，南冠客思侵。

那堪玄鬓影，来对白头吟。

露重飞难进，风多响易沉。

无人信高洁，谁为表予心？

　　本诗作于高宗仪凤三年（678）。据清人陈熙晋《续补唐书骆侍御传》："仪凤三年，以荐迁侍御史。时高宗不君，政由武氏，宾王数上章疏讽谏，为当时所忌，诬以赃，下狱久絷。"本诗正借咏蝉而托物言志，以比兴手法寄托了自己遭谗被诬的悲愤心情，表达了诗人持身高洁、不肯与流俗合污的决心。

　　诗的首联以偷春格对仗句法正面点题，叙写秋蝉悲唱，引发因客乡思。物我交融，彼此相关比照。"西陆"指代秋天，《隋书·天文志》："日行黄道东行……行西陆谓之秋。""南冠"，则指代囚徒，这里是作者自谓。语本《左传·成公九年》："晋侯观于军府，见钟仪，问之曰：'南冠而絷者谁也？'有司对曰：'郑人所献楚囚也。'"

那么，诗人何以闻蝉声而惊心，听蝉唱而沉思呢？"那堪玄鬓影，来对白头吟。"颔联以流水对作答：因为两鬓业已花白，步入暮年的作者，半世飘零，沉寂下僚，如今更蒙冤入狱。因而，这翼如鬓云、凄切吟唱的秋蝉，正是此时此地孤绝无援的诗人自身形象的生动写照！据《西京杂记》载，司马相如将聘茂陵女为妾，妻卓文君作《白头吟》以自伤："凄凄重凄凄，嫁娶不须啼。愿得一心人，白头不相离。"可见诗中大有秋扇见弃之意，诗人有一片忠君爱国热忱，却报国无门。这"白头吟"既是诗人自伤老大、一事无成的反映，同时亦不无更深的政治含意。颈联伸足此意。"露重"显喻压力之重，"风多"正状障碍之大，"飞难进"明言仕途坎坷，"响易沉"则暗指疏奏或言论动辄获咎。其诗笔所至，已不复知何者言己，何者谓蝉了。

"无人信高洁，谁为表予心？"诗的结尾表出正意，满腔忠愤，至此一泻而出。在古人眼里，蝉的餐风饮露，正是高尚廉洁的表现，所以也常作为清正自守的忠直之士的象征。如曹植《蝉赋》云："实淡泊而寡欲兮，独怡乐而长吟。声嗷嗷而弥厉兮，似贞士而介心。内含和而弗食兮，与众物而无求。栖乔枝而仰首兮，漱朝露之清流。"可见物我间的某种特性的类似，才有可能沟通二者间的有机联系，而沟通的桥梁，正由比兴象征来完成。不过，"自悯秦冤痛，谁怜楚奏哀？"（《狱中书情通简知己》）全诗虽在以蝉自喻、托物言志上达到了很高的艺术水平，基调却哀楚动人，尤其结尾两句，实是对知音难求的沉重叹惜，是对"失路艰虞，遭时徽纆"的不幸哀鸣。故清人施补华云："同一咏蝉，虞世南'居高声自远，端不借秋风'，是清华人语；骆宾王'露重飞难进，风多响易沉'，是患难人语；李商隐'本以高难饱，徒劳恨费声'，是牢骚人语。"《岘佣说诗》信然。

（聂世美）

于易水送人

此地别燕丹，壮士发冲冠。
昔时人已没，今日水犹寒。

  这是一首送别诗，其所惜别之人今已无从查考。诗题"易水"，唐属易州，在今河北省西部。

  《史记·刺客列传》载：荆轲为报燕太子丹的知遇之恩，决意去谋刺秦王。临行，"太子及宾客知其事者，皆白衣冠以送之。至易水之上，既祖（祭祀路神），取道，高渐离击筑，荆轲和而歌，为变徵之声，士皆垂泪涕泣。又前而为歌曰：'风萧萧兮易水寒，壮士一去兮不复还！'复为羽声忼慨，士皆瞋目，发尽上指冠。于是荆轲就东而去，终已不顾"。全诗即借荆轲故事，生发新意。

  首二句凌空而起，先从送别之地的历史落笔，突出此别的非同寻常。使人隐隐感到：作者所送的人很可能亦是一位肩负重任、侠骨丹心、视死如归的壮士，而悲壮激昂的历史场面也借诗笔隐隐再现，更为今日的易水送别酝酿了一种慷慨悲凉的壮烈气氛。

  后二句一转一收，转得有力，收得含蓄，与陶潜《咏荆轲》诗"其人虽已没，千载有余情"同意，既蕴含了对古代侠士荆轲的敬仰怀念，更体现出对所送者的殷切期望。意谓荆轲精神不死，千百年来，仍激励后人舍生取义，从容赴难。"宝剑思存楚，金椎许报韩。"(《咏怀》)正因为作者有此志向,方能写出这激动人心、令人荡气回肠的诗篇来。

　　吴逸一《唐诗正声》评论此诗云:"只就地摹写,不添一意,而气概横绝。"俞陛云《诗境浅说续编》亦曰:"此诗一气挥洒,怀古苍凉,劲气直达,高格也。"吴、俞二说均很中肯。此诗不只起得妙,而且结得更妙,所谓凝炼含蓄、余韵不绝,诗人深得其要领。

　　　　　　　　　　　　　　　　　　　　(聂世美)

在军登城楼

城上风威冷，江中水气寒。

戎衣何日定？歌舞入长安。

　　此诗作于文明元年（684）七月至九月，诗人为徐敬业幕僚，谋伐武后，兴兵扬州之时。城楼，当即扬州城楼。著名的《代李敬业传檄天下文》即作于此时。

　　诗的前两句写景，意谓登上扬州城楼，展目远望，正值风冷水寒的秋凉季节。一个"冷"字和一个"寒"字，既点明"登楼"之时序节令，亦暗扣"在军"，渲染了起兵芜城，为讨伐武氏，恢复唐祚而大战在即的严峻肃杀的气氛。"戎衣何日定？歌舞入长安"两句，则以情作结，深沉而热烈地表达了诗人亟盼举兵获胜的切望，写来自信而又自豪。诗中的"戎衣"本《尚书·武成》："一戎衣，天下大定。"《正义》："衣，服也。一著戎服而灭纣，言与众同心，动有成功。"诗之结句本《尚书》大传"王还师，前歌后舞"之意，而袭用北齐祖珽《从北征》诗"方系单于颈，歌舞入长安"原句，爽朗开阔，乐观自负。

　　全诗由登楼北望之风威水寒，畅想平乱兴唐的辉煌胜利，中间如何出师、如何交战等不置一词，空间传神，笔力千钧，小诗中见出大境界，"充满着时代热情和功名事业的意念"（马茂元《论骆宾王及其在"四杰"中的地位》），显示了其鲜明的个性特点。（聂世美）

杜审言

杜审言（645？—708），字必简，巩县（今属河南）人，为杜甫祖父。早年与李峤、崔融、苏味道并称"文章四友"。唐高宗咸亨元年（670）举进士，历任丞、尉一类小官，以恃才傲世，时遭蹭蹬。武后朝，迁膳部员外郎。中宗复位，贬流峰州（今越南北部），复起为国子监主簿、修文馆直学士，而后病卒。杜审言是律诗诗体的奠定者之一，尤擅五律，在气度、章法、造语上都对后人有相当影响。杜甫曾有"吾祖诗冠古"的高度评价，并在创作中有所承袭和借鉴。有《杜审言集》。

（史良昭）

和晋陵陆丞早春游望

独有宦游人，偏惊物候新。

云霞出海曙，梅柳渡江春。

淑气催黄鸟，晴光转绿蘋。

忽闻歌古调，归思欲沾巾。

永昌元年（689）前后，杜审言在江阴（今属江苏）任职，本诗唱和晋陵（今江苏常州）陆姓县丞的《早春游望》，疑即作于这一时期。

起首两句，以"独有""偏惊"的字眼，强烈地表现出身处异乡的游宦者临春而惊心的独特感受，发人之所未发，故为后人多所称道。纪昀《瀛奎律髓评》谓："起句警拔。入手即撇过一层，擒题乃紧。"可以说，此"起句"擒紧了整个题面："独有"云云，既是对"早春"物候的感想，又是对陆丞《早春游望》原唱的定评；所以才能"撇过一层"，跳脱舒放地展开了下文。颔、颈二联，从作者自己的眼光中写"早春游望"，"出""渡""催""转"四字分别为各句之眼。云霞在宽阔的江面上涌腾而破晓，梅柳枝头的春意渐由江南向江北扩延；温暖的气候促发黄莺欢啭，春光中蘋草的嫩绿变得越来越浓：这四句中的"曙""春""淑气""晴光"均是从大处即整体的物象着笔，但由于与"云霞""梅柳""黄鸟""绿蘋"的具体景物互相配搭，更加上上述四处诗眼运斡其中，便构筑成有姿有彩且富动感的明媚春景，淋漓尽致地表现了"物候新"的特征。尾联以"古调"誉美陆丞原唱，再申"和"意；然而，闻古调而起"归思"、而欲"沾巾"，恰恰说明陆丞也在"宦游人"之列，两人对早春有着共同的感受。结尾与起首遥相呼应，不止是寻常的应酬语而已。

　　本诗除体局浑融、志感新警外，体物细微也是一大特色。如《礼记·月令》仲春（二月）条谓"仓庚鸣"，江淹《咏美人春游》谓"江南二月春，东风转绿蘋"，可见诗中"催黄鸟""转绿蘋"，皆切二月早春的时令；"出""渡""催""转"诸句眼，又无不含有从无向有、由初而渐的意味，状写出物候之"新"，也就是扣住了题中"早春"之"早"。字斟句炼，而不见斧凿著意之痕。明胡应麟《诗薮》称"初唐五言律，'独有宦游人'第一"，并不是溢美的评价。

（史良昭）

登襄阳城

旅客三秋至，层城四望开。

楚山横地出，汉水接天回。

冠盖非新里，章华即旧台。

习池风景异，归路满尘埃。

襄阳，即今湖北襄阳，唐时为山南东道采访使治所。本篇为襄阳城楼上眺景之作，全诗围绕着"登览"这一中心展开。

首联揭明登览的时地、背景：时序是农历九月，身份是"旅客"；"层城四望开"，襄阳城楼的雄敞态势如在读者目前。起笔采用整饬的对仗，应和了诗人肃穆苍茫的心绪，为下文拓出了开阔的地步。中二联写登眺所见：城西南群山在襄樊平原上突兀拔起，是谓"横地出"；汉水在襄阳城下东折而南流，是谓"接天回"。"横地""接天"，字面上是见视野的广远，实质上是见诗人心宇的浩渺。"冠盖里"在今湖北宜城，以汉代有多名达官贵士会集该地得名；"章华台"在今湖北潜江境内，为春秋时楚灵王飨宴宾客的著名建筑。两者均为山南东道治境内的古迹，去襄阳郡界不远，诗中言及，是张大形势的写法。这四句虽皆似写景，但颈联的观察已由空间领域而进入时间范畴，"非新里""即旧台"，隐寓着今昔更改、胜迹空存的历史感慨，故在文意上更向纵深跃进了一层。尾联转回本地风光，习池是东汉习郁在襄阳岘山辟筑的私家园池，西晋山简常在此乐而忘返，饮醉方归，诗中的"归路"即暗影这段掌故。"满尘埃"与其说是实景的写照，毋宁说是"风景异"，即人事全非的象征，感慨的意味就更加明显了。

这首作品意境雄闳，兴象浑融。"旅客""楚山"诸联，峻整遒劲，其气局格调对日后杜甫的诗作有一定影响。尤其是全诗四联破题——写景——怀古——言慨的章法，后人尤其是江西派诗人多有借鉴，成为五律登览诗最常见的结构。

（史良昭）

春日京中有怀

今年游寓独游秦，愁思看春不当春。

上林苑里花徒发，细柳营前叶漫新。

公子南桥应尽兴，将军西第几留宾。

寄语洛城风日道，明年春色倍还人。

武周大足元年（701）冬，武则天幸长安，并改元为"长安"，杜审言扈从。此诗为次年春日在长安作，对长期居住的东都洛阳表示了殷切的怀念。

首联破题，一个"独"字已点出了在京中的境况与心情，而次句两用"春"字切"春日"的题面，妙在"看春不当春"，明媚的春景在满腹愁思的诗人面前形同虚设。这一句写出了古今愁人共同的感受，语似寻常，实则警拔隽永，耐人涵泳。颔联即承此句铺陈。"上林苑"为长安著名的汉代宫苑，"细柳营"此指细柳聚，在今西安市西南，司马相如《上林赋》有"登龙台，掩细柳"语，诗中以此两处代表了长安的风景胜地。"花徒发""叶漫新"，互文见义，不消说便是"不当春"的最好说明。花发叶新，天下皆然，何处才真正关情？颈联便写出了"有怀"的内容。"南桥"指洛阳城南的天津桥，日后张籍《寄洛阳孙明府》"遥爱南桥秋日晚，雨边杨柳映天津"句可证。"西第"为东汉大将军梁冀在洛阳城西的第宅，马融曾为之作《梁大将军西第颂》。这一联悬想洛阳旧友春日游宴的盛况，与"独游秦"遥相对比。尾联寄望于洛阳城明年的赏春，赖以作为此际"看春不当春"的加倍补偿。"明年"与"今年"首尾前后呼应，显示了诗人归思如箭的心绪。

这首七律感情真实而深挚，八句无不贯串和体现了对故所的浓重的怀念。尤其是尾联，既有从异地游思中努力振起之意，又仍漾动着无可如何的客愁，余情可味，故被昔人视为妙结的范例。全诗虽有失粘之处，但结构谨严、体格高华，是最早成熟的七律作品之一。

（史良昭）

赠苏绾书记

知君书记本翩翩，为许从戎赴朔边？
红粉楼中应计日，燕支山下莫经年。

唐代元帅府及节度使设属官主撰文书，称掌书记或书记，唐代文人常以入军幕服务进身。苏绾，与杜审言同时，官至工部郎中荆南府司马。本诗是他从军赴边时，杜审言所作的赠行诗。

首句从曹丕《与吴质书》"元瑜（阮瑀字）书记翩翩"句化出，"翩翩"为文采风流之意。将苏绾与曹操的文学记室、"建安七子"之一的阮瑀相比，一个才情华赡、骏发有为的文人形象便跃然于纸上，颂扬至为得体。次句的"为许"犹言"为何"，突设一问，却是明知故诘。在当时的风气下，"书记翩翩"与"从戎赴边"并无抵牾，用上疑问的口气，不过是表示离别的难舍罢了。

三、四两句，出于同样的构思。诗人不直言此时的惜别依依，却巧妙地借用苏绾妻子的境地为自己申意。人去朔边，年轻的妻子不得不坐守空闺，"计日"二字，形象地写出了她度日如年的相思心情。既然如此，远在燕支山下的夫君，就应当常常考虑不要在外耽搁得太久了。言下之意，大丈夫建功立业固然必要，但亲人故友的拳拳情义也不能释然于怀。这两句既表现出诗人对苏绾从戎进取行为本身的理解和信任，又婉转地表达了盼望早日回还相见的强烈心情。这种写法，反映出两人间不同寻常的亲密友谊。

本诗常为人所称道的是三、四两句的对仗。"红粉楼中"固然是楼中红粉的倒装，而"燕支山"却是专门地名，在今甘肃山丹县东南，为匈奴妇女化妆饰品的产地。"燕支"与"胭脂"通，同"红粉"互有映带，使对仗更为工巧。这种结构相错而文字俪正的借对手法，也为后代的诗人所常采用。

（史良昭）

李 峤

李峤（644—713），字巨山，赵州赞皇（今河北赞皇）人。武后时，官凤阁（中书省）舍人，每有大手笔，皆命峤为之。累迁鸾台（门下省）侍郎，知政事。圣历元年（698）为相。睿宗立，出刺怀州。玄宗即位，贬滁州别驾，改庐州，寻卒。李峤与张易之等皆为武后时的"北门学士"，曾参与《三教珠英》（一部儒释道的百科辞典）的编撰。他的诗歌多属奉教应制的宫廷文学，在当时的宫廷文人中，最负声望。

（徐树仪）

汾 阴 行

君不见，昔日西京全盛时，汾阴后土帝亲祠。

斋宫宿寝设厨供，撞钟鸣鼓树羽旗。

汉家五世才且雄，宾延万里朝九戎。

柏梁赋诗高宴罢，诏书法驾幸河东。

河东太守亲扫除，奉迎至尊导銮舆。

五营将校列容卫，三河纵观空里闾。

回旌驻跸降灵场，焚香奠醑邀百祥。

金鼎发色正焜煌，灵祇炜烨摅景光。

埋玉陈牲礼神毕，举麾上马乘舆出。

彼汾之曲嘉可游，木兰为楫桂为舟。

棹歌微吟彩鹢浮，箫鼓哀鸣白云秋。

　　欢娱宴洽赐群后，家家复除户牛酒。
　　声明动天乐无有，千秋万岁南山寿。
　　自从天子向秦关，玉辇金车不复还。
　　珠帘羽扇长寂寞，鼎湖龙髯安可攀。
　　千龄人事一朝空，四海为家此路穷。
　　豪雄意气今何在，坛场宫馆尽蒿蓬。
　　路逢故老长叹息，世事回环不可测。
　　昔时青楼对歌舞，今日黄埃聚荆棘。
　　山川满目泪沾衣，富贵荣华能几时？
　　不见只今汾水上，唯有年年秋雁飞。

　　这是一首波澜起伏、情思跌宕的七言歌行，写的是作者游览汉武帝在汾阴所建的后土祠（土地神的神祠）时，对武帝当年行幸河东盛况的想象，以及今日所见满眼荆棘蓬蒿的凄凉现场的感慨。

　　汉武帝元鼎四年（前113）六月，汾阴（今山西万荣县）有巫人掘地得一宝鼎，河东太守胜以此上闻，武帝听从祠官宽舒等人建议，于其年冬亲幸汾阴，迎宝鼎至甘泉宫，并在此建立了一所后土祠以祠神。此后，武帝又曾数次行幸汾阴，泛楼船于汾水之上，与群臣宴饮中流，他著名的《秋风辞》就是一次在汾水上泛舟时所作。但武帝行幸汾阴的具体情况史书未详载。李峤的这首《汾阴行》，可能是根据唐初尚存的一些私家记述，再加以臆想而创作的。

　　全诗内容大致可分前后两段。前段从开头至"千秋万岁南山寿"，极写武帝行幸之盛。诗歌开始说：武帝祠祭汾阴，正当西汉全盛之时（当时卫青、霍去病的大军对匈奴的反击战已取得决定性的胜利）。事先他对斋宫宿寝和钟鼓羽旗等一切供应仪仗都作了充分的准备。西汉皇朝至此已历五帝，出现了九夷宾服的盛世局面。不久前，他在长安造起了以香柏为梁的高台，与群臣在上面饮酒赋诗。接着他就下令车驾向河东进发（汾阴属河东郡），太守亲迎开道，御林军夹道列阵，四郊百姓空巷来观。车驾在宝鼎出土的地方驻跸，准备礼奠。只见那神鼎发出灿灿的金光，当时百神并降，举行了埋玉、陈牲的隆重祭礼。然后皇帝的旌旗乘舆指向汾水之滨，那些画着彩鹢的华丽的舟船也都早已在等待侍候了。从汾水上传来了伴奏那皇帝亲撰的水上棹歌《秋风辞》的哀怨的箫鼓声。皇帝游汾之后，又在当地欢宴群臣，家家百姓都减免租税，赐给牛肉和酒。于是百姓们的欢声动天地，共祝皇帝寿比南山。这一大段铺写叙事，集想象、形容、夸张于一体，形象地再现了武帝亲临后土祠礼神游宴的景况，读来令人目不暇接。

　　诗的第二段从"自从天子向秦关"至末，由盛衰无常、世事叠变生发感慨。诗接着说：自从皇帝的车辇回京以后，就没能再来。他的仪仗也因此寂寞无闻，终于有一天他像方士传说中的黄帝一样，乘龙仙去，使他的后宫与群臣难以攀住龙须。这时诗人看到的只是长在当年宫馆坛场旧址上的一片蒿蓬，取代青楼歌舞的黄埃荆棘。满目苍凉荒寂使诗人悲从中来，哀不能已："山川满目泪沾衣，富贵荣华能几时？"世事回环不可测的茫然将这种悲古伤今的感情推向了高潮。最后诗人以汾水上年年飞过的大雁作结，雁飞有信而人事无常，使全诗回荡着一种悲凉凄怆、悠然不尽的意绪。

　　李峤当武则天执政时期，以文才颇受宠信，在武氏称帝后期和中宗朝，曾做过多年宰相，确实享尽了荣华富贵。后来韦皇后酖杀中宗而立睿宗，睿宗太子李隆基起兵诛灭韦氏和武氏余党，他以先朝旧党失势，出刺怀州，又贬滁州别驾。这首《汾阴行》，也许是在相位时的奉和应制之作。但在诗中透露的世事无常、荣华难保的叹息，却在当时的文士，也包括他自己所作的众多的高雅典丽、充满廊庙气象的宫廷诗中，是并不多见的。可能他对当时险恶多变的宫廷权力斗争，已有所预感和厌倦了。这首作品既是一曲对武帝雄业的悼歌，其中也不乏作者对自己失势的预感和哀挽。

　　唐玄宗在位时曾多次祠祭汾阴。在他执政的晚年，当他听到梨园子弟歌唱《汾阴行》至"富贵荣华能几时"以下四句时，曾为之凄然泣下，因数赞李峤为"才子"。也许唐明皇晚年的心境与李峤当年颇为相似，因此他才对李峤的这首作品的寓意心契独深吧？

（徐树仪）

苏味道

苏味道（648—705），赵州栾城（今河北栾城）人。乾封进士，累官吏部侍郎。武后时官居相位，处事圆滑，模棱两可，世号"苏模棱"。后因谄附张易之，中宗时贬官眉州刺史，复迁益州长史，未就而卒。善五言律诗，精丽有韵致，与李峤并称"苏李"。又与李峤、崔融、杜审言合称"文章四友"。《全唐诗》录存其诗一卷。

（曹光甫）

正月十五夜

火树银花合，星桥铁锁开。
暗尘随马去，明月逐人来。
游伎皆秾李，行歌尽《落梅》。
金吾不禁夜，玉漏莫相催。

　　这是一首著名的元宵诗。刘肃《大唐新语》载："神龙之际，京城正月望日盛饰灯影之会。金吾弛禁，特许夜行。贵族戚属及下隶工贾，无不夜游。车马骈阗，人不得顾。王主之家，马上作乐，以相夸竞。文士皆赋诗一章，以纪其事。作者数百人，唯中书侍郎苏味道、吏部员外郭利贞、殿中侍御史崔液三人为绝唱。"可见此诗的写作背景和当时所享之盛誉。

　　灯火、月色、游人，构成大量元夕诗词的基本素材，本诗的内容与布局也是如此。

"火树银花"用以形容节日灯火之华焕壮采，曲尽形色及想象之妙，后世袭用不衰。"合"字凝炼贴切，写灯火灿烂连成一片，极传神。"星桥"承首句，含义双关，既指河涵灯影，有若繁星闪烁的银河，护城河上的桥也成了"星桥"；又含《三辅黄图》记长安城"渭水贯都，以象天汉；桥横南渡，以法牵牛"之意。实写与虚拟相辅相成，倍见美焕。在这人间天上的节日佳景中，"铁锁开"，这是京城上元夜的主要特征，是夜不戒严，不锁城门，崔液《上元夜》诗"玉漏铜壶且莫催，铁关金锁彻明开"可证。由城门大开，可以想象京郊乡民蜂拥入城的情景，从而自然引入二、三联。"暗尘"两句承上启下，由于美好灯景引来豪门贵家车马杂沓，又顺势拈入月色皎洁。因在月光下，飞扬的尘土看不分明，故曰"暗"，下字极有斟酌。"明月逐人"，更用拟人手法显现月波到处流溢，仿佛她也有意观赏灯景而随人同至，情趣盎然，更增添了诗歌天上人间恍惚迷离的韵味。在这种景况中，"游伎"两句继写观灯盛况，有声有色。《诗经·何彼秾矣》："何彼秾矣，花如桃李。"此处"皆秾李"，反映歌女舞伎姿色妖媚，服饰艳丽。她们逐队而出，兴高采烈地唱着《梅花落》曲，呈现一派繁华喧阗的欢乐景象。这样，颔颈两联，有分有合，仍以虚实相生的手法将观灯人融入"火树银花"的良辰美景之中。最后一联则总束全篇，表现人们"欢娱苦夜短"的心情，更突出了正月十五夜的美好可恋与大唐帝国君民同乐的气象，余音袅袅，让人回味。

这首五律格律精切，工于描摹，镂金错彩，设色浓艳，显然承袭了齐梁诗风，但虚实相生，赋写中有韵外情致，更兼气象宽远，则又显见唐诗的进境。

（曹光甫）

王 勃

王勃（约 650—676），字子安，绛州龙门（今山西河津县）人。年十七，应幽素科及第，授朝散郎。数献颂阙下，沛王（武后第二子）闻其名，召为王府修撰。因诸王斗鸡，勃戏撰斗鸡檄文，被高宗斥逐。因漫游蜀中数载，后欲采药求补虢州（今河南灵宝）参军，在州因匿杀官奴，事发当诛，适遇高宗改元，得赦免死。时父福畤任雍州司功参军，坐勃事左迁交趾令，勃往交趾省父，渡海溺水，惊悸而死。年仅二十六岁。

王勃与同时的杨炯、卢照邻、骆宾王并以诗文著名，称"初唐四杰"，而勃尤为杰出。他的诗在继承发展六朝以来宫廷诗和乐府民歌艺术成就的基础上，注入了比较深刻广阔的思想内容，因而焕发了新的光彩。对唐代五言律诗的成熟和七言歌行的提高，都有重要的贡献。有《王子安集》。

（徐树仪）

咏 风

肃肃凉景生，加我林壑清。

驱烟寻涧户，卷雾出山楹。

来去固无迹，动息如有情。

日落山水静，为君起松声。

这是一首以咏风为题的咏物诗。这类题材的作品在那个时代的文士们的诗集中几乎随处可见。它们往往是文士们在参加宴会时应命承题而作，或者是个人平日练笔所成，对作品的要求也不过是因文造情，体现其体物摹写之才；如果能写得意境深沉而别有寄托，那就很难了。王勃此诗即属后者。

诗题虽已点明咏风，但诗歌本身却找不到一个风字。作者必须在诗句中充分体现风的特点，但又不能写得过于浅露，以便给读者留下充分想象揣摩的余地。

首二句说高秋的景色随着凉风迅速地来到了，这里的山谷和树林顿时感到一片清冷爽适之气。

三四两句形象地描绘风的神姿，写得迷离摇曳，仿佛楚骚中的女神在天空中翔舞。那秋风驱散烟岚，好像在寻找那涧崖相向构成的深山的门户，又从如同楹柱般的山峰间卷舒起阵阵轻雾。

五六两句进一步用风的"无迹"来反衬"有情"。这风虽然来去无踪，但不慕荣利，不求人知，不盘桓恋栈于城郭市井，只是矻矻不倦地为涧户和山楹驱烟卷雾，在动息中透露出高尚的品格情致，令人感动。这也正是作者的"夫子自道"。

最后两句"日落山水静，为君起松声"，以一种空旷、静寂而悲凉的背景，来衬托那一片山风卷起的巨大而强劲的松涛之声。这是全诗结束时的一幕精彩的压轴戏，也是诗人着意为自己安排的一次自我亮相。这自然界的风，很自然地使人联想起诗人的一生。王勃在他短暂的一生中，不是用他的诗笔，发出了一阵阵龙啸凤鸣般的松声，震撼着整个初唐诗坛吗？如果不是生命过于短暂，那他所兴起的风力，肯定要比已有的巨大得多。

（徐树仪）

采 莲 曲

采莲归，绿水芙蓉衣。

秋风起浪凫雁飞，桂棹兰桡下长浦，

罗裙玉腕轻摇橹。

叶屿花潭极望平，江讴越吹相思苦。

相思苦，佳期不可驻。

塞外征夫犹未还，江南采莲今已暮。

今已暮，采莲花，渠今那必尽倡家？

官道城南把桑叶，何如江上采莲花？

莲花复莲花，花叶何稠叠。

叶翠本羞眉，花红强如颊。

佳人不在兹，怅望别离时。

牵花怜共蒂，折藕爱连丝。

故情无处所，新物徒华滋。

不惜西津交佩解，还羞北海雁书迟。

采莲歌有节，采莲夜未歇。

正逢浩荡江上风，又值徘徊江上月。

徘徊莲浦夜相逢，吴姬越女何丰茸！

共问寒江千里外，征客关山路几重？

采莲歌是古代最为流行的民间歌曲之一。内容往往与青年女性的爱情生活有关。王勃这首《采莲曲》中的女主人公则是一位塞外征人的妻子，歌曲中深深地浸渍着她相思的悲愁。

思妇忆念征夫，本来是古代文学作品中一个普遍而重大的社会题材。唐高宗时期，西南到东北整个边疆上连年燃烧着战争的烽烟。青年男子一批批被送上了战场，留下他们的妻子承担着所有一切物质和精神上的苦难。《采莲曲》正是这种社会生活的反映。王勃少年时即曾上书宰相指斥边战不已的危害性。但在这首诗中，他却无意对此进行理性的叙述，只是通过采莲姑娘感情生活的形象、美丽的描写，委婉地表达了这一倾向。

诗人在诗歌开始时，并不直接写采莲女怎样美，只是用"绿水芙蓉衣"五字作了传神写照。"芙蓉衣"语出《楚辞》"制芰荷以为衣兮，集芙蓉以为裳"。这是《楚辞》中神人恋爱故事中人物的妆饰，山鬼、湘君、湘夫人都这么打扮。因此，这首诗歌中的女主人公的形象，一开始就以女性美的化身出现，从而使得诗充满了楚骚的浪漫情调和芬芳气息。

接下去写莲浦景色。秋风浪起，凫雁南飞，正是采莲时节。诗人借用《楚辞》中描写女神所用的"桂棹兰桡"，来形容采莲女所乘的一叶轻舟；用"罗裙玉腕轻摇橹"，来展示采莲女采莲时的风韵姿态。当采莲女轻摇柔橹在水上出现的时候，她在"叶屿"和"花潭"之间频频极目张望些什么呢？啊，江上正传来一阵阵"江讴"和"越吹"的歌声，这些流行于南国的歌曲中总是传递着一种悲怨的相思之情，她为何"极望"和"相思"是不言而喻了。可悲的是一个人的青春美好的岁月不能常驻，那位塞外的征夫至今还未归来，我这里采莲已经黯黯日暮了。这里"塞外征夫犹未还"一句开始点明题意。

当时征人的妻子有不少是当歌伎卖唱的，正如李峤《倡妇行》所云："十年倡家妇，三秋边地人。"女主人公分辩说：我们征人妻室的采莲女岂必个个都是倡家之妇？与其在"官道城南把桑叶"（用古乐府罗敷在陌上采桑的典故，借指为倡），还不如在江上采莲谋生，消遣时日呢！

以下中间一段是女主人公顾影自怜进一步自怨自艾之辞。她看到红翠稠叠的莲花莲叶，便想到自己的青春容颜，她的翠眉能使荷叶羞惭，她的脸颊更令荷花难比。只是她的意中人远在塞外，当她想到他们当初分别的情景时，心中不禁充满了惆怅怨望之情。当初他们是多么愿意彼此成为并蒂之花、连丝之藕啊！但当时的旧情现在已无处可觅，只有新开的花花草草在那里焕发着它们的神采。她不胜幽怨地说：我虽然不想做那传说中的江边神女，解佩赠人另觅新欢（用《韩诗外传》所载中郑交甫在江边遇见两位神女向他解佩相赠的典故），但我对征人一去之后音信全无，未能像苏武在北海那样雁足系书捎回音讯，从心底里感到委屈难受。

最后一段展现的是在月亮下一群采莲女在江上采莲的夜景。群女在月下采莲，更使诗歌充满了美的情调意境。丰茸，盛饰貌。江风浩荡，江月徘徊，一群盛饰的美丽的南国少女在莲浦中轻荡兰舟，互致问候。她们共同的话题不是别的，只是说：在千里之外的寒江，不知道咱们的征人现在怎样了？他们离开这里，不知隔着多少关山啊！

　　楚骚式的南国芬芳，吴歌、西曲所特有的连绵、顶真与上下章韵脚蝉联相生、二者交互使用的手法，清绮而不粘滞的藻饰，以诗人的如水柔情贯串起来，形成本诗婉美秀丽中微见哀婉怅惘的情致。"初唐四杰"歌行善用"六朝锦色"而风力内含的特点，于兹可见一斑。

（徐树仪）

滕王阁诗

滕王高阁临江渚，佩玉鸣鸾罢歌舞。

画栋朝飞南浦云，朱帘暮卷西山雨。

闲云潭影日悠悠，物换星移几度秋。

阁中帝子今何在？槛外长江空自流。

　　滕王阁建于唐高宗显庆四年（659），是当时的洪州（治所在今江西南昌）都督皇叔滕王李元婴所建。李元婴是唐高祖的小儿子，贞观十三年（639）受封，后因恃宠骄纵，动作失度，数犯宪章，以致被削职夺俸，去滁州安置。而那座矗立在州郊赣江之滨以他的王爵命名的华丽宏大的楼阁，就留给他的后任享受了。王勃少时，一次因省父路过洪州，受到都督阎伯屿的接待，参与了当时正在阁上举行的款待贵宾的盛宴。在宴席上王勃为主人撰写了记叙这次盛会的著名的《滕王阁序》，这首诗隶于序后，相当于楚辞中的"乱"词。

　　王勃这首诗虽然还袭带着宫廷文学的形貌，但具有一种俯仰古今、平章世事的清新之气。

　　诗句说：滕王高阁虽然依旧俯临江渚，但滕王当日的车马宾从和歌袖舞衫早已消歇，使得阁上的画栋珠帘空对南浦和西山的朝云暮雨。那光阴随着倒映于江潭的悠悠白云一起消逝，斗转星移，时序变化，不知道已经过了多少年月。那阁中的帝子现在哪里去了？只有槛外赣江的水在日夜奔流。

滕王自从在洪州犯法被削户减封安置到滁州以后，仍然未改骄纵习性，不久又起授寿州刺史，转隆州刺史，高宗弘道元年（683）授梁州都督，次年薨。王勃作此诗时这位"帝子"虽然还健在，但初唐时期高祖、太宗、高宗诸子多恃宠骄淫，或互相倾陷，或图谋逆乱，以致刑戮加身，合门罹罪，能善终的屈指可数。王勃的"阁中帝子今何在"，就是对这一历史现象的概括性的咏叹。　　（徐树仪）

送杜少府之任蜀川

城阙辅三秦，风烟望五津。

与君离别意，同是宦游人。

海内存知己，天涯若比邻。

无为在歧路，儿女共沾巾。

这是一首著名的送别诗。它不同于一般的地方是把送别时的感伤暗淡，翻成了一种超越时空的心灵和感情的交流共鸣，从而展现了一个十分开阔的精神境界。"海内存知己，天涯若比邻"这一名句在千载之后的今天，仍然不断闪烁着它的思想光辉。

诗歌是作者为送杜姓朋友赴蜀中任县尉所作。诗歌说：站在雍、塞、翟三秦拱卫的长安城楼，遥望你将前往的蜀地的五津（岷江上白华津、万里津等五个渡口的总称）风烟，我们彼此都为惜别而感到惆怅，特别大家又都是为谋求官禄而到处奔波的人。但是如果人们的心能够贯通，连在一起，那么，即使相隔天涯海角，也仍然好像近邻一样亲近。因此我们尽可不必像那些多情的男女，在分手时泪下沾襟。"歧路"，用《列子》中杨朱临歧而哭的典故，因为歧路"可以南可以北"，使人无所适从的缘故。

唐人重京职，远赴边郡，恐怕并不是杜少府自己的意愿，而王勃当时的心境可能也充满了牢落抑塞之情。因此他们惺惺惜惺惺，临别时自然更觉伤感。诗中的"宦游人""离别意"以及"歧路""沾巾"之语，都是这种情绪的反映。为了使诗歌的情调不致过于低沉，诗句开始时出现的"城阙辅三秦，风烟望五津"这种壮丽阔大的场景，可能正是出于一种感情上补偿的需要；而"海内存知己，天涯若比邻"，则更是为了能使彼此在困境中互相安慰。

　　这是一首五言律体。不同于一般的五律的是它的中间两联都是流水对。流水对能使诗句更为流畅连贯，读起来如同口语一般，在不知不觉中加强感情的共鸣。何况在这里是二联叠用呢！"海内"两句的句意，原从曹植《赠白马王彪》中"丈夫志四海，万里犹比邻"句蜕化而来，而它的属对用辞和艺术意境，显然超越了原作。把前人的诗句加以改动使之为己所用，王勃在这方面也显示出非凡的才能。他的《滕王阁序》"落霞与孤鹜齐飞，秋水共长天一色"，即由庾信《马射赋》"落花与紫盖齐飞，杨柳共春旗一色"化出。

（徐树仪）

普安建阴题壁

江汉深无极，梁岷不可攀。
山川云雾里，游子几时还。

普安，即今四川剑阁。建阴可能是一处驿亭或寺院所在的乡镇地名。王勃在弱冠之年游蜀时途经普安，题诗于壁。

这也是一首游子思归诗，可诗中透露的乡思却与下录《山中》略有不同。《山中》的乡愁是一种苍茫缭乱、无所归宿的失落之感，而这首诗里的乡愁却是另一种严峻、深沉而使人感到无限忧思的心情。

当李白在他的《蜀道难》中刻画蜀道剑阁巉岩险巇，长蛇与猛虎到处磨牙吮血的时候，他一半是在影射这人间世路的险难；王勃在这首诗中咏叹的"江汉深无极，梁岷不可攀"，几乎也是一种同样的叹息。梁山和岷山都是川北剑阁一带的大山。在王勃生活的唐高宗朝，以武则天擅政为背景的朝廷权力斗争一直是十分残酷而激烈的。李义府、许敬宗等幸臣专以谄谀构陷为能事，长孙无忌、上官仪等先朝大臣先后无辜被戮，曾经对王勃的才华十分赏识而向朝廷力荐的右相刘祥道也因与上官仪有往来而被罢相。王勃自己则因偶为文字游戏被唐高宗怀疑挑拨诸王关系，丢掉了沛王府修撰的官职，并被逐出王府。

　　正是在这种环境和心态中，他才分外感到这江汉的"深无极"、梁岷的"不可攀"。但江汉虽深，毕竟可渡；梁岷虽高，毕竟可攀。真正使得他感到绝望的，只是对自己的仕途已看不到任何光明的前景，在他前面只有一片迷茫的云雾，他这个游子何时才能回返呢？

（徐树仪）

山　中

长江悲已滞，万里念将归。
况属高风晚，山山黄叶飞。

　　乡思是古代诗歌中十分普遍的题材。这类诗总是因作者本人身世遭遇和性格情操的不同，而各具特色。

　　从首句"长江悲已滞"来看，此诗当是王勃漫游蜀中所作。王勃游蜀正值弱冠之年，当时他在高宗皇子沛王李贤府中任侍从，因事获罪，被高宗下令逐出王府。这对早年即以高才倾动皇都，刚入仕即获易于进身的宫廷美职，满心以为富贵功名唾手可得的青年人来说，不啻是一个巨大而沉重的打击。在此后约有三年的时间中，他漫游蜀中，避迹于重岩幽壑、大麓古寺之间，以抚慰心灵的创伤，思考今后的道路。此诗中透露的那种巨大而悲凉的乡愁，正是他在这种困顿的处境中，对人生进行探索的一种反映。

　　在诗人的眼里，长江仿佛也带着过重的乡愁而停滞不流了。蜀地离开诗人的故乡（山西龙门）虽然远非万里之遥，但蜀中那些攒天的高峰和深邃的林壑却大大加深了他离家的遥远感。因而这极写归心迫切的"万里念将归"的"万里"，也就成了十分相称的夸张词。这深秋从高空中吹来的阵阵寒风卷起了漫山的黄叶，它们到处飞舞。在它们身上，寄托着一个仕途失意、客居异乡的游子的心。

除了表面思归的乡愁之外，显然还有一场已经失坠了的功名事业的梦。在这里，对诗人来说，真正难觅的已不是自己生身的故乡，而是自己的人生归宿了，而这正是此诗能给我们带来巨大而复杂的感受的根源所在。

（徐树仪）

九　日

九日重阳节，开门有菊花。
不知来送酒，若个是陶家？

　　这是一首重阳节的感怀诗。大意说：在这重阳佳节，家门前的菊花正盛开着。这正是陶渊明对菊饮酒的时候。史书记载，陶渊明隐居浔阳，家贫而性喜饮酒，江州刺史王弘常载酒于野亭相邀共饮，欢宴终日。有时陶渊明酒米乏绝，王弘也时相赠济。作者说：陶渊明虽然家贫，还有王弘这样的达官来为他送上美酒，只是今日那些门前闹攘攘送酒之人不绝的豪贵之家，哪有一个是可以称得上像陶渊明那样的高士？这是作者在重阳节看见豪贵之家竞相馈赠邀饮，而自己这类寒士却十分冷落寂寞，因而发出的感慨。

　　诗人在这里拈出王弘为陶渊明送酒的典故也并非偶然。王勃的祖父王通，叔祖王绩，都是隋末的才学知名之士。可是他们都厌恶宦情，弃官隐居，步了陶渊明的后尘。特别是王绩，他的出处、性格酷似陶潜，诗风亦颇近似。他的文集《王无功集》还收有许多咏陶拟陶之作。王勃诗在风格上有不少地方承袭他的叔祖父，对官场黑暗的厌憎和对寄迹山林的向往，又显然与陶渊明有着思想性格上的渊源关系。本诗即是一个较明显的例证。

　　此诗即事生叹，语句浅近，用典浑成，对当时富贵之家的附庸风雅深含讥刺，体现了王勃诗的另一种风格。

（徐树仪）

杨 炯

杨炯（650—693后），华阴（今属陕西）人。十岁举神童，后授校书郎，迁詹事司直、崇文馆学士。武后朝受亲戚参与徐敬业起兵事株连，贬梓州（今四川三台）司法参军。如意元年（692）选授盈川（今四川筠连）县令，不久卒于任上。世称"杨盈川"。

杨炯为"初唐四杰"之一，尤以文见称于时。今存诗作，均为五言。其中五律工致健朗，于诗体有奠定之功，后人以为"虽神俊输王（勃），而整肃雄浑，究其体裁，实为正始"（胡应麟《诗薮》）。有《盈川集》。　　　　　　（史良昭）

从 军 行

烽火照西京，心中自不平。

牙璋辞凤阙，铁骑绕龙城。

雪暗凋旗画，风多杂鼓声。

宁为百夫长，胜作一书生。

唐高宗朝间，边境上不时发生抗击吐蕃及西突厥贵族侵扰的战斗。同战争的正义性质相适应，诗坛上出现了不少留意边事、歌颂建功报国壮举的诗篇，本篇即是其中具有代表性的杰作之一。从诗中"宁为百夫长，胜作一书生"的自白来看，此处"书生"当不只是布衣。永淳二年（683），突厥犯境直达蔚州（今山西蔚县），最为深入；其时杨炯三十四岁，升任崇文馆学士未久，此诗疑即是时所作。

这首五律凝炼地表现了闻警、从军、出征、鏖战的全过程。首联开门见山，从军壮士于国难之际怒发冲冠、锐身自任的形象跃然纸上。颔联写将军受兵符辞朝出征，旋即王师已深入敌境、包围敌巢，紧凑遒迫，显示出唐军迫不及待、灭此朝食的无畏气概。颈联渲染军旅生活的艰苦和战争景况的激烈，隐然可见前沿战士的坚韧不拔。尾联畅抒感受，从诗人投笔从戎的豪迈志愿中，反映出整支军队士气的高扬。全诗雄整俊拔，充溢着阳刚之气。

从章法上看，作品于盘礴一气之中，又具抑扬开合的变化。"烽火"两句，起笔劲直；"牙璋"两句径接，境界宕开，气势承扬；"雪暗"两句在前联的基础上作局部性的细绘，文气一抑；"宁为"两句挽回，又复高扬，以感慨抒怀作结，还对前三联起了画龙点睛的总结作用。这种劲起雄收、中二联承转起伏的结构，有利于表达诗人雄豪而跌宕的心绪，是唐人五律军旅诗的常法。后人如王维的《送赵都督赴代州得青字》："天官动将星，汉地柳条青。万里鸣刁斗，三军出井陉。忘身辞凤阙，报国取龙庭。岂学书生辈，窗间志一经。"在章法上便与本诗有异曲同工之妙。

（史良昭）

刘希夷

刘希夷（651—679?），字庭芝，颍川（今河南许昌）人。上元进士。他的诗以长篇歌行见胜，尤善写闺情，诗风柔婉华美，虽尚存齐梁余习，而气韵悲凉，骨力内含，是其超胜处。《代悲白头翁》是他的代表作。《全唐诗》录存其诗一卷，计三十余首。

（曹光甫）

代悲白头翁

洛阳城东桃李花，飞来飞去落谁家？
洛阳女儿惜颜色，行逢落花长叹息。
今年花落颜色改，明年花开复谁在？
已见松柏摧为薪，更闻桑田变成海。
古人无复洛城东，今人还对落花风。
年年岁岁花相似，岁岁年年人不同。
寄言全盛红颜子，应怜半死白头翁。
此翁白头真可怜，伊昔红颜美少年。
公子王孙芳树下，清歌妙舞落花前。
光禄池台开锦绣，将军楼阁画神仙。
一朝卧病无人识，三春行乐在谁边？
宛转蛾眉能几时，须臾鹤发乱如丝。
但看古来歌舞地，唯有黄昏鸟雀悲！

这首七言歌行体诗的题目一作《代白头吟》，闻一多先生主《代白头吟》为是；施蛰存先生《唐诗百话》力辨当作《代悲白头翁》，可从。

全诗可分四层。起首四句赋落花起兴，引入"洛阳女儿"由花及己的叹息。接着八句描写洛阳女儿的心态，从时间上紧扣花与人的久暂对照，抒发了人不如花的感喟。其枢纽处"年年岁岁花相似，岁岁年年人不同"一联最为人激赏。从"寄言全盛红颜子"到"三春行乐在谁边"十句，写洛阳女儿由己及人，对"红颜子"的"寄言"告诫。她以白头翁的今昔衰盛预示出红颜子的相同命运：白头翁的昔，即红颜子的今；白头翁的今，即红颜子的未来。真所谓"后之视今，亦犹今之视昔"。白头翁当年风流倜傥，在光禄勋池台、大将军楼阁追欢行乐，哪想到晚境如此寂寞凄凉。此层中仍以"芳树""落花"点缀映衬，不离全诗基本意兴。怜白头翁，也即怜红颜子，也即怜自己，这层"寄言"是前层心态的延伸和扩展。结末四句收拢思绪，总束全篇。"宛转蛾眉"，回到洛阳女儿自身。"须臾鹤发乱如丝"，是白头翁、红颜子、洛阳女儿的共同归宿。最后宕开一笔，从更高更深层次上点明所有的"歌舞地"都不免于人去楼空的结局：风流云散，繁华成梦，黄昏落日，鸟雀悲鸣，具有一种暮鼓晨钟般的警世意味。全诗一气呵成，开合自如，结构完密。

诗中的"洛阳女儿""红颜子"的社会地位如何？从红颜子的影子白头翁，老来"一朝卧病无人识"，被人弃如敝屣的情景来看，其绝非达者。他们年轻时之所以能朝欢暮笑，恐怕也只是清客之流，陪人笑乐而已。洛阳女儿的身份不明，但赋而兴的开头两句，一种飘茵落溷、身不由己的沦落感已隐隐逗出。她或许是倡女舞伎之流，内心世界极其空虚凄楚。所以此诗实际上反映的是社会下层某些人的怅惘与悲哀，包括诗人自己在内。刘希夷虽考中上元二年（657）进士，但从未跻身于清显贵要的仕途，一生颇为失意。而所写诗"词旨悲苦，不为时人所重"（《全唐诗话》）。如《故园置酒》云"愿逢千日醉，得缓百年忧"，"风前灯易灭，川上月难留"，情怀确实悲苦。《代悲白头翁》诗乃是借"代悲"之酒杯，浇"自悲"之垒块。刘希夷生前无藉藉名，而唐玄宗天宝年间孙翌编选《正声集》，不仅选了刘诗，并誉为集中之最，由此才为人所盛称。

"年年岁岁花相似，岁岁年年人不同"，是千古名句。《唐语林》载刘希夷诗草成，尚未示人，他的舅舅宋之问首先读到，极为喜欢这两句，因此苦苦恳求乞讨这两句的著作权。刘希夷最初答允，后又变卦而泄漏秘密。宋之问大怒，派人用土袋把刘希夷压死。这种传闻不可靠，大半系附会，主要乃在显示这两句的不朽价值。这两句朴实平淡的诗明白如话，却贴切地表达了一种"如花美眷，似水流年"的意境。在人与自然的思索中，这种意境人人会产生，却未必人人能道出，一旦有人深入浅出地表达出来，就会引起极大共鸣与反响。"年年岁岁"与"岁岁年年"的回环反复，表现了时间的绵邈悠长，韵律很美。"花相似""人不同"的对偶、对照，言简意赅地揭示出天地常新、人生易老的悲哀。其实这是从人的角度看花，倘若从花的角度看人，那就会是"年年岁岁人相似，岁岁年年花不同"了。刘希夷大概不会想到，人和自然界都在不断地新陈代谢，因而都是亘古常新的。全诗以及这两句的基调都相当消沉伤感，这也是一个因素。

《代悲白头翁》基本上不雕琢、不用典，写得清丽流畅，音韵谐美。诗的前半部分，化用了汉乐府宋子侯《董娇娆》、南朝民歌《莫愁歌》诗的句法和意境而加以深化。此篇对唐代及后世都有较深影响，唐人乃至《红楼梦》中林黛玉的《葬花词》，都有袭用或模仿之迹，可见此诗的魅力所在。

（曹光甫）

沈佺期

沈佺期（？—约716），字云卿，相州内黄（今河南内黄）人。唐高宗上元二年（675）进士，任协律郎，曾因事系狱。武则天朝，官通事舍人、考功员外郎、给事中。长安四年（704），因"考功受赇"入狱。中宗神龙元年（705），以党附张易之兄弟，长流驩州。景龙元年（707）赦还，任起居郎，兼修文馆直学士。睿宗朝，转中书舍人。玄宗即位，迁太子少詹事。《新唐书·文艺传》："魏建安后迄江左，诗律屡变。至沈约、庾信，以音韵相婉附，属对精密。及（宋）之问、（沈）佺期，又加靡丽，回忌声病，约句准篇，如锦绣成文。学者宗之，号为'沈、宋'。"这段话，确切概括了沈诗的特点，以及沈宋二人对唐代律诗定型化作出的重要贡献。有《沈佺期集》。

（韩理洲）

杂　诗

（三首选一）

闻道黄龙戍，频年不解兵。

可怜闺里月，长在汉家营。

少妇今春意，良人昨夜情。

谁能将旗鼓，一为取龙城。

　　《全唐诗》卷九十六载沈佺期以《杂诗》为题的五言律诗共三首，内容都写少妇思念征夫的凄惋之情，但各有侧重。第一首写夜缝征衣，第二首写春梦，第三首写望月。三首《杂诗》，唯有本篇深受历代选家推崇。其原因大概有二：一是此首不只写缠绵思情，又有期盼朝廷选择良将、早日平寇安边之意，内涵较前两首丰富；二是在写作技巧上，很能体现沈佺期律诗"吞吐含芳，安详合度"（沈德潜《唐诗别裁集》）的风格。

史载唐代东北军事重镇营州，从武则天朝被契丹、奚的叛乱者占据以后，直到玄宗先天元年（712），仍未克复。由此可知，沈佺期《杂诗》（其二）的"何苦朝鲜郡，年年事鼓鼙"和本篇首二句，是实写时事。"黄龙"，在今辽宁省开源县西北。其地山势曲折绵延，宛如龙形，故名。"不解兵"，即未休战。诗人一落笔就用少妇的"闻道"领起，既写出她心思不宁、探询消息的情态，又把东北边境连年不息的战事同她的爱情生活作了有机的联结，从而为全诗伏根。颔联用"流水对"勾画少妇望月情景："隔千里兮共明月"，闺楼伫立，望着中天明月，她思神飞越，心想也许此时此刻，边地军营中的良人也正在对月神伤。这高于时空感的联想，曲尽少妇之愁肠。颈联又用互文申足悲恨，补足望月伤怀，并深化了第三句"可怜"的含义。总之，中四句以闺中和军营、昨与今、回环反复，造成了缠绵深婉的意境，生动细腻地刻画少妇得知"频年不解兵"之后的心理活动。末二句写少妇愿望。"旗鼓"，此处指代军队。"龙城"，在今蒙古国境内，是匈奴祭天的地方。这里泛指敌方要地。少妇希望有良将指挥唐军，一举扫除边患，使征夫早日返归，隐含着对边将无能的批评，使全诗的主旨由盼归又升华为忧国，也照应了首联，绾合了全篇。

（韩理洲）

古　意

卢家少妇郁金堂，海燕双栖玳瑁梁。

九月寒砧催木叶，十年征戍忆辽阳。

白狼河北音书断，丹凤城南秋夜长。

谁谓含愁独不见，更教明月照流黄。

　　诗以"古意"为题，是因为它是拟古乐府而作。《乐府诗集》题作《独不见》，《全唐诗》卷九十六又作《古意呈乔补阙知之》。乔知之在武则天朝曾任补阙，神功元年（697）被武承嗣杀害。（详见《通鉴》卷二〇六）据此可知，本篇作于武则天朝。

　　全诗平仄协调、音律和谐，流动宛转，借助声律恰切地表达了少妇思念征夫的缠绵悱恻之情。中间两联无论词组的结构还是词性，对仗都非常工整精严，又为全诗增添了外在的匀衡美。在唐代七律演进的过程中，这首诗实为首句平起入韵的典式。它的产生，标志着七律已进入了完全成熟的阶段。正是在这个意义上，明代的何景明等人推崇本篇为唐人七律之冠（见杨慎《升庵诗话》卷十），清人姚鼐评其"高振唐音，远包古韵，此是神到之作，当取冠一代矣"（《唐宋诗举要》引）。

　　在描写技巧方面，诗人交替运用了反衬和烘托，细致地刻画了少妇"含愁独不见"的心理活动。

　　梁武帝萧衍《河中之水歌》云"洛阳女儿名莫愁","十五嫁为卢家妇","卢家居室桂为梁，中有郁金苏合香"。诗的首二句即化用其意，极写闺房的富贵华丽，从反面设景，引出少妇对美满幸福的爱情生活的思念。尤其是屋梁上双栖的海燕，更是触发她孤寂之感的媒介。居室中的这一切，昼伴夜随，时时都会产生逆反作用。所谓"莫愁"，实为"多愁"。颔联用九月捣衣的砧杵声和落叶声，烘托少妇对十年戍守辽阳（泛指辽东地区）的丈夫的思念。"寒""催"二字，分别从感觉和视觉两方面融合主体和客体，以凄凉萧瑟的秋景渲染了独居十年的少妇的心境。颈联紧承第四句的"忆"字，写少妇缠绵悱恻的思情。"白狼河"，即今辽宁大凌河，是征夫的戍地；"丹凤城"，即今长安城，是少妇的居处。继十年不见的时间距离之后，又以两地对举，从空间距离上写出了相见之难。"音书断"与前二者结合起来，进一步把盼念之意推向绝境，从而反衬了"秋夜长"的内心体验，强烈地表现了少妇心驰万里、魂萦梦绕、辗转难眠、悠悠不尽的相思，显示了她对爱情的忠贞和执着。尾联写明月入户照射"流黄"（黄紫相间的丝绢，此处指帷帐），反衬愁思，用景结情，意味深长。

（韩理洲）

兴庆池侍宴应制

碧水澄潭映远空，紫云香驾御微风。

汉家城阙疑天上，秦地山川似镜中。

向浦回舟萍已绿，分林蔽殿槿初红。

古来徒羡横汾赏，今日宸游圣藻雄。

兴庆池又名龙池，在今西安市兴庆公园内。《唐会要》卷三十"兴庆宫"条载，中宗景龙末（710），兴庆坊的"五王子宅"内"有龙池涌出"。望气者以为有天子气，"中宗数行其地"，命泛舟戏象以厌之。从诗意看，本篇当是中宗行幸兴庆池时，诗人侍游的奉和应制之作。它描绘了唐代长安的美丽风光，形象地再现了宫廷生活的一个侧面，宛如一幅帝王泛舟图。

首句写静态的池水。用"碧"字形容水色，使人可以想见其深静之状。"映远空"，从侧面着笔，巧妙地写出了池水的澄沏阔大、一片明洁。第二句用表示祥瑞的"紫云"称颂皇帝驾临，渲染气氛。三、四句紧承首句的"映"字，避实就虚，描写了宫殿楼台和山川在兴庆池中的倒影。又用表示幻觉的"疑""似"，展现了天上人间、池水镜中的美妙联想，从而造成了景幻交织的意境。五、六句上承第二句，写泛舟游池。诗人分别从水中和岸上着笔，生动地描绘了乘舟时而前行、时而回折、穿越两岸的密林花丛和宫殿的景象。末二句用汉武帝渡汾河而赋《秋风辞》的典实作衬托，盛夸当今皇帝的文思辞藻。颂美捧场，格调不高。但是，正如沈德潜所说，此为其时"风气所囿"，不可"一概抹杀"（《唐诗别裁集》）。诗人娴熟精细的描写技巧，是很值得借鉴的。

（韩理洲）

宋之问

宋之问（约656—713），一名少连，字延清，虢州弘农（今河南灵宝）人。唐高宗上元二年（675）进士。武后时，官至左奉宸内供奉。与沈佺期等谄事武后弄臣张易之。张易之被诛，坐贬泷州参军。未几逃归洛阳，匿友人张仲之家。张仲之谋起事诛杀宰相武三思，因人告密，其事遂败，之问颇涉逆出首事，因复官为鸿胪丞。中宗时以户部员外郎，兼修文馆直学士，转考功员外郎。后以贪赃贬越州长史。睿宗立，诏流钦州，寻赐死。

宋之问诗风清丽，是唐代律诗的奠基人之一，与沈佺期齐名，《新唐书·文艺传》称其文体靡丽，"回忌声病，约句准篇，如锦绣成文，学者宗之，号为'沈宋'"。但沈五、七言并擅，而宋则五言为胜。　　　　　　　　　　　（徐树仪）

灵　隐　寺

鹫岭郁岧峣，龙宫锁寂寥。

楼观沧海日，门听浙江潮。

桂子月中落，天香云外飘。

扪萝登塔远，刳木取泉遥。

霜薄花更发，冰轻叶未凋。

夙龄尚遐异，搜对涤烦嚚。

待入天台路，看余度石桥。

关于此诗的作者，历来颇多疑义。清人陈熙晋《骆临海集笺注》将它归之于骆宾王名下，因为据唐孟棨《本事诗·征异第五》载，广陵兵败后，宾王落发为僧，游居灵隐寺。十年后，碰到了受贬黜而放归江南的考功郎中宋之问，之问欲题咏灵隐寺诗，然仅得首联"鹫岭""龙宫"二句，此后虽"搜奇思，终不如意"，于是，宾王见而代续，足成之。其后，诸如宋计有功《唐诗纪事》、吴垌《五总志》、明胡应麟《补唐书骆侍御传》等，均附和孟说。不过，却遭到清代四库馆臣们的强有力反对，以为其说"舛驳不合"，既未明载于涉及桂子、天香诗句的唐封演所著之《封氏闻见记》（封著较《本事诗》成书早约半个世纪，归此诗为宋之问所作），又与宾王集中江南、兖州俱有赠宋之作互相矛盾（骆、宋早年交厚，不应于灵隐"觌面失之"，互不相识）。至若吴垌有关"宾王未显时庸作杭州梵天寺"，为一老僧续成《灵隐寺》诗之说，"更不知其何据"？（说详《四库全书总目提要》卷一二一、一四九）四库馆臣们的驳斥不无道理，且值得一提的是，成书于宋太宗雍熙年间的《文苑英华》卷二三三是将此诗归属于宋之问的（题为《题杭州天竺寺》）。因此，成书于清康熙年间的《全唐诗》遂亦将此诗的著作权回归宋之问。考宋之问之经历，此诗应作于景龙三年（709）出为越州长史之时。

诗的首两句正面点题，"鹫岭"指飞来峰，"龙宫"代灵隐寺。"岩崚"状山峰之崔嵬高峻，"寂寥"写佛寺之肃穆清幽。据王十朋注苏轼《游灵隐寺》诗所引晏殊《舆地志》："晋咸和元年，西天僧慧理登兹山，叹曰：'此是中天竺国灵鹫山之小岭，不知何年飞来。佛在世日，多为仙灵之所隐，今此亦复尔耶？'因挂锡造灵隐寺，号飞来峰。"而龙王曾请佛祖讲经说法的传说，又为"龙宫"之所本。诗中的"郁""锁"二字眼颇见其字锤句炼之功，前者尤见林木葱茏，后者则更显佛门空寂。

"楼观沧海日"下四句，属对工整，气象雄伟，景观壮丽，仍紧扣灵隐而写，只不过诗笔由近而远，渐次展开，一一叙及其周围的地理环境。据《咸淳临安志》所载："灵隐有月桂峰，相传月中桂子尝堕此峰，生成大树，其花白，其色丹。"又，王十朋所注苏诗曰："天竺山，昔有楚僧云，此山自天竺鹫山飞来，八月十五夜尝有桂子落。"传闻逗人无限遐思，给灵隐涂抹上了一层空灵神奇的色彩。

清森而缥缈的佛境似乎为诗人淘洗去胸中的尘垢，他意兴勃发，由静而动。攀着藤萝登临高塔，刳木为瓢，汲取清泉，沿途那经冰侵雪而叶犹绿、花犹红的美景，似乎印证了佛氏所云"性起之法，万象皆真"的精神。"夙龄尚遐异"二句写作者的主观审美情趣偏向于奇观异景。因为置身于清幽奇妙的环境，确可远避红尘。于是，他顿生出世之志；回想自己从少年时代起，本就向往远山异水，虽然以后误入尘网，但今日的灵隐探胜，又如闻天乐，如沐醍醐，胸襟为之洗涤一净。这怎不使人起抛却尘世、步入佛国天界之愿呢？"天台路""度石桥"，据顾祖禹《读史方舆纪要》："天台山，在县北三里，一名桐柏山，亦名大小台山，以石桥大小得名。"又引《山经》云："天台超然秀出，入山者路由福溪，水险而清，前有石梁，下临绝壑。逾梁而上，攀藤梯壁，始得平路。其诡异奇秀，非记载所能尽也。"这就无怪乎诗人心向往之了。而由一佛教胜地联想到又一佛教胜地，这既是诗人游意未尽的表现，亦是有意宕开一笔，以求余韵不绝的艺术效果。至此，篇首所显示的"寂寞"心态似已转化为超脱世间、超脱自我的高情远志。然而佛法是否真能使贬谪中的诗人超脱呢？不妨见仁见智。

全诗辞藻清华、音调和婉，于细针密纳中见出一种清远之气。无论从气格还是技巧上来看，都可视为盛唐五排的先声。（聂世美）

明 河 篇

八月凉风天气清，万里无云河汉明。

昏见南楼清且浅，晓落西山纵复横。

洛阳城阙天中起，长河夜夜千门里。

复道连甍共蔽亏，画堂琼户特相宜。

云母帐前初泛滥，水晶帘外转逶迤。

倬彼昭回如练白，复出东城接南陌。

南陌征人去不归，谁家今夜捣寒衣。

鸳鸯机上疏萤度，乌鹊桥边一雁飞。

雁飞萤度愁难歇，坐见明河渐微没。

已能舒卷任浮云，不惜光辉让流月。

明河可望不可亲，愿得乘槎一问津。

更将织女支机石，还访成都卖卜人。

　　这是一首借咏银河，有所讽托的诗。《唐诗纪事》称："武后时，之问求为北门学士，不许，乃作此篇寄意。"

　　诗的前四句先总写中秋时节银河由昏及旦的景色。接下去的六句写东都洛阳城中王孙贵戚之家玩赏银河夜景的场景。唐高宗及武则天称帝时期，御辇常驻东都，洛阳成了实际上的首都，因而分外繁华。宋之问身为宫廷侍从，对那种豪富的生活场景当然十分熟悉，因而这种描写更显得精熟富丽而有气势。这是本诗的写景主体。

后面八句从"倬彼昭回如练白，复出东城接南陌"转入征人思妇在秋夜里对银河引起的愁思。这种描写在当时同类诗歌中也是必不可少的常套，但此处则兼可作为上段贵族之家的生活乐趣的反衬，更重要的是为下段打写自己内心的失意怨思引桥铺路。"倬彼昭回"语出《诗经·大雅·云汉》章"倬彼云汉，昭回于天"句。这是一首周宣王向天河祈雨的诗。"倬"是形容水气，"云汉"即天河，"昭"是明亮，"回"是流转的样子，意谓明亮的银河在天上流动，它上面有层蒙蒙的水气。

末段诗人借思妇之口，用"已能舒卷任浮云，不惜光辉让流月"，说自己本来与世无争，把功名富贵看得如同浮云一般，并甘心像银河一样把光辉让给明月。诗人同时又表示希望能像传说中的汉代博望侯张骞一样，能乘槎而上，去银河看个究竟。《集林》记载："有人寻河源，见妇人浣纱，问之，曰：'此天河也。'乃与石而归。问严君平（即成都卖卜人），君平曰：此织女支机石也。"诗人用"更将织女支机石，还访成都卖卜人"来暗示：我如果到了天河，一定要把织女用来支机的石块取回，请严君平给我卜一卜今后的时运。在这里，诗人显然又以银河暗喻他所追求的北门学士。

宋之问热衷仕禄，钻营美职，但当他借景抒怀，展示自己这种并不高尚的内心活动的时候，却能写得如此幽美动人而富有奇情逸致。正是他的这种文学才能，使这篇作品流传千古，享名诗坛。

（徐树仪）

题大庾岭北驿

阳月南飞雁，传闻至此回。

我行殊未已，何日复归来。

江静潮初落，林昏瘴不开。

明朝望乡处，应见陇头梅。

这是宋之问流放泷州（今广东罗定）过大庾岭（在今江西大庾）所作。大庾岭又以多梅树而称梅岭。古代岭南岭北，于此分界，过岭即是岭外之地。在唐代人的心目中，岭外是十分荒凉而僻远的处所。

在古人诗作中写到乡思别意的，往往托意于大雁，本诗也不例外。只是作者把大雁与他南流途经的大庾岭联系起来，那种感受就更为深沉了。传说大雁南飞，到岭而止，而自己却将远窜岭南，归期无日，这真是远远不及大雁了。诗人触景生情，因而发出了"阳月（阴历十月）南飞雁"以下四句的悲叹。诗句的颔联作流水对，与起联相呼应，脱口而出，一气贯穿，因而使得这种感情的迸发更为强烈。

颈联极写岭外的荒凉寂寞，在那里，除了奔流着的阒无人影的江流和弥漫着瘴雾的昏暗的山林外，几乎什么都没有了。这种形象化的描绘，正是为了衬托和加深他前面述说的乡思之情的。

诗人在最后二句中说：明天我将登上大庾岭，当我引颈北望自己的故乡时，也许会看到岭上盛开的梅花。作者暗用南朝诗人陆凯自江南寄梅与长安故人范晔并赠诗的典故，诗曰："折梅逢驿使，寄与陇头人。江南无所有，聊寄一枝春。"意思是说：纵然岭上梅花盛开，我也无法把它折下寄给故乡的亲人，只是徒然向北极目远望而已。

这首作品不失为一首情真意切、含思宛转的思乡诗，在五言律诗的格律技巧上也已达到了完全成熟的境界，因而历来被视为典范之作。

（徐树仪）

奉和晦日幸昆明池应制

春豫灵池会，沧波帐殿开。
舟凌石鲸度，槎拂斗牛回。
节晦蓂全落，春迟柳暗催。
象溟看浴景，烧劫辨沉灰。
镐饮周文乐，汾歌汉武才。
不愁明月尽，自有夜珠来。

此诗景龙三年（709）正月晦日侍奉中宗游长安昆明池时作。诗为五言排律，是初唐应制诗的代表作。

昆明池乃汉武帝为征南粤操练水师所凿，全诗由此生想，一笔写两面，赋中宗晦日游池同时，通篇用汉武事以切奉和颂圣之体。每二联为一层，凡三层。各层次中"春""节晦""明月尽"与"夜珠来"，递进以分点节令为春季、晦日并隐合晦日之后，新月更始之意，此为实赋。首层又用汉武凿昆明池并造楼船、建石鲸，立甲帐诸事；二层用汉武开池时见劫灰与东方朔对答事；三层复用汉武曾救一大鱼，后于昆明池得大鱼所报夜光珠一对事，而"夜光谓之月"（《广雅》卷九上），又双关新月将起之意，从而使使典颂圣与实赋节令二者绾合为一，最见应制诗用典熨帖、组织精工之特色。

当时奉和者百余人，上官婉儿衡卷，于彩楼中将落选诗笺一一掷下，唯剩沈、宋二笺。久之，沈笺又下，之问夺冠。婉儿评云："二诗工力悉敌，沈诗落句云'微臣雕朽质，羞睹豫章才'，盖词气已竭。宋诗云'不愁明月尽，自有夜珠来'，犹涉健举。"（《唐诗纪事》卷三）其实宋诗落句能健，正得力于全篇组织。

诗至二层用劫灰事，其势已由扬而抑，颇难挽转。而三层先用周王饮群臣于镐京，汉武祭后土渡汾以歌《秋风辞》二"文治"之事，既以周衬汉而实写唐，又与凿昆明为武功之事相济相辅，以颂中宗承周汉贤君文治武功而美之，故能于武周之劫灰中，再兴大唐，如"明月"中天。唯因有"镐饮"二句之开宕振拔，方使"夜光"之典境界一新，有健举恢远之不尽意韵。

胡震亨《唐音癸签》卷一〇评之问排律"篇篇平正典重，赡丽精严，不独《昆明》一什胜沈也"。历来有批评本诗以周武王镐饮之事，误为周文者，是乃小疵；为之辩者则云，为与"汉武"成对，就律故改。然详全诗之意，其醒明"文治"以见文治武功之意，不必泥看。

（古　新）

送杜审言

卧病人事绝，嗟君万里行。

河桥不相送，江树远含情。

别路追孙楚，维舟吊屈平。

可惜龙泉剑，流落在丰城。

宋之问和杜审言都是高宗朝诗名相埒的有才华的诗人，他们很早就是朋友。杜审言初为洛阳丞，后坐事贬吉州（今江西吉安）司户参军。这时宋之问也卧病在家，很不得意，因而对这位诗友更是同病相怜，这首诗即当时作以赠行的。

诗首联第一句先写己卧病家居，交友断绝，使人感到空间极为局促，感情极为抑塞。第二句转写人，说正处于不幸中的自己听到了朋友要远行的消息，两相对比，不能不为友人更大的不幸而叹息。尽管如此，诗句展现的广阔空间，却使诗歌的境界一下子显得开阔无比。

次联说自己因病不能像人们在渭水的灞桥上送别行人那样前来相送，只能怅望着江边的树影遥寄惜别的情思。

三联以孙楚、屈原为比，来为杜审言的贬谪鸣不平。孙楚是东晋的名士，因负才傲岸，以致不容于时。这和杜审言的性格颇为相似；贾谊南谪长沙，在汨罗江畔作赋以吊屈原。孙楚和屈原的故事都发生在杜审言将要前去的南方，因而特意拈出，以为比况。

最后二句则把杜审言比作流落在丰城的宝剑。相传晋代张华见天上斗牛之间有紫气，有人告诉他在这紫气之下有宝剑埋藏，后果于丰城（今江西中部）狱中掘得太阿、龙泉二剑（见《晋书·张华传》）。因为杜审言贬官的吉州与丰城相去不远，故借以托喻。并于唱叹之中，隐含愿友人东山再起之意。

宋之问把杜审言比作龙泉宝剑，这是对他的极大推崇。龙泉剑一般借指有不平凡的谋略和创业之才的人物，因此，宋之问在此已不是夸奖他的诗才，而是指他不平凡的才略和未来的功名事业了。在武则天当权时，朝廷奖崇文学之士成为一代时风。那些稍有才华声望的文士往往意气飞扬、睥睨一世，以为不世的功名唾手可得。杜审言和宋之问都是这类文士。他们后来都因媚附张易之、武三思等权要而获罪贬官，使功名事业之梦也终于付之东流。因此，宋之问在诗中对杜审言的"龙泉剑"的期许，使人读后不免为之惆怅嗟惜不已。

（徐树仪）

途中寒食题黄梅临江驿寄崔融

马上逢寒食，愁中属暮春。

可怜江浦望，不见洛桥人。

北极怀明主，南溟作逐臣。

故园肠断处，日夜柳条新。

崔融和宋之问、杜审言、苏味道等都是武则天时代的才华之士。崔融文华赡典丽，为朝廷一时手笔。由于他们和张易之兄弟往来密切，张氏兄弟被诛，他们同坐张氏之党被逐。宋之问贬泷州（今广东罗定东）参军，崔融贬袁州（江西宜春）刺史。宋之问在离开东都南行到黄梅（在今湖北）临江驿的时候，给这位一同落难的故友题写了这首倾诉愁怀的诗。

诗歌说：在被放逐的道路上碰到了寒食节，眼看今年的春天将要在愁苦中过去了。可怜我在长江边回首北望，却看不到在洛阳的亲朋故旧。望着北极星，我思念君王，而自身却将被放逐到遥远的南海之滨。啊！我思念着北方的故园，那里的柳条还刚刚抽绿呢！

诗写得朴质无华而属对工稳，情意真切。崔融得到这首赠诗后即作诗相和，诗中有"春分自淮北，寒食渡江南。忽见浔阳水，疑是宋家潭"之句。可见他比宋之问先走一步，宋之问到黄梅的时候，他已从淮北渡过长江到了九江。当他看到浔阳江上的风景的时候，感到好像是在重游宋之问在东都的别业宋家潭一样。这些诗作也可以视为武则天时代文人集团的交游生活的有价值的见证材料。

本诗颈联是名句，"北极"用《汉书·天文志》典，喻朝廷；"南溟"用《庄子·逍遥游》鲲鹏扶摇直上九万里飞赴南溟事。不仅深切南地北望、恋阙向京之意，而且气势轩举，尤其是以南赴殿后，更见拗屈动荡。于此足见诗人使典用事，位置章句之功力——虽然论人格行事，宋之问未必能无愧于二句之意。　　　　　（徐树仪）

渡 汉 江

岭外音书断，经冬复历春。
近乡情更怯，不敢问来人。

宋之问因媚附武则天的弄臣张易之兄弟，唐中宗时被贬官到泷州（今广东罗定）任参军。不久他从贬所逃回，渡过汉水，离家乡虢州弘农（今河南灵宝）与东都洛阳均已不远，这时他的心情极为复杂，因而集中表现于"近乡情更怯，不敢问来人"二句之中。诗用逆反写法，宛转生动地表达了那种迁客近乡时迫切欲知究竟，但又十分不安的复杂心理。加上作者当时是一个逋逃的罪人，那种心理状态也就更为微妙了。

诗歌全用口语，看似信口而成，然组织颇巧。近乡何以情怯，首句岭外久断音书早为伏线，仍可见宫廷诗人特有的细密之处。

（徐树仪）

郭 震

郭震（656—713），字元振，魏州贵乡（今河北大名）人。十八岁举进士，为通泉（今四川射洪）县尉，以任侠著称。武后朝任凉州都督，有边功。中宗时拜相，封代国公。唐玄宗先天二年（713）以事流新州（今广东新兴），旋召回起用，病卒途中。诗多为乐府及咏物之作，诗格雄健。初唐诗坛力破齐梁余风，郭震为躬行者之一。《全唐诗》编存其诗十八首。　　　　　（史良昭）

宝 剑 篇

君不见昆吾铁冶飞炎烟，红光紫气俱赫然。

良工锻炼凡几年，铸得宝剑名龙泉。

龙泉颜色如霜雪，良工咨嗟叹奇绝。

琉璃玉匣吐莲花，错镂金环生明月。

正逢天下无风尘，幸得周防君子身。

精光黯黯青蛇色，文章片片绿龟鳞。

非直结交游侠子，亦曾亲近英雄人。

何言中路遭弃捐，零落飘沦古狱边。

虽复沉埋无所用，犹能夜夜气冲天。

这是郭震青年时期的作品。郭震在梓州通县尉任内，任侠使气，亲身参加铸造私钱、掠卖人口的活动，海内结交联络的同道不下万人。武则天闻名召见，他直认不讳，并以此诗上献。武则天读后大为赞赏，命人抄写数十份赐给近臣，郭震也因之得以擢用。史书上的这段记载，可以说明本诗的感染力。

全诗借咏龙泉剑以述行言志。龙泉剑相传为春秋时名冶欧冶子、干将所制利剑之一。又晋时有剑气上彻牛斗，后于丰城狱屋基下掘得宝剑两把，龙泉亦在其中。诗人将此种种传说综合在一起，又添出剑出昆吾（《山海经》中山名，产铜切玉如泥）、饰以玉匣金环、伴随君子英雄等细节，使所咏物的形象十分丰满。全篇层次井然，而文势随喻意波荡起伏。起首的四句言宝剑的来历非凡，喻自己的内修，以"君不见"的呼语领起，气象雄警。"龙泉颜色"等四句述宝剑的形观，喻自己的外美，在文气上继续铺衍。"正逢天下"等六句写宝剑在承平时的遭遇，喻自己虽乏建功机会，却不失身份和操守，"正逢天下无风尘"一句小跌，以下五句复补救振起。结末四句写宝剑遭沦落时的情形，喻自己虽遭埋没却英气长存。前二句大跌，后二句大起。这种夭矫的笔势与宝剑的精奇呼应，表现出诗人慷慨激烈的气概与磊坷不平的心志。

初唐的咏怀诗篇常具一种蓬勃明快的精神格调，不执着于一己或一时的苦闷烦恼。本诗虽写怀才不遇的感慨，却将失意之志一笔随手带过，抒发作者不甘雌伏的抱负，表现出相当程度的劲气与自信。这是与后世多数同类的感遇牢骚之作的一大不同。

本诗通首为比体，在托物取喻的过程中，虽也用上了赋的手法，却意义显豁，直截干净，遗貌取神，不枝不蔓。而后世的咏物比兴寓意之作，往往铺陈藻饰，琐曲粘滞，物与所喻对象之间的联系隐晦生涩，反而失去了诗歌新鲜的光泽。这是本诗在同类作品中的又一特异之处。

杜甫《过郭代公故宅》："高咏《宝剑篇》，神交仰冥漠。"李商隐《风雨》："凄凉《宝剑篇》，羁泊欲穷年。"此诗在后代的流传和影响，可见一斑。

（史良昭）

贺知章

贺知章（659—744），字季真，越州永兴（今浙江省萧山县）人。晚年自号"四明狂客"及"秘书外监"。武后证圣元年（695）进士，累迁太常博士。玄宗时官至太子宾客，授秘书监。天宝初请为道士，归隐镜湖，不久卒。嗜饮酒，善草隶。与大诗人李白为忘年交。诗风清丽疏放，绝句尤佳，隽永有奇趣。《全唐诗》录存其诗一卷。

（曹光甫）

咏 柳

碧玉妆成一树高，万条垂下绿丝绦。

不知细叶谁裁出，二月春风似剪刀。

柳树婀娜多姿，向被目为树中美女。古来咏柳诗作甚多，贺知章这首七绝则是其中的佼佼者。诗人透过春柳美好形象的描绘，对给人间带来盎然生机的春风予以赞美，流露出诗人热爱自然、热爱生活的喜悦情怀。

本诗结构由总体，到局部，到细节，逐步推进。先写树，次写枝，后写叶，末以春风融贯全篇，章法顺畅如行云流水。首两句用"碧玉""绿丝绦（tāo）"两个比喻来形容树身和柳枝，都很工巧。碧玉剔透玲珑，通体晶莹，整株高柳如同碧玉妆扮而成，纯净明丽，醒人耳目。有人以为这是用古代美女碧玉来比喻柳树，可备一说，"绿丝绦"即绿丝带，既有色彩，又有质感，状其柔软细长。此喻与白居易咏柳名句"嫩于金色软于丝"（《杨柳枝》）异曲同工。以上两句虽工于形容，仍有描摹刻画之迹，尚未见戛戛独造之奇。真正令人击节叹赏的是后两句："不知细叶谁裁出，二月春风似剪刀。"这一问一答，跳脱有致，其巧思妙喻出人意表。剪刀裁剪布帛，春风吹展花柳，同样千姿百态，争妍斗巧，其含丰富想象于细腻熨帖之中，意新语工，宜为千古名句。宋人梅尧臣《东城送运判马察院》："春风骋巧如剪刀，先裁杨柳后杏桃。"乃贺诗之翻版；清人金农《柳》："千丝万缕生便好，剪刀谁说胜春风？"翻案无端，点金成铁，不值一哂。

（曹光甫）

回乡偶书二首

少小离家老大回，乡音无改鬓毛衰。
儿童相见不相识，笑问客从何处来？

离别家乡岁月多，近来人事半销磨。
唯有门前镜湖水，春风不改旧时波。

　　贺知章从武则天证圣元年（695）开始步入仕途，当时三十多岁，此后长期在京任官，直至八十六岁才因病上表乞为道士还乡。唐明皇优诏褒许，赐其镜湖剡川一曲，并御制送行诗，序云："天宝三年（744），太子宾客贺知章……解组辞荣，志期入道。""正月五日，将归会稽，遂饯东路，乃命六卿庶尹大夫供帐青门，宠行迈也。"这两首绝句盖作于是年春季初返乡之时。

　　离乡背井半个多世纪，荣耀归来，诗中却没有半点凡夫俗子踌躇满志的庸俗情态，其宦情如水的旷达襟怀，始终不脱"四明狂客"的奇男子本色，令人敬仰。

　　两诗起句含意相同，有久客归来的淡淡愁绪。由此出发，作品抒写了"人生易老天难老"的迟暮感、沧桑感。二诗表现形式略同，以"不改"反衬"改"，使主题得以深化。

世间有的事物相对永恒，有的事物不断变化。前者为自然景观，此诗其二写镜湖水"春风不改旧时波"即是。类似的意境前人多曾道过，并不特具魅力；但其一拈出"乡音无改"，从经常变化着的人事中揭炼出相对永恒的"乡音"来，取材独特新颖。而且从诗人对"乡音"的执着难忘中，流露出对故乡的依恋和还乡的惊喜，便在二诗相辅相成之中，使其二也特耐寻味。当然，"镜湖"不仅点出居处，而且使"乡音"也落到实处，"春风"则交待了时令，因此第二首诗"不改"的内容也起到烘云托月作用，并非漫笔。

多变的人事，特别是久客归来，感受更深。诗人安顿下来后，所见所闻，旧时亲友街坊或沉沦变迁，或半为鬼物，能不惊呼热中肠？"近来人事半销磨"，在不露声色的叙述中，实包含千言万语的沧桑感。其中自然也包括了自身的变化：离家时一头浓密黑发，归来却已"鬓毛衰"了。但这种迟暮感并未直露抒发，而是通过喜剧性镜头加以展现："儿童相见不相识，笑问客从何处来？"儿童一声天真的笑问，无疑给诗人心头以重重的一击，它能在诗人心中兜起多少甜酸苦辣的回味！诗的这种寓悲于笑、寓实于虚的表现手法，使它具有一种深沉的艺术感染力，千百年来无时不打动着读者的心。

海面有时虽然很平静，但深层却潜藏着汹涌的激流。这两首诗的意境似淡而实浓，也当作如是观。

（曹光甫）

陈子昂

陈子昂（658—699），字伯玉，梓州射洪（今四川射洪）人。文明元年（684）进士，曾任秘书省正字、右拾遗。为人豪侠慷慨，刚直不阿。屡次上书武则天，指陈军政时弊，反对滥刑、黩武，主张"安人""任贤"，言词峻切。因而，不仅遭到冷遇，又曾受诬入狱。先后随军北征同罗、仆固，东征契丹，亦备受压抑。在朝郁闷不乐，辞官退隐乡里，复遭迫害，再度入狱，自殒身亡。

陈子昂是初唐诗歌革新的集大成者。他标举风雅、汉魏，提倡"兴寄""风骨"，力矫齐梁的"采丽竞繁"（《修竹篇序》），所作苍劲沉雄，质朴轩昂。从理论和写作实践上，开拓了唐诗发展的道路。因此，韩愈《荐士》诗说："国朝盛文章，子昂始高蹈。"有《陈子昂集》。

（韩理洲）

感　遇
（三十八首选二）

兰若生春夏，芊蔚何青青。

幽独空林色，朱蕤冒紫茎。

迟迟白日晚，袅袅秋风生。

岁华尽摇落，芳意竟何成！

　　"感遇"，是陈子昂三十八首组诗的总标题。杨士奇《唐音注》："'感遇'云者，谓有感于心而寓于言。感之于心，遇之于目，情发于中而寄于言。"这些诗，是诗人一生各个阶段见闻和感受的实录，非一时一地所作，内容庞杂。其中，既有对宇宙、社会、人生的哲理思考，又有对时政昏黑、世情险恶、兵民苦难的描绘；既有对怀才不遇、功业未就的慨叹，又有对避世隐居、学道习仙的歌赞。其体裁全属五言古体，手法多借物发端，比兴寄托，语言刚健古朴，洗尽铅华。因此，《感遇》诗历来被视为陈子昂矫正齐梁积弊，学习建安、正始诗风的代表作。朱鹤龄《愚庵小集》云："伯玉《感遇》三十八首，伯玉之根柢焉。"但是，毋庸讳言，某些篇章尚有意浓象淡、质胜于文、隐晦难测等缺欠。

本篇是一首咏物言志诗，原列第二，系陈氏晚年所作。诗人怀瑾握瑜，"以身许国"，"论道匡君"（《登蓟城西北楼送崔著作融入都序》），却沉沦下僚，坎壈终生，遂睹物伤怀，感叹年华流逝，理想破灭。

这首诗成功地运用了比兴寄托，诗人将内心抑郁不平之气，自然巧妙地融入了客观物象之中，假物设喻，不即不离，既形象地描绘了香兰、杜若一年的荣枯，又蕴涵了怀才不遇的身世，意象合谐，凄婉动人。

前四句写春夏之交的兰若，一反齐梁咏物"穷形尽相""铺锦列绣"的模式，赋形传神，兼而有之。"芊蔚"，统摄神采，总写荣盛繁茂。"青青"两字重叠，不仅描绘了枝叶绿而近墨的色彩，而且再现了它们的浓密、勃发、生机盎然。其前着一"何"字，又以无限赞赏之情唤起读者联想。"幽独空林色，朱蕤冒紫茎"，用倒装句式，引人注目。蕤（ruí）花。"林色"，使人可以想见山林中杂花生树、葱郁烂漫之象，但与兰若相比，皆黯然失色，所以着一

"空"字。那么，兰若的具体形态怎样呢？诗人以"朱""紫"分写花、茎，与墨绿的枝叶相互映衬，着色得当，令人眩目，虽秾丽而不堆垛。尤其是恰切地用了一个动词"冒"（此处作复盖讲），生动传神地表现了红花怒放、纷披茎端的盛况，创造出热烈、兴奋的气氛。但是，"幽独"二字，已经指出兰若虽美艳无比，却无人赏爱，为下文埋设了伏笔。

后四句写秋天兰若的衰枯。"迟迟"，承接上文的"幽独"，概括了兰若遭受冷遇，迁延日久的历程。"袅袅"句，化用屈原《湘夫人》的"袅袅兮秋风"，形容风纤而弱，凉寒乍至，暗含"及年岁之未晏兮"、"使夫百草不芳"（《离骚》）之意。"尽摇落"，既再现了花叶在秋风中颤栗凋零殆尽的状态，又强调了兰若衰枯的原因不是自朽，而是外力所致。在这里，诗人以日暮、秋风、花叶委地，创造了一种萧瑟凄凉的意境，与前四句所写的繁茂荣盛形成了鲜明的对照。于是，末句便趁水到渠成之势，抒发了无限深沉的感伤和不平，并巧妙地点明了题旨。

（韩理洲）

> 朝入云中郡，北望单于台。
> 胡秦何密迩，沙朔气雄哉！
> 藉藉天骄子，猖狂已复来。
> 塞垣无名将，亭堠空崔嵬！
> 咄嗟吾何叹？边人涂草莱。

　　这首慷慨沉雄的边塞诗（原列第三十七），作于武则天垂拱二年（686）。其时，同罗、仆固反叛，在边地烧杀掳掠。身为麟台正字（刊正文字的小官）的陈子昂，怀着"感时思报国"（《感遇》三十五）的满腔热忱，积极参加了这次平叛安边的北征。

　　诗中批评朝廷不任贤能，致使突厥猖狂入侵，边地人民惨遭荼毒，表现了诗人对边防安危的关切，对人民的同情。这一首与《感遇》其三、其二十九等，是唐代边塞诗中最早反映时弊民瘼的篇章，在内容和风格上也对盛唐此类题材的诗歌产生了积极的影响。正如胡应麟所说："高适、岑参、王昌龄、李颀、孟云卿，本子昂之古雅，而加以气骨者也。"（《诗薮·内编》卷二）

　　前四句写瞭望所见。"云中郡"，是北方的边防重地；"单于台"，是匈奴首领举行典礼和阅兵之处。诗人分别用"朝入""北望"联结两地，以"何密迩"，写"胡秦"相距甚近，"气雄哉"，更借大漠风尘渲染气氛，使前四句不仅表现了两军对峙的紧张，更含蕴有一种历史的纵深感，下透后文之"已"字。中四句以强烈的对比表现了诗人对边事的忧虑。"藉藉"二句，写众多的敌兵又来犯边。"天骄子"，本来是匈奴首领单于自我炫耀之词（见《汉书·匈奴传》），此处用来和"猖狂"一起刻画了突厥的强悍骄横。"已复来"，既交待了敌人现在的行动，又有对过去的回顾，表达了诗人对敌人多次入侵的愤慨。"塞垣"二句，是诗人目睹敌兵"猖狂已复来"时的反思：由于"无名将"守边，亭堡矗立，徒有高峻之貌，却不起防御作用。"无名将"三字，不只责怪将帅无能，也暗含了对朝廷用人不当的讥讽。面对这种形势，末二句以嗟叹出之。边地人民又将死于战祸，血染野草，指出这一时弊的严重后果。作为煞尾，遒劲警切，意味深长。

（韩理洲）

燕 昭 王

南登碣石馆，遥望黄金台。

丘陵尽乔木，昭王安在哉？

霸图怅已矣，驱马复归来。

武则天万岁通天元年（696），契丹叛乱，右拾遗陈子昂慨然应征入伍。次年三月，唐军前锋惨败，举国震恐。陈子昂报国心切，多次直言陈策，自请带领万人作为前驱，却遭主帅武攸宜打击，由幕府参谋降为军曹，郁闷不乐。有一天，他骑马"出自蓟门，历观燕之旧都"，吊古伤怀，写了《蓟丘览古赠卢居士藏用》七首。（详见诗前小序）本篇系第二首，诗人通过对战国时代燕昭王礼贤强国的缅怀，抒发了贤才受抑的愤懑。

首二句用笔简洁自然，内涵丰富。诗人以"碣石馆"和"黄金台"两处古迹，把意念活动回溯到了千载之前，引出了燕昭王礼遇贤士的两则故事。史载昭王曾拥篲清道，迎接齐人邹衍，并为他修建了碣石宫。又相传昭王曾采纳郭隗意见，置千金于台上，招揽天下贤才。不久，乐毅、邹衍、剧辛等人纷纷前来燕国，协助昭王，终于使燕国得到振兴，击败了齐国。对于这些千年往事，诗人通过"南登""遥望"的凭吊活动，表现了由衷的企羡。

三、四句写望中所见。山峦纵横，高树遮岭，台馆"尽"成过去，那招贤纳才的明君今又何在？以反问出之，感慨之情，尤见深沉。五、六句即景抒情，表面是发思古之幽情，慨叹昭王已逝，争霸的雄图早已泯灭，实则是"言外见无人延国士也"（沈德潜《唐诗别裁集》），暗讽当世无礼贤明君，俊杰遭遇坎坷，国家难以兴盛。"怅已矣"，回应"安在哉"，由悲愤抑郁转为凄凉怅惘。如此为诗遣词，正体现了诗人提倡的"骨气端翔""音情顿挫"（《修竹篇序》）。末一句以"复归来"照应首二句"南登""遥望"，但也不是照例完合，轻易下笔。"驱马"二字，颇值得玩味。无知之马，尚且踟蹰不前，须鞭策驱赶，人之悲痛，便由此可想而知。

纵观全篇，吊古咏怀，沉郁悲壮，萦回跌宕，曲中有直，直中有曲，堪称耐人体味之佳作。

（韩理洲）

登幽州台歌

前不见古人，后不见来者。
念天地之悠悠，独怆然而涕下。

陈子昂的挚友卢藏用在《陈氏别传》中说，诗人"登蓟北楼"，写了《蓟丘览古》七首之后，"乃泫然流涕而歌"，吟成此诗。可见幽州台即蓟北楼，故址在今北京市西南。本篇与上一首《燕昭王》，当是同时同地所作。

这是一首沉郁悲壮、风骨矫拔的抒情名作。

诗人通过对时空的思考，揭示了自身与历史和宇宙的矛盾，剖露了壮志未酬、忧愁深重的内心世界。开首二句用两"不见"发端，紧切题中的"登"字，起笔突兀，写出了居高临下的情势。但是，诗人没有就顾盼之间目触的具体物象进行描写，而是深入一层纵览了古往今来的历史长河，表现了理智的洞察。诗人在这里所说的"古人"，就是他在《蓟丘览古》七首中所钦慕的礼贤明君燕昭王和振兴乾坤的乐毅之类的人物；"来者"，是指后世的明君和豪杰。诗人在《郭隗》一诗中曾说："逢时独为贵，历代非无才。"两"不见"，则通过回首过去，展望未来，点明了自己的悲剧就在时不我与，无法机遇明君。"念天地之悠悠"，转换角度，写宇宙与自身的矛盾。"天地"，是仰望和俯视所见。"悠悠"，形容天长地久。用

"念"字领起，概括了宇宙无穷、人生有限、时不我待的感慨。"时不我与"和"时不我待"的反思，为末句写外形的孤独悲愤蓄了势，末句又形象地揭示了内心世界，从而深化了意境，增强了全诗的艺术感染力。明人黄周星《唐诗快》："此二十二字，真可以泣鬼。"在齐梁以来的诗坛，它犹如一声洪钟巨响，振聋发聩，率先唱出了雄浑的盛唐之音。

（韩理洲）

度荆门望楚

遥遥去巫峡，望望下章台。

巴国山川尽，荆门烟雾开。

城分苍野外，树断白云隈。

今日狂歌客，谁知入楚来。

　　这首行旅诗，作于陈子昂二十一岁"东入咸京，游太学"（《陈氏别传》）途中。其时，他初次离开故乡西蜀，来到楚地。诗中以豪爽轻快的笔触描绘了渡越荆门的情景，热情地歌赞了祖国辽阔壮美的山河，抒发了少年志士的豪情。

　　熔纪行、写景、抒情为一炉，自然浑朴，酣畅淋漓，是本篇写作的突出特点。"巫峡"是长江三峡之一，西起四川巫山县，东至湖北巴东县。"章台"，即章华台，为春秋时楚国所建，故址在今湖北沙市附近。出了巫峡到章台，有数百里之遥。诗人以"去""下"二字巧妙地点出了两地，为渡荆门勾勒了阔远的境界。又以回望和前瞻之际数百里山河尽收眼底的动态描写，活跃了画面，夸张了舟行的疾速。同时，也自然洒脱地表现了行旅者初览异地风光新奇、兴奋的心态。三、四句写近景。"巴国"，即巴子国，周武王灭纣后所封的诸侯国，在今四川东部。"荆门"，即荆门山，在今湖北宜都县西北，长江南岸，与北岸的虎牙山对峙，"上合下开，暗彻山南"（《水经·江水注》）。诗人用"山川尽"，交待了荆门山处于蜀、楚交界的位置，收束了在蜀地的行旅；用"烟雾开"，描绘了渡越荆门始而朦胧昏暗，继之则豁然开朗的景象，为"望楚"拓展了境地。五、六句紧承"开"字，以淡朴粗豪的笔墨，概括描绘了俯仰远眺所见的城郭、原野、树木、白云，组成了阔大壮美的画面，披露了诗人昂扬开阔的胸襟。以上六句，用笔忽开忽合，造境有远有近，有虚有实。正如清人纪昀所评："写得山川形胜满眼，已伏'狂歌'之根。"（《瀛奎律髓汇评》）结尾二句，用春秋时楚国佯狂傲世的接舆的典故，表达了诗人无比兴奋的心情和高洁不俗的品性，紧贴楚地故实，用笔巧妙。由此可见，陈子昂也是精于五言律诗的，所以元人方回《瀛奎律髓》说："陈拾遗子昂，唐之诗祖也。不但《感遇》诗三十八首为古体之祖，其律诗亦近体之祖也。"（韩理洲）

晚次乐乡县

故乡杳无际，日暮且孤征。

川原迷旧国，道路入边城。

野戍荒烟断，深山古木平。

如何此时恨？嗷嗷夜猿鸣。

关于本篇的作年，历来有两说。一说作于武则天万岁通天元年
(696)，陈子昂随军东征契丹途中，理由是题中的"乐乡县"，指后
魏时的乐乡县（即今河北清苑）；另一说则认为乐乡即唐代襄州的
属县，故址在今湖北荆门县北九十里，它与《度荆门望楚》，均作
于陈子昂初次出蜀入京途中。细审诗意，第二句自称"孤征"，不
似随军行进之状；第六句"深山古木平"，与一望无际的冀中平原
的地貌也不相符。因此，当以后说为是。

这首诗抒写的是行旅中的思乡之情。全诗紧贴行旅中的见闻，
移步换景，逐层深入地渲染了游子的内心体验，情景契合，曲折深
沉，耐人寻味。首二句从旅途的黄昏写起。"杳无际"，既展示了故
乡渺远无踪的景况，又包含着诗人回首望乡、眷恋不已的情状。
"日暮"，在点明时间的同时，为思乡制造了悲凉的气氛。"孤征"
前用一"且"字，透露了虽远离故乡，却不得不寂然独行的内心矛

盾。三、四句分承首联，写行往夜宿之处。"川原"，指代楚地地形；"故国"，即故乡。两相对照，着一"迷"字，生动地刻画了游子对异乡的陌生感和由此触发的倍加怀念故乡的复杂心理。接着诗人又用一"入"字，描写了行路通往"边城"（即偏远的城邑，此处指乐乡县县城）的实景，以此象喻凄凉迷惘的心绪的延展。五、六两句铺写夜幕降临"边城"。诗人用写意法构图，以"野戍荒烟"展现了乐乡的荒寂，以"深山古木"描绘了当地的幽僻。接着，又分别拈出"断""平"二字，形象地表现了低垂的夜幕笼罩城堡和山谷的景象，以浓郁的氛围，衬托出深沉的乡思。尾联写深夜，与首联遥相呼应。为了避免平直，诗人用问答点明心境，引出耳闻的猿啼声，借此抒写怀念故乡、夜深难眠的痛苦。以景结情，诗味深厚。总之，这首五律正如许印芳所说："合看大处见好，拆看细处又见好。"（《瀛奎律髓汇评》）

（韩理洲）

送魏大从军

匈奴犹未灭，魏绛复从戎。

怅别三河道，言追六郡雄。

雁山横代北，狐塞接云中。

勿使燕然上，惟留汉将功。

　　本篇的作年难以确指。诗云："怅别三河道"，"三河"，指河内、河东、河南，据此可知当作于陈子昂在东都洛阳仕宦期间，即文明元年（684）至圣历元年（698）。其时，唐王朝的北方边境曾多次遭到异族入侵者的骚扰。为了保卫国家的安全，也为了建功立业，不少文士驰驱塞上，投入了反侵略的战斗。这首诗褒赞魏大（名不详）从军，便是一例。

　　送别之作，多凄怆哀怨。本篇则一反陈俗，豪爽乐观、慷慨明朗，洋溢着昂扬奋发的时代精神和爱国热情，很能体现陈子昂边塞诗的风格。如果从纵的方面考察，更可以看出陈子昂此类诗实为盛唐边塞诗的先声。

　　首联紧贴题中"魏大从军"四字，寓褒扬于记述，格高气雄，慷慨激越。"匈奴犹未灭"，暗用西汉霍去病"匈奴未灭，无以家为"的名言，既交待了顽敌犯边、烽火照西京的紧急军情，又赞颂了魏大以御敌安边为己任，不迷恋家室的高尚品德。"魏绛"，春秋时晋国大夫，力主和戎，一度解除了晋国的边患。此处活用这一典故，以魏绛喻魏大，盛赞他的爱国壮举。同时，也说明他的"复从戎"并非出于好战，而是被迫自卫，正义凛然，从而为结句的祝捷奠定了根基。颔联写魏大壮别。出句从心境入手，用一"怅"字概括了他在洛阳大道上与亲友分别时黯然销魂的情景；对句用"言追"云云，揭示了他追攀西汉威振边关的赵充国一类六郡（陇西、天水、安定、北地、上郡、西河）豪杰的雄心壮志。这里虽写了伤离怨别，却被以身许国的热情淡化了，真实地反映了魏大既是凡人，又是英雄的复杂心理。颈联连用四个地名，乍看是在描绘边关山河的辽阔险峻，实际上是紧承第四句，想象友人将跃马疾驱关山险隘的情景，表达了诗人对魏大言谈的信赖，深信他定会勇往直前，驰骋疆场。尾联借东汉车骑将军窦宪大破匈奴，登上燕然山（今蒙古国境内的杭爱山）刻石纪功的典故，勖勉魏大为保卫祖国建立不朽的功勋。这是全篇用意立论之笔，写得劲健亢爽，令人鼓舞。

（韩理洲）

张若虚

张若虚（660？—720？），扬州（治所在今江苏扬州）人。曾官兖州兵曹。与贺知章、张旭、包融齐名，合称"吴中四士"。诗风清丽开宕，富有情韵，在初盛唐诗风的转变中有重要地位。其诗多佚，《全唐诗》仅录存二首。　　　（曹光甫）

春江花月夜

春江潮水连海平，海上明月共潮生。

滟滟随波千万里，何处春江无月明。

江流宛转绕芳甸，月照花林皆似霰。

空里流霜不觉飞，汀上白沙看不见。

江天一色无纤尘，皎皎空中孤月轮。

江畔何人初见月，江月何年初照人？

人生代代无穷已，江月年年只相似。

不知江月待何人，但见长江送流水。

白云一片去悠悠，青枫浦上不胜愁。

谁家今夜扁舟子，何处相思明月楼？

可怜楼上月徘徊，应照离人妆镜台。

玉户帘中卷不去，捣衣砧上拂还来。

此时相望不相闻，愿逐月华流照君。

唐 阎立本 | **步辇图**（局部）
（绘唐太宗李世民接见吐蕃使臣场景）
李世民诗，见第 28 页

元 夏　永　**滕王阁图**（局部）
明 祝允明　**草书《滕王阁序》**（局部）
王勃《滕王阁诗》，见第 72 页

清 石涛 | **山水图册·登灵隐飞来峰**

桂子月中落，天香云外飘。

宋之问《灵隐寺》，见第 93 页

清 查士标 | **山水图**（局部）

碧玉妆成一树高，万条垂下绿丝绦。

不知细叶谁裁出，二月春风似剪刀。

贺知章《咏柳》，见第 111 页

唐　李昭道 | **明皇幸蜀图**（局部）

剑阁横云峻，銮舆出狩回。

翠屏千仞合，丹嶂五丁开。

李隆基《幸蜀回至剑门》，见第 159 页

洞庭旷望花笔

为领波涛撼岳阳

瞳昽初日锁烟光

连天一片东西香

措难君山左洞花

清 周鲲 | **仿古山水·洞庭晓色**

八月湖水平，涵虚混太清。

气蒸云梦泽，波撼岳阳城。

孟浩然《临洞庭湖赠张丞相》，见第 177 页

奉帚平明金殿开，且将团扇共徘徊。

玉颜不及寒鸦色，犹带昭阳日影来。

甲寅新秋，两峰道人口指头画以见赠，

囗德王江宁录信秋词诗遂援笔书之。蓼湖

清 罗聘 **团扇徘徊图**（局部）

奉帚平明金殿开，且将团扇共徘徊。

玉颜不及寒鸦色，犹带昭阳日影来。

王昌龄《长信秋词》，见第 201 页

宋 佚名 | **玉楼春思图**

闺中少妇不知愁，春日凝妆上翠楼。

忽见陌头杨柳色，悔教夫婿觅封侯。

王昌龄《闺怨》，见第 203 页

明 仇英 | **桃源仙境图**（局部）

王维《桃源行》，见第 243 页

明 仇英 | **辋川十景图**（局部）

寒山转苍翠，秋水日潺湲。

王维《辋川闲居赠裴秀才迪》，见第 272 页

清 王翚 | **唐人诗意图**

竹喧归浣女，莲动下渔舟。

王维《山居秋暝》，见第 274 页

明 沈周 | **辋川诗意图**

漠漠水田飞白鹭，阴阴夏木啭黄鹂。

王维《积雨辋川庄作》，见第 290 页

宋 郭忠恕 │ **临王维辋川图**（局部）

空山不见人，但闻人语响。反景入深林，复照青苔上。

王维《鹿柴》，见第 299 页

宋　郭忠恕　**临王维辋川图**（局部）

独坐幽篁里，弹琴复长啸。深林人不知，明月来相照。

王维《竹里馆》，见第 301 页

木末芙蓉花，山中发红萼。涧户寂无人，纷纷开且落。

王维《辛夷坞》，见第 302 页

清 关槐 | **黄鹤楼图**

晴川历历汉阳树，春草萋萋鹦鹉洲。

日暮乡关何处是，烟波江上使人愁。

崔颢《黄鹤楼》，见第 323 页

鸿雁长飞光不度，鱼龙潜跃水成文。

昨夜闲潭梦落花，可怜春半不还家。

江水流春去欲尽，江潭落月复西斜。

斜月沉沉藏海雾，碣石潇湘无限路。

不知乘月几人归，落月摇情满江树。

　　这首优美的长篇抒情诗，熔诗情、画意、哲理于一炉，在我国古诗中享有盛誉。清代王闿运称其"孤篇横绝，竟为大家"（《论唐诗诸家源流》）。现代闻一多先生更是推崇备至，说它是"诗中的诗，顶峰上的顶峰"（《宫体诗的自赎》）。据刘继才《唐宋诗词论稿》透露，现代日本人最欣赏的中国唐诗有两首：白居易《长恨歌》与这首《春江花月夜》。凡此，均可见此诗的不朽价值。

　　概要地说，此诗有三绝：

　　一、浓郁的诗情

　　离别相思是文学作品永恒主题之一。情侣、夫妇、友朋、亲戚间，或短暂、或长久，或远在天涯、或近在咫尺等种种原因各异、程度非一的离别相思，无论古今中外，有一些阅历的人，差不多都或多或少地品味过。《春江花月夜》就是抒写这一主题。这是一坛令人不禁久久品味和陶醉的醇酒。全诗三十六句，一到十六句侧重写游子，十七到三十二句侧重写思妇，最后四句双结游子思妇。（此诗分段有多种说法，可见仁见智。）

"谁家今夜扁舟子，何处相思明月楼?"用虚指概述这种离思对象的不定性。"人生代代无穷已，江月年年望相似。"反映望月兴叹现象在时间上的无限性。诗从"连海平"的长江下游入海口处起兴，以后又有"青枫浦""碣石""潇湘"等地名，显示了空间上的广阔性。综上可见诗歌所咏并非一时、一事、一己之情，而赋予永恒的普遍性，无怪乎人人读来都有搔着痒处之感，引起广泛的共鸣。诗中虽贯串一条"月生——月高——月落"的时间线索，但如同"花如霰"到"梦落花"一样，这条时间线索实际上也象征着人生由少年到白头的轨迹。就抒情内涵来说，此诗是非常深广而有普遍意义的；从抒情方式看，它避免了愤激怨悱，而是把浓浓的情思，化为淡淡的哀愁。在夜月的纯净光色中，这种离思透出一种空蒙、迷惘、惆怅、柔和的情调，它像轻梦，像丝雨，轻轻地飘过，却又久久地笼罩在人们的心头。这种把痛苦的离别相思诗化、景化、哲理化的艺术处理，使读者讽咏时因其美而忘其苦，堪称美学领域中的典范之作。

二、清丽的画意

张若虚称得上是丹青妙手。诗题"春""江""花""月""夜"五字本身，都是令人醉心的美景，再加上诗人的错综离合，点晕渲染，更加美不胜收。诗中"月"是主色调，主旋律，共出现十五次，以下依次"江"十二次，"春"四次，"花"两次，"夜"两次。经此反复咏叹，整个画面澄澈如水晶，雅淡如梨花，清丽而静谧。"空里流霜不觉飞，汀上白沙看不见"，月色是如此皎洁；"月徘徊""卷不去""拂还来"，动感又是那么分明。而月与江和花交织而成的画面，更令人沉迷："江流宛转绕芳甸，月照花林皆似霰。"那种光与色的奇妙结合，创造出一种连丹青高手也难以描绘的朦胧美。诚然，单纯的美景能使人赏心悦目，但若以情融汇浸淫其间，则可收浃肌沦髓、沁人心脾之效。此诗结句"落月摇情满江树"，正点出"情"是江月之景的核心和灵魂。"春江花月夜"是美好的，但春将归去，江在流逝，花会凋落，月要西斜，夜能使人更感孤独惆怅，诗写出了美景既存又逝的双重情趣，景物之丽更显哀情之浓，哀情之浓愈觉景物之丽，两者相互烘托，并臻妙境。

三、深邃的哲理

"江畔何人初见月，江月何年初照人？人生代代无穷已，江月年年只相似。不知江月待何人？但见长江送流水。"这些诗句集中表现了诗人对茫茫人生与漫漫宇宙相互关系的探索和思考，感情是那样痴迷和纯真，其中饱含着隽永的哲理。闻一多先生说它表现了"复绝的宇宙意识，一个更深沉更寥寂的境界"。这种哲理性的思辨见之于诗，启自屈原的《天问》；但《天问》中瑰奇的疑问多偏重于神话和理性，而此诗则偏重于人生和感情，因而更能打动人心。李白《把酒问月》："今人不见古时月，今月曾经照古人。古人今人若流水，共看明月皆如此。"显然也受其启发。

此诗诗情、画意、哲理互相渗透，水乳交融，合成一种澄清宕远的意境；而音律流畅宛转，语言醇美素雅，也令人低回不已。据《旧唐书·音乐志二》记载，《春江花月夜》《玉树后庭花》等宫体诗调都创自陈后主叔宝，词旨浓艳。张若虚此作洗尽浓脂腻粉，给这一乐府诗题注入了新的生命，不愧是初唐诗坛上的一朵艳丽的奇葩。（曹光甫）

张 说

张说（667—731），字道济，一字说之，河东（今山西永济）人。武后朝以弱冠之年对策第一，累官至凤阁舍人，忤旨配钦州（今属广西），中宗朝召还，睿宗朝同中书门下平章事。玄宗时因不附太平公主罢知政事，复拜中书令，封燕国公，出为相（治今河南安阳）、岳（治今湖南岳阳）等州刺史，又召还，屡迁至尚书左丞相，卒谥"文贞"。张说是初盛唐际起过渡作用的重要作家，其文骈散兼擅，精密缛丽，与许国公苏颋并称"燕许大手笔"，为古文运动先导。其诗虽因长期供奉朝廷，多应制奉和之作，然堂庑宽大，官岳州后，"诗益清婉，人谓得江山之助"（《唐诗纪事》）。有《张说之集》。

（赵昌平）

过蜀道山

我行春三月，山中百花开。

披林入峭蒨，攀磴陟崔嵬。

白云半峰起，清江出峡来。

谁知高深意，缅邈心幽哉。

  这是一首行旅诗，作于武则天天授二年（691）至万岁天册元年（695），张说两次使蜀时，而以初使所作为近是，当时他约二十五岁至二十九岁。《张说墓志》称他早年"鹰扬虎视，英伟磊落，越在诸生之上，已有绝云霓之望矣"。二十四岁时即以对策第一授太子校书，犹如添花锦上。本诗在对经行蜀道山水的描写中，表现出青年张说的朝气与胸襟，也预示了他的诗作在唐诗史中的地位。

诗为五言古体，前六句，两句一层写山行进程，首联入蜀道山并点明时令，二联写登山，三联则为登上山巅所见。最后两句即景抒情，这种随行状景、较为细密的结构是六朝至初唐山行类诗的常见笔法。

诗的佳处是于细密中见鼓舞气势，起伏动荡。前三联随行记景中有扬—抑—高扬的变化过程。自古蜀道称难，张说却由阳春百花开起笔，蓬勃生机中先得迥越常辈之势，这种意气似盘旋在次联"峭蒨""崔嵬"等词中。不过，披林攀磴，足见道途艰险，作者的视线也暂为层林叠嶂所遮蔽。正是由于这一抑，一旦登上山顶时，才有三联豁然开朗、自然万物尽收眼底的大境界，作者的意气也升华到新的高度。于是勃发为末联之浩唱，在矜夸独得自然高深之意同时，浮现出一种"当今之世，舍我其谁"的气概。

颈联是名句，白云由半山自下而上地喷涌，一道清江则由西而东，从对起束峡中穿越而来，用笔极简净，却富于立体感，有涵括六合四空的磅礴气势。当然这一效果也得力于上述结构安排。

这种丽而清、在细密之中一气盘旋，结构、意象均可见劲健之气的风格，正是张说成为初盛唐际起过渡作用的诗人之原因所在。

（赵昌平）

邺都引

君不见魏武草创争天禄，群雄眲眦相驰逐。
昼携壮士破坚阵，夜接词人赋华屋。
都邑缭绕西山阳，桑榆汗漫漳河曲。
城郭为墟人代改，但见西园明月在。
邺傍高冢多贵臣，蛾眉曼睩共灰尘。
试上铜台歌舞处，唯有秋风愁杀人。

　　邺都，即邺县，汉末曹操封地。曹魏时与长安、谯、许昌、洛阳合称五都，故名邺都。"引"为乐府曲名，"邺都引"是唐人新乐府，由张说本诗创调。

　　诗分三层：前四句写魏武帝曹操以文治武功驰逐中原，争得"天禄"——天命；次四句写邺中山河依旧，而人事代谢；末四句即景抒情，发挥沧桑之感。

　　稍稍涉猎过初唐诗史者都可一眼看出，这是一首初唐盛行的七言歌行体的都邑诗，但比较卢照邻《长安古意》、王勃《临高台》、骆宾王《帝京篇》等，又有长足的进展，故沈德潜《唐诗别裁集》评云："声调渐响，去王、杨、卢、骆远矣。"

　　"四杰"这一类诗都高度骈俪化，以赋写为主，层层铺叙，结构密致，辞丽声谐，潜气内转，而于篇末见意，其气象恢宏，但总觉板滞。本诗虽寄意略同，除首、尾各二句外多对仗也近"四杰"，但声调已破律而近古，笔法已由赋而多兴，结构亦由密而趋疏，表现出高朗疏宕的新特点。

诗的前后两层构成两幅对照鲜明的画面，攻坚陷城的壮士，文彩风流的词人，已成了高冢中的枯骨，侍宴陪陵的歌女美姬，也都化为尘土。这一对比，全由中四句的景语来转换。古都青山，漳水蜿蜒，缀以"缭绕""汗漫"二字顿起一种悲壮而有凄迷怅惘之感的远意。更见残垣一道，当年邺中文士盛宴的西园，也荡然无存，仅剩一轮寒月当空，似乎在寻找昔时的胜迹。于是凄意更甚，悲情更长，在寂寥的景物中启人以哲理化的遐思。这样就自然完成了前后的转换。"试上铜台（铜雀台）歌舞处，唯有秋风愁杀人"，结末二句更有无尽远意。

这种写景较之"四杰"歌行之赋写，铺叙简省、跳荡而更有深致，殷璠以"既多风骨，复备兴象"来概括盛唐诗的特点，从本诗中已可见出端倪。说张说是盛中唐间起过渡作用的诗人，正当由此等处窥入。

（赵昌平）

深 渡 驿

　　旅宿青山夜，荒庭白露秋。

　　洞房悬月影，高枕听江流。

　　猿响寒岩树，萤飞古驿楼。

　　他乡对摇落，并觉起离忧。

　　深渡驿在浙江新安江歙浦口东南四十里，唐时属江南东道歙州。张说武后时流钦州，如取江汉水路，有可能经此地，诗当作于其时。

　　首联旅夜与露秋双起，颔、颈二联写景分应一、二句，申足旅宿与露秋之悲凄。尾联上句"他乡"应"旅宿"，"摇落"应"露秋"，"并觉"双绾之，落到"离忧"，醒明诗旨，章法细密。

　　"离忧"可解为离京之愁，又"离骚者，犹离忧也"，则又含牢愁之意，而这一寄意，正渗透在景语之中。

　　青山白露，旅夜荒庭，起笔先渲染出一种荒凉凄清的氛围。在此景况中，诗人高卧于山间驿房，望着高悬的明月，听着不尽的江声。明月终古常临，江声昼夜不歇，在这富于时空感的境界中，他感到了什么呢？寒岩猿啼，催人泪下，古驿萤飞，熠熠耀耀。"寒""古"二字是诗眼，诗人的感觉是清寒凄冷的，而这种怅触，并非诗人今日所独有。"古"往今来，在这深渡驿中，有多少文人墨客、志士仁人，曾有过与诗人同样的感触呢？于是自然迸为尾联之浩叹，"摇落"用宋玉《九辩》："悲哉，秋之为气也，萧瑟兮，草木摇落而变衰。""离忧"用屈原《离骚》传文，就使全诗带有苍茫无尽的远意。两联景语由视觉（月影）到听觉（江流），又由此听觉转入下一层之听觉（猿鸣），更转入视觉（萤飞），在写景寄情中又将驿名深渡之意点明（洞房、高枕），可见景物的层次组织也极其细密。

《唐诗纪事》评张说南贬后"诗益凄清，人谓得江山之助"，此诗正可见一斑。张说是初唐宫廷体诗人的殿军，宫廷体诗以典丽精工、细腻密致为特色，尤工修辞、组织，南贬后得江山之气而益以凄清，遂形成本诗这种精丽工致中见自然宽远之致的格调，也主要因为这种特色，张说才成了盛中唐诗的中介。　　　　　（赵昌平）

还至端州驿前与高六别处

旧馆分江口，凄然望落晖。

相逢传旅食，临别换征衣。

昔记山川是，今伤人代非。

往来皆此路，生死不同归。

此诗沈德潜《唐诗别裁集》谓由岳州召还时作，误甚。端州在今广东肇庆，岳州在今湖南岳阳，由岳返京之不必经端甚明。高六名戬，长安三年（703）张、高皆流岭表，高戬卒于贬所，张说年余由钦州召还，还至端州于高戬年前相别之处，触景忆旧，而作此诗。

其起笔写回至旧馆：夕阳黄昏，凄意满怀。以下自然引出当初解衣推食、刚逢又别之情境，顿生山川依旧、人事已非之叹，更伤来往虽同路，而生死却已判为二途，备极沉痛之致。

全诗抓住了同来不同归这一矛盾着力抒写。颔联"相逢传旅食，临别换征衣"尤为传诵，既写出了乍逢又别之匆匆，又表现了失意人之惺惺相惜，曲尽谪官同贬心态。正因往时如此相亲相惜，故更见归时分散之悲，使末句"生死不同归"有无限酸楚。在结构上此联既由首联望落晖怅触之态自然而生，又因回忆而下启"昔"

"今"之叹。诗势经此一折，便觉情感跌宕。后来司空曙《云阳馆与韩伸别》颔联云："乍见翻疑梦，相悲各问年。"李益《喜见外弟又言别》颔联云："问姓惊初见，称名忆旧容。"均以浅语曲尽情状为警策，以运掉全篇。其机杼均仿自本诗。　　　　　（赵昌平）

苏颋

苏颋（670—727），字廷硕，京兆武功（今属陕西省）人。弱冠登进士第，授乌程尉，迁监察御史。神龙中拜中书舍人；景云中袭父爵封许国公，擢中书侍郎；开元四年（716）为相，与宋璟共理政事。八年，罢为礼部尚书，出为益州长史；复入知吏部选事。以文显名，与燕国公张说并称"燕许"，时号"大手笔"。能诗，典雅秀赡而有恢远之气。有《苏许公集》三十卷，已佚。《全唐诗》收其诗二卷。

（聂世美）

汾上惊秋

北风吹白云，万里渡河汾。

心绪逢摇落，秋声不可闻。

  这是一首行旅诗。诗的首句语本汉武帝所作《秋风辞》。据《乐府诗集》卷八十四所引《汉武帝故事》曰："帝行幸河东，祠后土，顾视帝京，忻然中流，与群臣饮宴。帝欢甚，乃自作《秋风辞》曰：'秋风起兮白云飞，草木黄落兮雁南归。'"不过，诗人却无汉武帝当年获得黄帝所铸宝鼎而东渡河汾去汾阴祭神时的欢乐，诗句流露的是一种不可名状的黯然神伤之意。虽同样写景，一开始便已隐含"惊秋"之意。而次句"万里渡河汾"仍紧紧扣题，复与一"惊"字暗通声气。"北风"，不由人寒凉侵背；"万里"，正可见行旅艰辛。二句意象开阔，但景观萧杀，为以下因景抒情、触发感受作了极好的铺垫。

诗的后二句正面揭出"惊秋"之由，写来一气流转，却含蓄委婉，余情不尽，使人深感大有弦外之音、味外之味。摇落，即《秋风辞》中"草木黄落"之谓。又宋玉《九辩》："悲哉，秋之为气也，萧瑟兮草木摇落而变衰。"此用其句意。至若诗人因何"惊秋"而有"秋声不可闻"之吁叹，因为未能确定此诗的作年，我们无法作出令人满意的答复。只能猜测：或许与其仕途挫折、宦海浮沉有关，闻秋声萧杀，想人生失意，其"心绪"之"摇落"不定，也就可想而知了。要之，这是一首写得非常出色的短诗。萧索的心情以宏阔的境界出之，使见悲慨不尽之意，正不必缕述其余，故吴昌祺《删订唐诗解》评此诗云："急起急收，而含蓄不尽，五绝之最胜者。"

（聂世美）

张九龄

张九龄（678—740），一名博物，字子寿，韶州曲江（今广东韶关）人，武后长安年进士，玄宗时制举得高第，官至同中书门下平章事、中书令，为开元贤相，开元二十四年（735）为李林甫所排，次年，贬荆州长史，卒于任所。世称张曲江。早年以文学为张说激赏，比之为"轻缣素练"；作为张说后盛唐诗主坛坫者，开元名家如王维、孟浩然、崔颢、常建、王昌龄等，无不得其沾溉，其为初盛唐诗人之重要中介。诗得初唐淹雅温润之风，而兼以深婉，出以清秀，蕴藉自然。晚年因遭谗，寄寓感慨，转趋质劲，其《感遇》十二首历来与陈子昂《感遇》并提。刘熙载云："曲江之《感遇》出于骚，射洪之《感遇》出于庄，缠绵超旷，各有独至。"（《艺概·诗概》）胡应麟云："张子寿首创清澹之派，陈子昂首启古雅之源。"（《诗薮·内篇》）均甚肯切。有《张曲江集》二十卷。

（包国芳）

感　遇

　　江南有丹橘，经冬犹绿林。

　　岂伊地气暖，自有岁寒心。

　　可以荐嘉客，奈何阻重深！

　　运命惟所遇，循环不可寻。

　　徒言树桃李，此木岂无阴。

　　屈原有《橘颂》，咏歌橘树"独立不迁"之品格。开元二十五年（736），九龄因李林甫、牛仙客排挤，左迁荆州长史，其地为故楚都城，又盛产橘柚，身为南人的九龄遂远绍三闾，作为此诗。

前四句咏橘树之经冬不凋，"岂伊"一问，抑扬之间，强调橘之耐寒，根本在于质性坚贞。中二句即此发问，丹橘形质兼美，本为进贡珍品，却为何阻隔重重，难达王庭？末四句答问，先谓命运难测，天意难料，进谓世人但解桃李灼灼，能实可荫，而未知橘树经冬不凋，远胜于那阳艳之花。从而寄寓托物，借咏橘表达了自己耿介被斥的沉痛与对媚臣权奸的愤慨。

全诗以"可以"二句为中峰，运掉全篇，使丹橘凌冬与桃李阳艳首尾形成对照，更以"岂伊""奈何""岂无"三问，或为抑扬，或作反跌，于一唱三叹之中含而不露地表现了诗人内心深沉的感愤。

这种深沉感受的表露，又与典故的运用相辅相成。如"岁寒"用《论语·子罕》"岁寒然后知松柏之后凋也"，"荐嘉客"用《尚书·禹贡》"淮海惟扬州……厥包橘柚，锡贡"，"桃李"二句则反用《说苑·复思》"夫树桃李者，夏得休息，秋得实焉"。如不了解这些典实，也可以看懂此诗；但明此内含，则吟咏间倍觉滋味隽永。刘勰所谓用典"不啻自口出"，本诗可称达到了这一境地。

组织的精细，语言的典雅，均运用得体，如盐着水，不落痕迹，从而使诗所表现的骚怨雅丽清深，怨而不怒。较之阮籍《咏怀》、陈子昂《感遇》之悲慨渊放，自成一格。这固然是由于诗人气性之差异所致，同时也是因为张九龄的诗本从淹雅温润为本的初唐中朝诗人入手，将宫廷体格的技法成功地运用入传统的咏怀体中。后来王维、韦应物同类诗最近之。

（包国芳）

旅宿淮阳亭口号

日暮荒亭上，悠悠旅思多。

故乡临桂水，今夜眇星河。

暗草霜华发，空亭雁影过。

兴来谁与晤，劳者自为歌。

本诗当为九龄早年游宦旅途中作。淮阳（今属河南），为唐河南道陈州，此用隋名。亭即驿亭。口号，即口占，随口吟成之意。

首联点题淮阳亭旅宿，以"旅思多"领脉，中二联融情入景，尾联呼应首联，谓触物伤怀，唯有自歌自伤，申足孤寂之感、浩然之思。其大体不离初唐以来行旅诗的格局，然而针法细密而气局恢远；即目骋怀而神行空间，又颇见新的境界。

起联后，诗人不直接状写眼前景，而宕开一笔，云"故乡临桂水"。九龄曲江人，曲江水为桂水支脉。其所以会有桂水之忆，是因"今夜眇星河"，淮阳临黄河支脉睢水之滨，旧传黄河上通天河（星汉）。诗人由面临的大河想到家乡的桂水，遂有渺若天河之感。这样不仅把两地之水借星河空际运神联成一片，显得思绪浩荡，申足"悠悠"之意；且以因果的互倒，形成放收逆挽之势，回落到"今夜"之上，引出了颈联的即目之景。"暗草""空亭"，应首联之

"日暮荒亭""霜华发",感岁月之流逝,"雁影过"更应二联"故乡"。草曰"暗"、亭曰"空"、雁曰"影":在精细的夜景描写中,传达出一种寂寞凄清、怅然若失的情感,并借一雁之过引动归思,发为结末之浩叹。

如以本诗与前录张说《深渡驿》诗相较,可见细密精致中见凄婉之思正一脉相承;而"故乡""今夜"一联之宽远跌宕,为张作所未有。它与下一联所构成的巨细相映的境界美,及在全诗结构上的传神空间、逆折取势的作用,较张说诗更接近于盛唐之音了。

(包国芳)

望月怀远

海上生明月，天涯共此时。
情人怨遥夜，竟夕起相思。
灭烛怜光满，披衣觉露滋。
不堪盈手赠，还寝梦佳期。

高步瀛《唐宋诗举要》谓此诗以芳草美人之情比忠贤去国之
思，是九龄贬谪荆州长史后所作，所论不无可能。然而就作为一首
情诗来读，也不失为佳作。

诗言海上明月初起，引动了分离的情人的长夜相思。月光渐
满，他吹熄了荧荧孤烛。他不耐空房清辉的凄冷，步出院中，这才
发现晨露沾湿了庭草，一夜已将过去。他仲手想抓住与情人相共的
月光，这应当是她芳心的寄思，但是伸掌时光辉盈手，握拳时却又
从手中漏尽，虚空又怎能把握得住？于是他怅然回房，希望还来得
及做个好梦，在梦中与情人相会……

如果说汉代古诗《明月何皎皎》、魏曹叡《古乐府·昭昭素明
月》、晋陆机《拟明月何皎皎》等，为九龄此诗所本。以明月起兴
贯串全诗为三诗所同，出户还房的布局也相类似，诗中"情人"二
句接转仿自曹叡诗"忧人不能寐，耿耿夜何长"，"盈手赠"本于陆

机诗"照之有余辉,揽之不盈手"。整首诗的遣词音调都有明显的六朝余韵,但清秀雍容的气息、疏中见密的构架,以及淡雅酋远的境界,却显示了唐诗特有的风韵。

"海上生明月,天涯共此时。情人怨遥夜,竟夕起相思。"前二句暗用谢庄《月赋》"隔千里兮共明月"句意,而"海上""天涯"相应,境界顿开;一个"生"字,又逗起第四句中的"起"字,使人感到这情思似乎就是在月光氤氲中酝酿出来似的。而"怨""竟夕"二词,又定一诗之纲,下透"灭烛怜光满,披衣觉露滋"二句,而长夜也就"不知不觉地过去了"。最后收到月光(盈手),结以梦思,既回应首联"共"字,又组成了清光梦幻融和一体的境界。至于这"梦"是否能寻到,更能引起读者的多种猜想而见仁见智。可见这首诗的意境,已达到了精细与自然、秀丽与开远高度统一的境地。它既吸收了六朝丽辞,又表现出向汉魏古诗的简净回归的倾向,而一以唐人恢远的心志综合之。如将前举三诗与本诗合看,则能对诗史发展中的这一历程,获得一种具体形象的感受。

(包国芳)

湖口望庐山瀑布水

万丈红泉落，迢迢半紫氛。

奔流下杂树，洒落出重云。

日照虹霓似，天清风雨闻。

灵山多秀色，空水共氤氲。

唐人咏庐山瀑布的诗作如林，此诗描绘日照下瀑布水的壮丽景观，风格独具。沈德潜云："任华爱太白瀑布诗，系'海风吹不断，江月照还空'二语，此诗正相匹敌。"（《唐诗别裁集》）

前二联是实写：首联为远望中的全景，着重于色彩，日光辉耀，给万物染上了一片璀璨的氤氲，万丈红泉从迢迢紫霭中悬垂，红与紫设色相映，泉与氛意脉贯通，这就从高度、广度上将色彩融为一体，使山泉带有一种仙灵般的庄丽雄伟的气象。颔联状绘瀑水奔流而下的景象，着重于声势，它于杂树中奔泻下来，激荡起无数空蒙的水花，如同从重云中"洒落"一般。

颈联虚写，"日照虹霓似"承首联，反挑泉何以红，氛何以紫，并将它们比拟为彩虹。"天清风雨闻"承颔联，天清本无风雨，而此时似闻风雨之声，这就将奔流下落的瀑流的声威虚化了。这二句基于通感的比拟，逆中有顺，由实而虚，将远望的诗人带到了心神摇曳、与自然冥合的境地，于是自然结出"灵山多秀色，空水共氤氲"的尾联。

尾联是全诗结穴，灵秀、氤氲是诗人所着意要表现的境界，他采取了声色相映、虚实相生的手法，多角度而又浑然一体地营构了这一境界。

本诗似乎受到谢灵运《入华子冈是麻源第三谷》诗"铜陵映碧涧，石磴泻红泉"二句的影响。其遣词造句、状声绘色的技巧，也显然有六朝至初唐诗的遗痕。但在画面的纵横、深高与声色、虚实的配置上，在精细布局中的流荡的气势上，特别是在整体境界的营构上，都显示了初盛唐间诗的新进境。全诗最出色的是"奔流下杂树，洒落出重云"一联，颇见英特越逸的盛唐人格调。说张九龄是继张说后初盛唐诗的中介，可于此等处窥见。

(包国芳)

自君之出矣

自君之出矣，不复理残机。
思君如满月，夜夜减清辉。

《自君之出矣》系乐府旧题，得名于建安诗人徐幹《室思》其三之首句，六朝诗人多有仿作，至唐不衰。九龄此作承继了六朝乐府短章清婉含蓄的特色，而构思更见新巧浑成，寄托更为婉悱深沉。

徐幹原诗："自君之出矣，明镜暗不治，思君如流水，未有穷已时。"由"自君之出"而到"思君"，虽意思连贯，但"明镜""流水"两个意象并无必然联系。九龄此作先云"不复理残机"，残机不理隐含丝绪零乱之意，丝谐思音，这就不仅使这一形象所表现的思绪零乱之意更为形象，也暗逗出下句"思君"二字。这是上下两句的第一层联系。又"不复"二字潜指"夜夜"二字，形成上、下两层的第二层联系。这样上下两个意象就组成了思妇罢织望月，清容日减的完整形象。

"思君如满月，夜夜减清辉"的设想尤其新巧。钟惺《唐诗归》评云"从'满'字生出'减'字，妙想"，甚是。而更佳者在于将思妇形象笼罩在月光辉照下，满月有团圆之意，圆月渐减，隐含相聚渐见无望之悲，而清辉本身又表现了她思绪的纯洁，一种幽怨而纯真的意况就此油然而生。

唐人闺怨诗往往寄托身世家国之感。有人认为本诗为张九龄贬荆州长史后作，以寄托悲愤，表示对唐王朝始终不变的诚恳，颇有见地；而表现得如此怨而不怒，清丽婉曲，也难能可贵。（包国芳）

张 旭

张旭（生卒年不详），字伯高，吴（今江苏苏州）人，官金吾长史。工书法，颜真卿曾从之学笔法，赞他"楷法精详，特为真正"；尤善草书，自言初见担夫争道而得笔法之意，后见公孙大娘舞剑器而得其神，杜甫称他为"草圣"。唐文宗时，诏以其草书与李白诗、裴旻舞剑为"三绝"。诗工七绝，流美空灵，为"吴中四士"之一。《全唐诗》录存其诗六首。 　　　　　　　（王维堤）

桃 花 溪

隐隐飞桥隔野烟，石矶西畔问渔船。
桃花尽日随流水，洞在清溪何处边？

　　陶渊明的《桃花源记》写武陵渔人发现世外桃源的故事，曾引起多少人的遐想。陶渊明说，渔人从桃源洞出来以后，虽然处处作了记号，再去找时却"不复得路"，后来也就"无问津者"了。这个虚构的故事吸引了历代无数问津者想去一探桃源，张旭也是其中之一。

　　张旭到了桃花溪旁，除了远处隐隐烟霭中一座桥是陶渊明未曾提及的外，这长长的清溪，这夹岸的桃花林，这尽日随水漂流的缤纷落英，连同溪旁岩石西畔的渔船，一切恍如《桃花源记》所写。他不禁把眼前的渔人也当作故事里的渔人了，上前便问洞在溪的哪一边。诗至此戛然而止，不写渔人对答，便有一种扑朔迷离的氤氲，弥漫于这古今一致、数百年来似乎未有丝毫变化的绿水流红之间，真是化实为虚的神来之笔。

一个名胜景点所以吸引人，不仅靠自然景观，更在于那围绕着它的丰富的文化积淀。《清一统志·湖南·常德府》："湖南常德府，桃花溪在桃源县西二十五里，源出桃源山，北流入沅。"现在已经弄不清桃花溪之名是原来就有的，还是因有了《桃花源记》才起的。但是，桃源县是千真万确到宋代才设置的；桃源山，以及山上的桃源洞，虽然景观早存，却恐怕都是由陶文而得名的。张旭慕名而来，又留下了诗作，为这个名胜的文化又增添了动人的一笔。

（王维堤）

山行留客

山光物态弄春辉，莫为轻阴便拟归。

纵使晴明无雨色，入云深处亦沾衣。

张旭的草书写得"奇怪百出"（《宣和书谱》），"变动如鬼神，不可端倪"（韩愈《送高闲上人序》），开怀素"狂草"之先。但他的诗却"细润有致"（钟惺《唐诗归》），明白处直如说话一般。这首《山行留客》，既殷殷以情留，也娓娓以理留。云无心以出岫，本是春山一胜景，纵使晴明无雨，也要领略一番云深沾衣的特有情趣才不虚此行，有点儿轻阴，又有何妨，又何必急着要半途折回呢？

张先《天仙子》词"云破月来花弄影"，王国维《人间词话》说："著一'弄'字而境界全出矣。"张先是否借鉴了本诗第一句，未可臆断。但"山光物态弄春辉"，传神处也正在一"弄"字。试易以"耀""映""艳""丽"之类，总不及"弄"字使山光物态皆活，呼全句神韵俱出。

（王维堤）

金昌绪

金昌绪，生平事迹不详，余杭（今浙江余杭）人。约为开元、天宝时人。刘长卿有《送金昌宗归钱塘》诗，或为其兄弟。《全唐诗》录存其诗一首。（曹光甫）

春　怨

打起黄莺儿，莫教枝上啼。

啼时惊妾梦，不得到辽西。

　　柳丝垂，黄莺啼，春光好，艳阳时。纱窗内姣好的少妇，袅袅婷婷，两眼惺忪，浓睡方醒。她又嗔又怒，持竿去打啭鸣不已的黄莺。她在梦中好不容易行遍千山万水，到辽西边关与丈夫聚首，刚要细诉衷肠，却被啼鸟惊醒，这叫她何时才能在梦中再到辽西？

　　这首小诗中的少妇形象可谓痴绝。春光烂漫而无心观赏，一痴；交交黄鸟悦耳而竟无情驱赶，二痴；如此苦苦寻觅明明是虚幻的辽西之梦，三痴。而痴中又有怨：鸟语花香之阳春犹如此，则秋雨冬雪与长夜孤眠，则当更难以为情。诗以丽景写凄情，因显得哀怨缠绵，言外尚含不尽之意。写作上采用倒叙手法，先写结果，用悬念启引疑窦，后揭示原因，并留有想象的余地。它取材角度细微，反映社会现实却很深邃，其中既有独守空闺思妇的哀怨，也有穷年戍边壮丁服劳役的艰辛。诗纯用口语，深受民歌影响。南朝民歌《吴声歌·读曲歌》云："打杀长鸣鸡，弹去乌臼鸟，愿得连冥不复曙，一年都一晓。"即为此诗部分取意所本。此诗意境后又屡为诗词家所化用，苏轼《水龙吟》："梦随风万里，寻郎去处，又还被、莺呼起。"即一显例。

（曹光甫）

李隆基

李隆基（685—762），即唐玄宗、唐明皇。睿宗延和元年（712）受禅即位，改元先天。初期任贤用能，破奢除弊，使经济文化得以繁荣发展，出现了号称"开元之治"的大唐盛世。后期沉湎于声色，奸佞蔽政，吏治腐败，军队失控，终于在天宝十四载（755）爆发了安史之乱。次年逃往四川，遂传位于肃宗。至德二载（757）冬返长安，以太上皇终。其诗典丽蒨雅中有远意，传存诗六十三首，《全唐诗》编为一卷。

（王维堤）

幸蜀回至剑门

剑阁横云峻，銮舆出狩回。
翠屏千仞合，丹嶂五丁开。
灌木萦旗转，仙云拂马来。
乘时方在德，嗟尔勒铭才。

　　这首诗作于至德二载（757）初冬。当时郭子仪收复长安、洛阳，肃宗遣使迎太上皇由蜀返京。路过剑阁，心情已与入蜀时"黄埃散漫风萧索，云栈萦回登剑阁"（白居易《长恨歌》）有所不同了。"逃难"自然是不能说的，要说"幸蜀"，要说"出狩回"（皇帝巡行四方叫"狩"）。蜀道自古难行，据说战国时秦惠王想伐蜀而不知何处有道，就做了五头石牛，用金子嵌在尾下，宣称它能屙金，哄蜀王派了五个力士开道来迎，这才打通了陕蜀间的通道。(《水经注·沔水上》引来敏《本蜀论》)骆宾王有诗云："剑门千仞起，石路五丁开。"(《饯郑安阳入蜀》)讲的就是这个故事。太上皇坐在銮舆上也想起这个传说，行进在绝险横云峻的剑门道上，但见苍崖壁立，峰峰环合；突然一豁洞开，经霜的红叶将相向的山壁染得像丹朱般鲜红。这由"合"而"开"，由"青"而"红"的变化，似乎显示了历尽苦辛，终于回銮的太上皇的心态，而五丁之典的运用，更包蕴了他对李唐王朝国祚永长的祈祝。銮舆在迂回向前，安坐在车上的太上皇却只觉得树在绕着随从的旗帜向后转去，云在朝着驾车的马儿迎面拂来，以至很有点"仙"意了。剑阁之险，李白描写为"一夫当关，万夫莫开"(《蜀道难》)，杜甫描写为"一夫怒临关，百万未可傍"(《剑门》)，都是一个意思。太上皇浮想联翩，记起当年晋武帝曾派人把张载的《剑阁铭》镌刻在剑阁山上，铭中写剑阁"惟蜀之门"，"壁立千仞"，但又警戒想恃险作乱的人说："兴实在德，险亦难恃。"这使他的思维回到现实中尚未彻底平息的安史之乱上来，太上皇感到有必要从这两句话中找到一点精神支柱，于是不失身份地对张载"乘时在德"的说法赞叹了两句，为全诗作结。

　　道经"峥嵘而崔嵬"的剑阁，没有富贵气象的人作不出"翠屏合""丹嶂开"的比喻和描绘，不是坐在銮舆上的人也造不出"灌木转""仙云来"的形象和意境。据《唐诗纪事》说，这首诗就在至德二载(757)被普安郡(治所在今四川梓潼)郡守贾深勒石于剑阁之上。

(王维堤)

王 翰

王翰（687—727），字子羽，并州晋阳（今山西太原）人。唐睿宗景云二年（711）进士。举直言极谏科，又举超拔群类科，任昌乐（今河南南乐）尉、并州长史张嘉贞、都督张说赏其才华，颇加礼遇。开元十一年（723）调秘书正字转驾部员外郎。张说罢相，出为仙州（今河南许州）别驾。不以贬谪为意，与才人豪俊纵禽击鼓游乐。再贬道州（今湖南道县）司马，卒。王翰性格豪放不羁，诗风骏发踔厉，唯因时代较早，仍有六朝绮丽余风。有集十卷，今存诗一卷。　　　　（黄　明）

饮马长城窟行

长安少年无远图，一生惟羡执金吾。

麒麟前殿拜天子，走马西击长城胡。

胡沙猎猎吹人面，汉虏相逢不相见。

遥闻鼙鼓动地来，传道单于夜犹战。

此时顾恩宁顾身，为君一行摧万人。

壮士挥戈回白日，单于溅血染朱轮。

归来饮马长城窟，长城道傍多白骨。

问之耆老何代人，云是秦王筑城卒。

黄昏塞北无人烟，鬼哭啾啾声沸天。

无罪见诛功不赏，孤魂流落此城边。

当昔秦王按剑起，诸侯膝行不敢视。

富国强兵二十年，筑怨兴徭九千里。

秦王筑城何太愚？天实亡秦非北胡。

一朝祸起萧墙内，渭水咸阳不复都。

此诗一名《古长城吟》，约与后篇《凉州词》作于同时。《饮马长城窟行》为汉乐府旧题，内容叙边塞征戍，修筑长城之事。盛唐时多次对外用兵，诗人常有讽谕之作。王翰此诗实为高适、岑参诸人边塞诗的先导。

首四句写长安少年从军经过。"执金吾"，官名，为掌管京师治安的长官。汉光武帝刘秀少年时，"见执金吾车骑甚盛，因叹曰：'仕宦当作执金吾，娶妻当得阴丽华。'"（《后汉书·光烈阴皇后纪》）"麒麟殿"，汉宫殿名。"胡"，西北少数民族。初次从军的少年，天真幼稚，爱慕虚荣。"胡沙"以下四句，是少年出塞后的见闻。"猎猎"，风声。"鼙鼓"，军中所用乐器。"单于"，匈奴的君长。边塞自然环境恶劣，风沙蔽天，敌我双方军队对面而不相见。军中传来讯息：一场残酷的血战已迫在眉睫。"此时"二句写少年的心理活动、思想斗争：顾"恩"，还是顾"身"？答案是前者。为了报答君恩，个人生死安危已置之度外。正如李贺《雁门太守行》所说："报君黄金台上意，提携玉龙为君死。""壮士"以下两句写交战的经过。"挥戈回白日"，典出《淮南子》："鲁阳公与韩构难，战酣，日暮，援戈而挥之，日为之反三舍。"挥动金戈，使红日退行，这是何等英雄的气概！这两句描写战争与胜利的场面，气魄宏大，形象鲜明，富于浪漫主义色彩。"归来"以下八句，是少年归途的见闻与感慨。此时的少年久历沙场，身心俱已趋于成熟。归途见到长城道旁白骨累累，开始思考，开始探索。"黄昏塞北无人烟"四句，揭示长期战争给士卒带来的痛苦，悲壮浑厚，感人至深。"当昔"以下转入议论，探讨秦代抗击匈奴以及最后复亡的历史教训。"筑怨兴徭"，筑长城，兴徭役，过度使用民力，招致人民怨恨。"亡秦非北胡"：秦始皇得方士所献图书，预言"亡秦者胡也"，便发兵三十万北击匈奴。事实上始皇的暴政已种下秦亡的祸根，至其幼子胡亥谋夺政权，任用赵高，残杀大臣，加紧压榨百姓，终使秦王朝二世而亡。结末之"萧墙"为古代宫室用以分隔内外的小墙，喻内部隐患，正指此事。

　　本诗以"归来饮马长城窟"四句为中峰作回斡，由今入古，由少年崇勇转入对历史问题的沉思，不仅有以见诗势之拗折矫健，更寓有婉讽。开元以来唐师对四边频繁用兵。《资治通鉴》记开元十五年（727）玄宗拒张说谏，听王君㚟之言对吐蕃轻开战端，殺戮甚众，而不久吐蕃联合回纥，伏击攻杀君㚟，边地涂炭，史臣特为标出曰："上由是亦事边功。"本诗作时虽未能详，但视之为有所感而发，当非悬测。

（黄　明）

凉 州 词

葡萄美酒夜光杯，欲饮琵琶马上催。
醉卧沙场君莫笑，古来征战几人回？

凉州，今甘肃武威县。《凉州词》为唐乐府近代曲名，开元中西凉都督郭知运进献。"葡萄酒"，本出西域大宛。"夜光杯"，据《十洲记》："周穆王时西胡献夜光常满杯，杯是白玉之精，光明夜照。"鲜艳如血的美酒，满注于白玉夜光杯中，色泽鲜明，形象华贵。如此美酒，如此盛宴，与宴者莫不兴致高扬，正待痛饮一番。而"欲饮"作一顿，引起下文："琵琶马上催。""琵琶"是产自西域的乐器。汉细君公主嫁西域，以琵琶作乐而慰行道愁思。昭君出塞亦有琵琶伴随，伴随的是一条漫长艰险、有去无归的路程。此时此地，马上琵琶作声，不为助兴，而为催行，谁能不感心头沉重？但男儿从军，以身许国，生死早已置之度外。故诗于一顿之后，随即写出征将士豪兴逸发，举杯纵饮，其慷慨激昂、豪情万丈之态呼之欲出。明知前途险厄，沙场征战少有生还，却仍然无所畏惧，勇往直前，表现出高昂的爱国热情。施补华《岘佣说诗》谓此诗："作悲伤语读便浅，作谐谑语读便妙。"其"谐谑"二字，正显示了将士们视死如归的旷达。明王世贞称此诗为无瑕之璧，与王昌龄的《出塞》同为唐人七绝的压卷之作。

（黄　明）

王湾

王湾（生卒年不详），洛阳人。先天元年（712）进士，任荥阳（今河南荥泽）主簿。开元五年（717）秘书监马怀素主编四部书籍，召选博学多才之士参与，湾亦在其中，并任集部书籍编撰。开元九年（721）《群书四部录》二百卷编成，调任洛阳尉等职。王湾诗风清新壮美，开盛唐之先河。"海日生残夜，江春入旧年"一联尤负盛名。殷璠《河岳英灵集》云："诗人已来，少有此句。张燕公手题政事堂，每示能文，令为楷式。"存诗一卷。　　　　　　　　　　　　（黄　明）

次北固山下

客路青山外，行舟绿水前。
潮平两岸阔，风正一帆悬。
海日生残夜，江春入旧年。
乡书何处达，归雁洛阳边。

　　此诗写作年代不详，曾为殷璠《河岳英灵集》所收录，题为《江南意》，词句亦有小异。

　　"次"，停泊。"北固山"，在今江苏镇江，为京口三山之一。山势峭拔，横入大江，三面临水，风物壮丽，被梁武帝誉为"天下第一江山"。诗首句虚写，谓山高遮断视线，旅客长途，均在视界之外。二句实写，船泊北固山下，绿油油的江水拍舷而过。颔联写江景。"两岸阔",一作"两岸失",以"阔"字为胜,江面浩瀚,涨潮后更为广阔,桅上风帆满张,猎猎有声。颈联"海日生残夜,江春入旧年"是传诵一时的名句。相传为张说手题于政事堂,"每示能文,令为楷式"(《河岳英灵集》)。江水滔滔,连接海疆。残夜未尽,红日已升,意象壮阔。"入旧年",江南气候温暖,山青水碧,腊未尽,春已回,故云"入旧年"。江南风物如此秀美,与洛阳大异,故尾联自然转入思乡。但残冬未尽,鸿雁尚未北归,又倩何人将书信送达洛阳?作者将江南的春早与洛阳雁的归晚组成时间差,一丝淡淡的哀愁便由此透出,使人回味不尽。

(黄　明)

王之涣

王之涣（688—742），字季凌，晋阳（今山西太原）人。曾官文安（今属河北）县尉。少年任侠，击剑纵饮。开元中入长安，与王昌龄、高适、崔国辅等唱和，名动一时。诗歌风格慷慨雄浑，善状边塞风光及相思送别之情。每一曲成，谱入乐府，流布人口。《全唐诗》录存其诗六首。　　　　　　（丁如明）

登鹳雀楼

白日依山尽，黄河入海流。

欲穷千里目，更上一层楼。

鹳雀楼，旧址在今山西永济的黄河中高阜处，高三层，前对中条山。

这是一首富于理趣的登览之作。诗人登高纵目，苍茫四顾，俯仰之间，突然于山河、人生有了领悟，发为诗歌，与天地河山若有深契，浑然一体。所以四句两两相对而不觉其板重，富于理趣而不觉其枯索，真是千古绝唱。

首二句写远眺，但见白日沉沉依山而落，渐渐地收尽余光。滔滔黄河，自北而至，曲折奔赴东海，两句诗烘托出了宽阔的境界：崇山、黄河、落日，构成了一幅雄伟阔远的图画，具有尺幅千里的艺术效果。

后两句是推开一层写法。如果继续写眼前所见，一则恐怕后两句难以超越首联，会造成头重脚轻的毛病；二则四句全部写实，就会产生滞重之感。畅诸的同题诗虽然也写得很好，造语气势非凡，但就全诗论，总感到比王作稍逊一筹。"欲穷"一联，沿着前两句的脉络，极言鹳雀楼之高，并见诗人胸次之广。全诗虽不见人，但确有诗人自己的影子在。

这是一首把虚实写法结合得很好的诗，前人多有论述。黄叔灿《唐诗笺注》说："通首写其地势之高，分作两层，虚实互见……上十字大境界已尽，下十字妙以虚笔托之。"俞陛云《诗境浅说续编》认为这样写"尤有余味"。

（丁如明）

凉 州 词

黄河远上白云间，一片孤城万仞山。
羌笛何须怨杨柳，春风不度玉门关。

　　这首诗在当时极负盛名，被谱成乐曲广为传唱；在后世则被推为唐人七绝第一，成为每一种唐诗选本的必选之作。全诗极力描绘边地的荒凉、苦寒、落寞，反映征人戍卒思归的深情。

　　诗一开头即给人一种苍苍茫茫的印象，将读者的视野开拓得无限辽阔。九曲黄河，蜿蜒西来，远远逆望，宛如穿云破雾。这里用一个"上"字就将黄河的落差以及人举目远眺的神情和气吞万里的胸怀表达了出来。次句用非常鲜明的数字对比，勾勒出一幅萧索而又壮观的图画。万仞高山峻岭中，危城一座，一边是那么高大，一边又是那么孤峭，气势恢宏之极。宋人范仲淹《渔家傲》："千嶂里，长烟落日孤城闭。"意境与此相仿佛。

　　第三句是转折，由写景转入抒情。前两句的"黄河远上""一片孤城"给人以空旷、萧索的感觉，在这种地方征戍，会使人觉得单调、艰苦，会使人想起关内的烟花三月、杨柳万条。而恰在此时，羌笛吹起了寓有离别之意的《折杨柳》曲，幽幽咽咽，真是"此夜曲中闻《折柳》，何人不起故园情"（李白《春夜洛城闻笛》），何况当此索漠的境地？一片思乡之情，因眼前景而久蓄于胸中，因羌笛而突然引发,诗思妙入神理。第四句是对第三句的回答,旧时解释为"君恩不及边地"。按《汉书·李广利传》记贰师将军李广利转战西域多年,将卒死伤过多,因请求班师,徐图再举。武帝大怒,发使遮玉门关,曰:"军有敢入,斩之。"此句正暗用其事,军士们边地久驻,乡思难遏,而君恩不到,又可奈何?因此,他们虽有报国之志,又怎能不同时而生哀怨之情呢?这种矛盾的心态,外射到物象中,便化为前二句那种苍凉而悲壮、孤兀而萧瑟的诗歌意象,有味之不尽的艺术魅力。

(丁如明)

孟浩然

孟浩然（689—740），襄州襄阳（今湖北襄阳）人，久隐鹿门山，年近四十赴长安应举，失意而归。张九龄出镇荆州，招致幕府，旋辞归，遇王昌龄流岭南回，相见甚欢，食鲜疽发而亡。

浩然一生未入仕，几于隐居与旅程中终老。既自鸣清高，又不无盛世沉沦之感。诗多写山水旅游，善以清旷冲淡的笔意，表现猖介郁邑的情怀，伫兴造思，出入幽微，不落凡近，略无雕琢之迹。与王维并称"王孟"，为盛唐山水田园诗之代表作者。二人兼融陶谢，而浩然"半遵雅调，全削凡体"，更接近于陶潜，杜甫称他"清诗句句尽堪传"（《解闷》）、"赋诗何必多，往往凌鲍谢"（《遣兴》），足见在当时的地位。有《孟浩然集》。

（赵昌平）

夏日南亭怀辛大

山光忽西落，池月渐东上。
散发乘夕凉，开轩卧闲敞。
荷风送香气，竹露滴清响。
欲取鸣琴弹，恨无知音赏。
感此怀故人，中宵劳梦想。

道家称"道通于一"，佛门倡"心境一如"，说的都是主客体融一的境地。诗歌创作与悟道参禅虽有诉诸理与诉诸情之别，但在主客体融一上又道理相通；能融一而略无痕迹，是诗的至境，所以人们常以道比诗，以禅喻诗。读本诗于此即可有所解会。

诗题"夏日南亭怀辛大"，诗则以夏夜清景与闲居怀人之情交叠而下，情由景生，景因情转，景愈清而思愈深，遂于自然宽舒中极清澄悠远之思，最能见出孟诗的特色。

夕阳西落，水月东上，夏日的炎蒸似为习习夜气吹散，为水光月波冷却，这澄澈宜人的夜凉使诗人如沐清泉，"散发""开轩"这两个动作，加以卧对闲敞之地，领受沁人凉风，可见诗人似乎已沉醉于这夏夜的清气之中。这时风送荷香，露滴竹韵，远远地从夜色中度来，更是清幽至极。这清景只有古雅而有君子之风的琴音方能相称，于是他想取琴抚弦，只是转思清夜独处，知音谁赏。于是怀念起友人辛谔，竟至于似梦似醉，心神在夏夜的芬馨中远驰、远驰……诗至结末才点出怀人之意。至于他怀想些什么，是想请友人一起同对良辰美景，还是欲一诉此时超脱逸越的感悟？诗人未明言，而读者尽可由前八句的清幽之景、萧散之趣中去细细品味，慢慢领略。

全诗看似平顺，而景情相生的结构，亦具匠心；看似平淡，而滋润有味。淡而能腴，似近而远。若不经意处，却见举重若轻的功力，其清秀中有一种萧散的野趣，构成孟诗的胜境。

"荷风""竹露"一联是名句，佳在近而能远，上句由嗅觉着墨，下句由听觉落笔，既切合夜中不易见物之实际，又营构起幽美静谧、缥缈空灵的境界，为下文的宵远之思作了铺垫。　　（赵昌平）

晚泊浔阳望香炉峰

挂席几千里，名山都未逢。

泊舟浔阳郭，始见香炉峰。

尝读远公传，永怀尘外踪。

东林精舍近，日暮但闻钟。

　　诗题为"望香炉峰"，但诗中未有描写庐山这一胜景的秀句，亦无表现望山感触的警策，只是由泊舟浔阳（今江西九江）远望香炉而生出缅怀晋代庐山高僧慧远之想。一往任笔，若即若离，尾联信手拈来东林钟声作结，江天暮钟，寄情在有意无意之间，余韵悠然，似有挹之不尽的意况。

　　诗人在想些什么呢？"挂席几千里，名山都未逢"，起联透出了消息。诗人千里江行，寻访名山，却未有所获，因而透露出一种倦游之意。"几千里"三字尤有深意，可见此诗作于长安游宦未成之后，故倦游实寓对人生旅程的失意。这时泊舟九江分流的浔阳口，秀出南斗旁的庐岳奔来眼前，诗人怎能不产生一种去离尘嚣、避世灵境的愿望呢？慧远曾久住庐峰，结白莲社三十三人，同修净因，倡涅槃常住之说，十余年足迹不过山前虎溪。"尝读远公传，永怀尘外踪"，借僧言山，并以"尝读""永怀"二词引起悠远之思，结以精舍暮钟，略形写神，将庐岳的灵气与诗人的尘外之致融合无迹。所以王士禛《带经堂诗话》评云："诗至此，色相俱空，正如羚羊挂角，无迹可求，画家所谓逸品也。"

这"画"的构想大抵是：右下一抹清江，一点扁舟，舟头独坐一人，对着远处数点若隐若现、若有若无的淡墨山影，中间则是一片空白……

（赵昌平）

过故人庄

故人具鸡黍，邀我至田家。

绿树村边合，青山郭外斜。

开轩面场圃，把酒话桑麻。

待到重阳日，还来就菊花。

这是一件人人都可得而有之的平凡的生活琐事，但其中朴茂渊永的情趣，却非诗人不能写出。鸡黍是平常之物，田舍是平常之所，然而故人来邀却别有情趣，诗人则带着真诚的喜悦一路行来，望中所见，山树无染，一片青绿，远近相映，清新怡人。这清澄的自然景色，进一步淘洗了诗人的真朴情愫，使他的盎漾情兴益发不可掩抑。因此进得屋来，他要开轩面场圃，继续呼吸田野清新的空气，并与故人一起，借着村酿的助力，兴致勃勃地谈起了有关生计的桑麻之事。这种由醇厚的情意而生发的勃勃意趣，使诗人深感欢会的短暂，于是又与主人相约，等重九日菊花盛开时再来就饮。诗至此，已不复知是酒之醉人，抑是情之醉人。纪昀评王孟诗品有云："王清而远，孟清而切。学王不成，流为空腔；学孟不成，流于浅语。"（《瀛奎律髓》引）切而能清，实由于情兴朴茂。

诗至切近，则易滞着色相，流于琐碎，诗情朴茂，又易冲涌而出，流于粗率。中唐时姚合、白居易分别常有此二病，然孟诗却能化实为虚，借助切而不滞的诗歌形象，将朴茂之情化为悠远的意韵，纪昀以"切""远"相对，似未为笃论。本诗并不缕述田庄风情，而只以淡笔轻染，在应邀的过程中传送出恬淡神韵。如"绿树林边合"，隐见绿树环合中的庄院，显示出一种静谧之美；"青山郭外斜"，则借助远景中的一脉青山，用"斜"字从广度将景物引展开去，静谧中顿显开阔清旷。故读孟诗如品清茗，入口平和，而细味之，则方觉味外之味无尽。

孟诗以"自然冲和"胜，但自然并非不加思索，孟诗的自然浑融中实具草蛇灰线的结构之妙。此诗题为"过"，即访，却由访前之"邀"领起，由邀而行，由行而至，迤逦写来，落到访友把酒，衍为访后相约，这"访"虽写得极简，却因访前所感所见而意兴勃发，又因访后相约而余音绕梁。一个"就"字遥应起笔"邀"字，由被动而至，到主动来就，因而把"访"故人之情升华为旷放的野人之兴。它如"绿"浓"青"淡之分状远树近山，"斜"字应"合"之深得画理，"酒"字下探引出"菊花"，均见提炼之功。而由提炼返之自然，则是王孟诗派的极诣。

（赵昌平）

临洞庭湖赠张丞相

八月湖水平，涵虚混太清。

气蒸云梦泽，波撼岳阳城。

欲济无舟楫，端居耻圣明。

坐观垂钓者，徒有羡鱼情。

皮日休《郢州孟亭记》论浩然诗云："大得建安体"，"涵涵然有干霄之兴"。这一评价与后人对于孟诗的看法颇不一致，读本诗，可有助于对皮氏之说的理解。

张丞相，历来有二说，一说指张九龄，一说指张说。就诗中所表现的用世之志观之，当为诗人四十岁或稍后，长安求仕无成，于开元十八年（730）去长安南游，秋经洞庭所作。如此，则所赠者当为张说，因张九龄本年冬方入相。

赋咏奉赠类诗一要讲究所赋与所赠二者浑成无间，讲究得体有节，委婉有含。

尾联是诗的主旨所在，历来所解多未得其义，故全诗之意亦未能畅。一般都指出此用《淮南子·说林训》"临渊而羡鱼，不如归家织网"之典，垂钓者指张丞相，羡鱼者为自己，意谓己不为当路所用，自当归隐。但上下句意难以畅通。按上引《说林训》前云：

177

"一目之罗，不可以得鸟；无饵之钓，不可以得鱼；遇士无礼，不可以得贤。""临渊"云云，正应此而言。故此二句实云：因看那河边钓翁，空有羡鱼之情，却未知结网设饵，使鱼来至。从而委婉地讽示张丞相未能以礼待士如我辈者，致使贤者抱恨而去，同时亦暗寓希望援引之意。牢骚话以典实出之，雅驯中颇见不平意态，既自见身份，又为丞相留有余地，不亢不卑，是谓得体。诗以洞庭景物起，以水边垂钓结，中以"欲济"过渡，又使赋咏与投赠联为一体，是谓无间。

由此返观前四句景语：八月秋水大涨，湖面平满，包容元气（虚），混和太空（太清）；气势蒸腾，笼罩了云梦古泽，骇浪滔天，撼动着岳阳古城。洞庭湖这一浩瀚激荡的景象，正是诗人自负不平的心态写照，可称兴象风骨兼备。

孟诗全体观之，确实颇淡，但本诗中所表现的这种傲兀之气，常不时流露其间，遂形成清淡中不乏萧散狷介之气的风致。这与他提炼而返之于自然的语言风格一起，体现了皮日休所说的"大得建安体""涵涵然有干霄之兴"的特色。

（赵昌平）

舟中晓望

挂席东南望，青山水国遥。

舳舻争利涉，来往接风潮。

问我今何去，天台访石桥。

坐看霞色晓，疑是赤城标。

天台山，在今浙江天台，唐属江南东道台州。东晋玄学家孙绰曾作《天台山赋》，以"浑万象以冥观，兀同体于自然"为结，此赋被誉为一字一句"掷地作金石之声"。山以文贵，所以后来天台成为道家之洞天，也为文人骚客所向往。开元十八年（730）孟浩然求仕无成，西出长安，南下吴越，舟行江中，晓色中渐近这一名山，自然也别有情绪，于是写下了这一名篇。

诗以"挂席东南望"点题并领脉，以下全由"望"字生发。"青山水国遥"是望中全景，二、三联则一笔两面，虚实对映以见其志。诗人不直接写求仙访道，却先垫一笔，在舳舻争涉、风潮相接中转出访天台、待晓霞之想。"舳舻"两句是实写，却隐见世上芸芸众生奔波命途之态。访天台、疑赤城是虚写，中间以"问我今何去"为关捩，冷然一问，转出新意，遂在虚拟中表现出诗人超尘脱俗之概。《启蒙记》注云："天台山去天不远，路径油溪水，深险清冷，前有石桥，路径不盈尺，长数十丈，下临绝涧，惟忘其身然后能济。"《天台山赋》"赤城霞起而建标"，《文选》李善注："支遁《天台山铭序》：往天台，当由赤城山为道径。孔灵符《会稽记》：'赤城山石色皆赤，状似云霞。'"因而由"石桥""赤城"两个遥想中的地名，似乎能见诗人在霞色蒸腾中，凌空凭虚，入天台，同仙列之意态，诗于"青山"句后本可直接写求仙访道，但诗势必然平弱，唯以"触舻"二句一垫，"问我"句一转，方于冲淡清旷中微见狷介之志。

寄意于如有如无之间，状景在实实虚虚之际，是浩然诗似淡而实腴的重要原因。

（赵昌平）

宿桐庐江寄广陵旧游

山暝听猿愁，沧江急夜流。

风鸣两岸叶，月照一孤舟。

建德非吾土，维扬忆旧游。

还将两行泪，遥寄海西头。

本诗为孟浩然于开元十八年（730）去京南游，淹留广陵后又南下浙东，夜宿新安江支流桐庐江上所作。

发调警挺，摆脱羁旅诗首二句叙事的俗套，直接由景语起。由江外之山暝猿愁，到江流之夜逝湍急，到近舟江岸之木叶萧瑟，这一切由远到近，萃集到皓月朗照下的一叶孤舟，至此方点题宿江，于旅况萧瑟中呈现出一种孤清不群的意态，并顺势一笔荡开，抒写情意。"建德非吾土，维扬忆旧游"二句分点题面"桐庐江"与"广陵旧游"。然而维扬其实亦非诗人故土，则二句不仅曲折以见维扬旧友亲如乡亲之意，亦微见其乡思浩荡。故自然生出"还将两行泪，遥寄海西头"之奇想。这悲思到底是忆故人，思乡土，还是别有所寄，读者尽可见仁见智，自己体会。然而如果联系其出京时"不才明主弃，多病故人疏"的吟唱，则不难想见其忆旧思乡中所蕴含的不得志的牢愁。

牢愁是唐诗中常见的意绪，然而开元中诗人的牢愁均带有一种英特发越之气，与天宝后杜甫式的沉郁、王维式的幽冷不同。这种英越与不平之气的结合可说是开元诗人的一种时代精神，也是开元诗浑成而跳脱，往往有多重意况的底蕴所在。

本诗结构亦甚有匠心，末联"泪"字上应首句"愁"字，"海"字上应二句"江"字，由江而海，由愁而泪，针法甚密，唯因中片"月照一孤舟"一收，由景入情，"建德非吾土，维扬忆旧游"一荡，遂使全篇化密为疏，有跌宕起伏、鼓舞气势之感。

人们常说盛唐诗自然，而孟诗尤被推为自然之最，并以此与初唐诗之精丽相对。其实这种看法颇有偏差。盛唐诗在章句布局、景象提炼上实多得力于初唐，唯因其英越之气，使其提炼主境界而去初唐之繁芜，布局任气势而使针脚泯灭。所谓"浑成秀朗"的盛唐诗，实是其时代精神与对诗法遗产继承二者结合的产物。本诗即是一例。明于此，对殷璠《河岳英灵集》评孟浩然诗"文彩芊茸，经纬绵密"二语，就不会感到难以理解了。

（赵昌平）

宿建德江

移舟泊烟渚，日暮客愁新。
野旷天低树，江清月近人。

无疑，这诗写的是旅愁，这愁还真不轻。开元十八年（730）诗人求宦无成，带着一肚子不合时宜南游江浙，舟行而至新安江流经建德（今属浙江）一段江面时，一天又将过去，然而愁思却不能尽，相反烟水迷茫，小洲凄冷，更兼日暮黄昏，更促发了他的深重愁思。而这愁，又很富有个性，富于时代气息。

"野旷天低树，江清月近人。"平野旷莽，暮色苍苍，似与远树相接，这景象是低抑的，却又是旷远的；旅况寂寞，唯有月映江波，似与游子相亲，这景象是孤寂的，却又是清澄的。这孤寂由低抑中来，这清澄由旷远中生，使人感到诗人虽然凄伤，却有着解悟，有着自信。你看他站在江上舟头，在平展的旷野中，在高临的明月下，在无尽的时空中。这是盛唐人的愁，狷介的孟浩然的浩然之愁，在中晚唐诗中很少能见到。

（赵昌平）

春 晓

春眠不觉晓，处处闻啼鸟。
夜来风雨声，花落知多少？

　　暮春，诗人夜眠黑甜，醒来不觉天已大明，唯闻窗外鸟鸣啁啾，此起彼伏。这时他才猛然想起，夜间曾听到阵阵风雨之声，于是不禁又担心起来：该有多少鲜花凋落了呢？这首小诗所摄取的就是这样一个生活片断，一种即兴的情思，看似平淡细小，却有着挹之不穷的意蕴与情味。

　　诗的前二句是喜春，后两句是惜春。但是喜也罢，惜也罢，都在有意无意之间。啼鸟处处，弄春啭晴，好不喜气洋洋，但诗人却似乎无意去寻觅。你看他日高方起，领受这大好的春光，何等的逍遥自在！夜来风雨，花落遍地，有惜花之意，但他也并不执着于悲哀，只是看似轻淡地随意一问，甚至无意去实地察看落花的"多少"。喜春与惜春之情在此只是同时出现在高卧初起的一瞬间，从而带有真率、活泼、浓郁的生活情味，内含着庄生那种应接世事而不以好恶内伤其身的理趣。他也非有意作诗，只是因窗外即时的鸟声想起了昨夜的风雨声，由鸟之鸣想到了花之凋。这就是自然，就是天机，体现了盛唐人的兴象玲珑、宽远自在。

　　"无情有恨何人觉，月晓风清欲堕时"，晚唐陆龟蒙的《白莲》诗写得清秀精致，惜花之意缠绵空灵，却不免于执着和雕镂，总无本诗的自在飘逸，这倒不是因为才力不如，而是因为"时代不同"了。

（赵昌平）

王昌龄

王昌龄（694—756？），字少伯，京兆万年（今属西安）人。家境贫寒，早年曾漫游西北边塞。开元十五年（727）进士及第，授秘书省校书郎。二十二年，应博学宏词试登科，任汜水（今河南汜水）尉，江宁（今南京）丞。天宝七载（748），因所谓"不护细行"，被贬为龙标（今湖南黔阳）尉。安史乱起，被濠州刺史间丘晓所杀。诗擅七言绝句，内容以边塞生活、宫怨闺情为主，风格清新圆润，流丽深婉，"绪密而思清"（《新唐书》本传），被誉为七绝中的"神品"。有集五卷，今存诗一卷。

（黄　明）

塞　下　曲

饮马渡秋水，水寒风似刀。

平沙日未没，黯黯见临洮。

昔日长城战，咸言意气高。

黄尘足今古，白骨乱蓬蒿。

　　唐芮挺章所编《国秀集》录此诗，题为《望临洮》。临洮，今甘肃岷县，秦始皇于此置临洮郡，长城即以临洮为起点。汉乐府歌辞《饮马长城窟行》"饮马长城窟，水寒伤马骨"，写修城士卒之苦。诗的首二句即由此化来，既为联想，亦为实情。塞外秋早，临流饮马，风寒似刀；抬头远眺，平沙莽莽，日色将暝，临洮古城隐约可见。意境苍凉萧索。"昔日"一振，转入怀古。"咸言意气高"，欲振又抑。长城之战，仅凭传闻，未经目击，言外之意是：当年战况虽烈，意气虽高，而今只剩下传闻，英雄何在？意气安存？而古今不变者，唯有弥天黄尘飘过白骨历乱的蓬蒿。

以《塞下》《从军》为题的作品，大多求其气势豪壮，音调铿锵，有高亢阳刚之美。诗人此作取材于临洮古战场见闻，寥寥数语，便见意境高古，寄托深远。其融写景、怀古、议论为一，有汉魏古乐府遗风，故前人评曰："极简、极纵、极新，在汉魏之间。"

（黄　明）

听弹风入松赠杨补阙

商风入我弦，夜竹深有露。

弦悲与林寂，清景不可度。

寥落幽居心，飔飀青松树。

松风吹草白，溪水寒日暮。

声意去复还，九变待一顾。

空山多雨雪，独立君始悟。

　　写音乐的诗，以白居易《琵琶行》、韩愈《听颖师弹琴》、李贺《李凭箜篌引》三诗最著，被誉为"摹写声音至文"。然王昌龄此诗时代较早，且又有独到之处。

　　风入松，琴曲名。补阙，朝廷中职司劝谏的官员。杨补阙，不详。诗首四句写琴音初起。"商风"，秋风。《礼记·月令》："孟秋之月其音商。"秋风吹入琴弦，秋气萧索。夜色深沉，竹林幽黯。万籁俱寂之中，晶莹的露珠渐渐凝聚、滴落，如同盈盈的泪水。琴音凄惋低沉，林景清幽寂静，听者身心俱受震撼，感到难以承受。"寥落"四句由静入动，进一步摹写音乐境界。"飔飀"（sōu liú），风声。松风吹拂，白草偃仰。夕照清冷，溪水淙淙。天地悠然，情景交会，物我合一。"九变"，音乐演奏九遍。《周礼·大司乐》："若乐九变，则人鬼可得而礼。""一顾"，《三国志·周瑜传》："瑜少精意于音乐。时人谣曰：'曲有误，周郎顾。'"曲已终，意犹在。琴音袅袅，似乎仍在耳边低回飘荡，期待知音者的倾顾。青松白草，仍有境界可寻，空山雨雪，已摒弃身外一切，空绝、旷绝、清绝、幽绝。"雨雪"双关，周穆王见天气严寒百姓受冷而作"雨雪"诗，后人演为乐曲。穆王又曾于瑶池会西王母，因此空山雨雪，独立凝思，所悟者是琴、是道？读者自可心领神会。

王昌龄的五言古诗有很高的艺术成就，《塞下曲》之苍凉、《听弹风入松》的清逸幽秀，历来为论者高度推奖。清许学夷《诗源辨体》："王昌龄五言古诗入古体而风格亦高。"施补华《岘佣说诗》："王昌龄《听弹风入松》一首最为清幽，收处'空山多雨雪，独立君始悟'殊得琴理。作清微诗亦须识此意，故曰诗禅。"　　（黄　明）

芙蓉楼送辛渐

寒雨连江夜入吴，平明送客楚山孤。
洛阳亲友如相问，一片冰心在玉壶。

开元二十八年（740），王昌龄任江宁（今江苏南京）丞。此诗即作于江宁任间。

芙蓉楼，镇江著名古迹。辛渐，王昌龄的朋友，《芙蓉楼送辛渐》，集中有同题二首，此为其一。首句写秋风秋雨，突然而来。"入"，而且是"夜入"，表示秋雨之来出人意料。亦因良友分别在即，中宵不寐，所以听得风雨之声。"吴"，镇江春秋时属吴，战国属楚，"吴"与"楚"为互文，均指镇江。清晨江边送别，雨洗青山分外峭拔、孤兀，"楚山孤"也暗喻自己孤身留楚之悲伤。此时心情虽已趋于坦荡宁静，而临岐分手，一时万语千言涌上心头，最后只凝成一句"一片冰心在玉壶"。"冰心""玉壶"，古人用以喻高洁。陆机《汉高祖功臣颂》："心若怀冰。"鲍照《白头吟》："直如朱丝绳，清如玉壶冰。"王昌龄出任江宁丞，是因所谓"不矜细行"而贬谪。他的同时代人殷璠曾说："奈何晚节不矜细行，谤议沸腾，再历遐荒。"（《河岳英灵集》）因而王昌龄与朋友分别时，以此语遥寄洛阳亲友，有表明、剖陈心迹之意。

诗以"洛阳亲友如相问"作枢纽，将寒雨连江之景，与冰心、玉壶之喻相呼应，遂使全诗具有一种迷惘与高洁、苍黯与孤峭相交融的复杂意况，在情景的结合转换上颇具特色。 　　　（黄　明）

听流人水调子

孤舟微月对枫林，分付鸣筝与客心。

岭色千重万重雨，断弦收与泪痕深。

本篇应作于天宝七载（748），王昌龄因所谓"不护细行"，被贬龙标途中。

"流人"，被贬流放之人。"水调子"，乐曲名，隋炀帝所作。首句写景，意境凄清。孤舟泊于江岸枫林之下，月色微茫，夜色沉沉，静谧中含着无限愁绪。孤舟流水，牵系乡情，举首望月，低头思乡。全句未著一个"愁"字，而一片愁思已跃然纸上。"分付"，犹言判付、安排，借乐曲以消闲解愁，安定客心。不料奏乐者正是一位流人，因而同样有天涯沦落之感。"与"字极妙，将弹者与听者融为一体，同是满腔幽怨，同是不堪为情。三句突兀，似与上文全不关联：江边月影蒙蒙，山头云雨重重。"千重万重"，极言雨水之多。"断弦"，再次转入听乐，弹者情感激动，心颤手抖，筝弦为之断，而听者亦泪水为之倾泻。那千重万重的云雨，不正如泪痕一样深重？这里再次使用"与"字，将断弦与落泪联在一起，一片无可言喻的忧伤在互为因果的感受中显得格外沉痛。三四两句倒装，不仅技巧高超，也使诗意更为空灵蕴藉，含蓄雍容，涵泳不尽。

（黄　明）

出　塞

秦时明月汉时关，万里长征人未还。

但使龙城飞将在，不教胡马度阴山。

《出塞》为汉乐府旧题，内容叙征戍之事。首句写景，笔力雄浑，意境苍凉。"秦""汉"为互文。山川起伏，关隘荒凉，一轮明月，映照千年以来征战之地。昔日百万将士远道来此，浴血争战，如今仅余月光空照，抚今思昔之中，一种浩渺的时空感笼罩全篇。秦、汉是我国历史上武功极盛的朝代。虽然付出了沉重代价，如李华《吊古战场文》所说，"秦起长城，竟海为关，荼毒生灵，万里朱殷。汉击匈奴，虽得阴山，枕骸遍野，功不补患"，但毕竟换回来一段时日的和平。而如今战争依然进行，将士空洒热血，归期无日。"人未还"包含多少沉痛的谴责。"龙城"，在今蒙古境内，汉将卫青追击匈奴曾到此。"飞将"，汉右北平太守李广善战，匈奴称之为"飞将军"。这里均指扬威边塞的名将。"阴山"，起河套西北，绵亘于内蒙古的一条山脉，匈奴常据此侵汉。据三、四二句，之所以"人未还"，是由于国无良将，边庭无人镇守，以致战火不息，征人难归。

《出塞》历来受到评论家高度推许。明李攀龙评为唐人七绝的压卷之作。施补华《岘佣说诗》曰："'秦时明月'一首，'黄河远上'一首，'天山雪后'一首，'回乐峰前'一首，皆边塞名作，意态绝健，音节高亮，情思悱恻，百读不厌也。"

（黄　明）

从 军 行

（七首选三）

烽火城西百尺楼，黄昏独坐海风秋。

更吹羌笛关山月，无那金闺万里愁。

　　从军行，汉乐府旧题。王昌龄有同题绝句七首，此为第一首。

　　烽火台，边塞筑高台以瞭望，有敌情则举烽烟报警。"百尺"，极言楼之高。日落黄昏，倦鸟投林，牛羊归栏，远戍将士也不能不起思乡之心，这是第一层。高楼独坐，楼在城西，望不到东方万里外家乡，二层。海上秋风扑面，海指青海地区大湖，秋风起，游子思乡。宋玉《九辩》："悲哉，秋之为气也，草木摇落而变衰，登山临水兮，送将归。"秋气感人，三层。两句十四字，盘旋直下，思乡之心，越积越深，远处更传来羌笛吹奏之声。羌笛，原为西羌人所用乐器，其声悠长凄清。《关山月》，汉横吹曲之一，内容叙边塞将士思归之苦。至此，满怀情思全被笛声引发，再也按捺不住了。"无那"，即"无奈"。"金闺"，闺阁妇女。不说征人思家之苦，却说妻子抑不住愁情，一片愁绪，两地如一，凄惋中不失豪放悲凉。

　　　　　　　　　　　　　　　　　　　　　　（黄　明）

青海长云暗雪山，孤城遥望玉门关。

黄沙百战穿金甲，不破楼兰终不还。

首句写出边塞的荒凉艰苦。"青海"，我国最大内陆湖，"雪山"，祁连山，在青海东北；又青海南有积石山，亦称雪山。青海湖上升起大片浓云，绵亘低垂，遮蔽远处雪山。孤城戍守，四望荒凉，浓云低暗，雪山无色，遥望来路上玉关屹立，而思乡之情因之倍增。玉门（今甘肃敦煌西北）自古为出入西域的要道。汉武帝曾遣使者把守，不准西征将士擅入。东汉班超久在西域，年老思归，上书说："臣不敢望到酒泉郡，但愿生入玉门关。"所以玉门在当时已成了远戍将士思乡盼归的情怀所寄。万里边塞环境艰苦，但男儿卫国的一腔热血，却并不因此而消减。

沙漠百战，金甲磨穿，不灭强敌，誓不归还。一股豪勇壮烈之气撼人心扉。"楼兰"，西域古国名，在今新疆维吾尔自治区婼羌县一带。楼兰王勾结匈奴，数次截杀汉使。傅介子出使西域时，袭杀楼兰王。此处以楼兰指强敌。此诗亦可从另一角度理解。清沈德潜《唐诗别裁集》评曰："作豪语看亦可，然作归期无日看，倍有意味。"黄牧邨《唐诗笺注》评曰："玉关在望，生入无由，青海雪山，黄沙百战，悲从军之多苦，冀克敌以何在。'不破楼兰终不还'。愤激之词也。"可从多种角度阅读、理解，为王昌龄诗的特色。故陆时雍《诗镜总论》说："王龙标七言绝句自是唐人骚语，深情苦恨，襞积重重。使人测之无端，玩之无尽。惜后人不善读耳。"（黄　明）

大漠风尘日色昏，红旗半卷出辕门。

前军夜战洮河北，已报生擒吐谷浑。

    首句以景喻情。西北边塞荒凉，大漠上劲风疾卷，走石飞沙，日为之昏暗，此亦喻形势险恶。强敌如蔽日风沙般迎面袭来，部队则严阵以待，奉命出击。"辕门"，军营的门。旌旗尚未及展开，部队已开出营房，军纪严整，肃静无哗，行动迅速如脱弦利矢，勇猛直前。李贺《雁门太守行》："黑云压城城欲摧，甲光向日金鳞开。"二句构思虽与其类同，而气势的慷慨激昂则有所不及。首二句写敌情之险，写部队出发的英姿，为下面作铺垫。第三句不写交战情景，却写军中传来的消息，谓前军接敌，夜战中已大获全胜，活捉了敌人的首领。"洮河"，源出青海境内西倾山，经岷县、临洮注入黄河。"吐谷浑"（音土浴浑），塞外少数族名，居洮水以西，此处泛指来犯之敌。虽然以出发时的雄姿印证，胜利本是意料中事，但此时获讯，仍有抑制不住的喜悦之情。

    此诗着力写出部队出发时的军容、气势，却将战斗场面留给读者自己想象，手法奇妙，余味不尽。七绝篇幅短小，容量有限，难以表现重大题材。昌龄此作却用笔灵动，收放自如，深得七绝写作三昧，为集中上乘之作。

（黄　明）

春 宫 曲

昨夜风开露井桃，未央前殿月轮高。
平阳歌舞新承宠，帘外春寒赐锦袍。

　　王昌龄以闺情宫怨为题材的许多七言绝句，都写得优柔婉丽、情致缠绵，令人测之无端，玩之无尽。《春宫曲》为其中之一。

　　"昨夜"，起句音调舒缓纡徐，似宫女追忆、叙说夜来情事。"露井"，无覆盖之井。风开井桃，知夜气之温暖，也意含双关。以初绽桃花，比宫中新宠的美人。"未央"，汉代宫殿名。月轮高悬，夜色已深，宫中饮宴歌舞彻夜未止，自不知晨之将至。唯有深宫寂寞的宫女，长夜难寝，辗转反侧，方才注意夜风暖、月轮高之细事。"平阳歌舞"，汉武帝皇后卫子夫，出身微贱，原为平阳公主家歌女，此处指皇帝新宠爱的美人。此句重点在"新"。新人得宠，旧人被弃，可知君恩的不可倚靠。末句为全诗画龙点睛之笔。首句已明言"风开露井桃"，夜气之暖可知。纵然夜寒，帘内人正在歌舞狂欢，也不得而知。所以，"帘外春寒"只是赐袍的借口。"平阳歌舞"受宠正深，失意人一片幽怨，在字里行间流出。谭元春《唐诗归》评曰："宠丽语蓄意悲凉，此真悲凉也。"沈德潜《说诗晬语》评曰："王龙标绝句，深情幽怨，意旨微茫。'昨夜风开露井桃'一章，只说他人之承宠，而己之失宠，悠然可思。此求响于弦指外也。"　　　（黄　明）

西宫春怨

西宫夜静百花香，欲卷珠帘春恨长。
斜抱云和深见月，朦胧树色隐昭阳。

　　西宫夜景，宁静而美丽。"西宫"，指班婕妤所在长信宫，在汉成帝宠妃赵合德所居昭阳宫之西。君王不到，宫中无人，所以夜静；花开繁盛如锦，夜中无人赏，只有失意人愁不能寐，闻到夜风中飘送的阵阵芳香。失意难堪，不耐独坐，起立卷帘。"珠帘"，珍珠缀饰的门帘。《西京杂记》："昭阳殿织珠为帘。"珠为帘，玉作枕，陈设之精美与女主人公寂寞凄凉恰成强烈反差。"欲卷"二字深可玩味。欲则未成行动，卷帘为了望月，而望月又将增惆怅。因无聊而欲卷帘，复因怕见月自伤而停卷，一波三折，"春恨"心理刻画细腻入微。

　　"云和"，本为地名，《周礼·春官》"云和之琴瑟"，后世用为琴瑟代称。"斜抱"，欲弹不弹，抱琴出神，形象姿态极为妩媚，珠帘不卷，殿宇深邃，隔帘望月，所以倍觉月深。遥望东方，只见朦胧树影，不见昭阳宫殿，深情、幽怨，无可寄托，无处倾诉。

　　胡应麟《诗薮》曰："太白《长门怨》：'天回北斗挂西楼，金屋无人萤火流。月光欲到长门殿，别作深宫一段愁。'王江宁《西宫曲》：'西宫夜静百花香，欲卷珠帘春恨长。斜抱云和深见月，朦胧树色隐昭阳。'李则意尽语中，王则意在言外。然二诗各有至处，不可执泥一端。大概李写景入神，王言情造极。王宫词乐府，李不能为，李览胜纪行，王不能作。"评论殊为公允。 （黄　明）

西宫秋怨

芙蓉不及美人妆，水殿风来珠翠香。
谁分含啼掩秋扇，空悬明月待君王。

芙蓉，从古就为高贵清雅的象征，又常被用以喻美人，如曹植《洛神赋》："灼若芙蓉出绿波。"但历代以芙蓉喻美人，不过形容花如人面，或人花竞艳。王昌龄此作，却说芙蓉不及美人，不仅不及其容颜风韵，而且不如其妆饰；美人之美，于此可想。不但人美，所处环境亦极为清雅。宫殿临水，清风徐来，吹动一池荷花。出人意料之笔是殿中只有珠翠飘动香气。芙蓉应有香而无香，珠翠本无香而有香，想象比喻皆在人意料之外，而"珠翠香"又扣紧上文"美人妆"。两句写尽美人之美，着重点落在"妆"字上。为谁梳妆？为了等候君王。如此美人，如此妆饰，君王理应来到。然而，"谁分"，谁料，"含啼"，"掩秋扇"，一句三折，君王并未来到。只有明月孤悬，陪伴着一个寂寞的身影。班婕妤《团扇歌》："新裂齐纨素，皎洁如霜雪。裁为合欢扇，团团似明月。"明月与团扇同为其自喻，同样高洁，同样孤独。君王永不再来，而她却还在等待、等待……

本诗写作特点，是前二句与后二句形成强烈比照。前二句极力形容美人妆饰，是为了望幸。君王应至而不至，以至空待。或者说，明知是空待，却仍然精心梳妆、痴痴等候。

（黄　明）

长信秋词

（五首选二）

> 奉帚平明金殿开，且将团扇共徘徊。
> 玉颜不及寒鸦色，犹带昭阳日影来。

　　《长信词》由乐府旧题《婕妤怨》化来。班婕妤，汉成帝妃，美而多才。汉成帝宠幸赵飞燕姊妹，她为避祸，求侍奉太后于长信宫。长信宫，汉宫名，在长安渭水以东，太后所居。

　　班婕妤的《自悼赋》中有"供洒扫于帷幄兮"句，梁吴均《行路难》诗有"班姬失宠颜不开，奉帚供养长信台"两句，此诗首句即化用其意。天色方明，秋意萧森，殿宇洞开，空寂无人，这正是一座冷宫的写照。团扇，为班婕妤自喻。相传班婕妤作《团扇歌》："常恐秋节至，凉飙夺炎热。弃捐箧笥中，恩情中道绝。"人以扇为喻，情因扇而寄，执扇徘徊，无限悲苦，俱在言外。"玉颜"，洁白美丽的容貌。"昭阳"，汉宫殿名，成帝宠妃赵合德所居。寒鸦自东方飞来，犹能沐浴昭阳宫殿上空的阳光，自己空负美丽玉颜，却已不如寒鸦之幸运。人不如鸟，不幸可知。通篇怨情以含蓄的手法写出。沈德潜《唐诗别裁集》评道："昭阳宫，赵昭仪所居，宫在东方，寒鸦带东方日影而来，见己之不如鸦也。优柔婉丽，含蕴无穷，使人一唱三叹。"明顾璘《批点唐音》认为："宫情闺怨，作者

多矣。唯此篇与《闺怨》之作浑含明白，绝句中极品也。"（黄　明）

真成薄命久寻思，梦见君王觉后疑。

火照西宫知夜饮，分明复道奉恩时。

起句"真成薄命"，突兀直入。班婕妤失宠，退居长信宫，被遗弃的命运早已确定。但潜意识之中仍然存在一线隐秘的希望。如今百折千回，反复寻思，不得不予以放弃，自认"薄命"，内心悲痛可知。已经绝望，在梦境中又见到君王，醒后不禁生疑：究竟梦是真，眼前是假，还是梦里为幻，眼前为实？心理描写极为细腻。披衣起坐，望见远方灯火，昭阳宫夜半盛宴高张，歌舞正酣，与长信宫的冷寂正成对比。一明一暗，一动一静，一盛一衰，对照强烈。"知夜饮"，班婕妤得宠时，夜饮场面亦曾多次经历，于是不禁回忆当年情景。"复道"，楼阁间上下两重的通道，当年自己陪侍君王，此情此景犹在眼前，而今人事竟已全非。全诗在借回忆以消磨时光的同时，内心深处或多或少地仍存有一丝希望。其摹写妇女心理，可谓曲折尽致、委婉细微。

（黄　明）

闺　怨

闺中少妇不知愁，春日凝妆上翠楼。
忽见陌头杨柳色，悔教夫婿觅封侯。

　　闺怨是中国古典诗歌的传统题材，自从国风《伯兮》塑造了一位"自伯之东，首如飞蓬。岂无膏沐，谁适为容"的思妇形象之后，千百年来哀婉凄美几乎成了思妇闺怨诗的"定格"。王昌龄此诗却能在名作如林别树一帜，成为绝唱，这不能不归功于他独特的艺术匠心与文艺观。

　　虽然怨情仍是本诗主旨，但却透过一层写。起二句以"不知愁"为中心，连用"少妇""春日""凝妆""翠楼"四个充满活力的词组，意象叠加，凸现了一位开朗而近乎天真的青春少妇形象。"忽见"句事承"上翠楼"，而意思陡转，为末句伏脉。路口的青青柳色提醒了她，物换节移，一年又已过去，但良人犹未归来，遂油然而生"悔教夫婿觅封侯"的怨叹。由"不知愁"到"悔"，形成反跌；中间"忽见"一转，更跳脱有致而意脉贯通，足见昌龄诗"绪密而思清"的特点。

　　王昌龄《诗格》论"情境"云"娱乐愁怨皆张于意而处于身，然后驰思，深得其情"，本诗可为之注解。诗人设身处地为特定人物（烂漫的少妇）在特定时间（初春）、环境（登楼）中所可能有的特定情思设想，敏锐地抓住了“忽见”这一瞬间，真切地表现了深层意识被突然唤醒的情境。这与弗洛伊德的潜意识理论颇为相似。

（黄　明）

綦毋潜

綦毋潜（生卒年不详），字孝通，虔州（今江西赣县）人，一说荆南（治今湖北江陵）人。开元十四年（726）进士，历官宜寿尉、集贤院直学士、秘书省校书郎，后弃官归乡。天宝十一年（752）复出，终官著作郎，约卒于安史之乱前后。世称綦毋校书、綦毋著作，为王、孟诗派之重要人物。擅五言，律体尤工，刻炼而返之自然。善状山水，寄寓方外之情，佳句叠出，每于蒨秀中见荦兀之态、萧散之致。王维赠其诗云："盛得江左风，弥工建安体。"正可见其秀而不放风格的渊源。《全唐诗》录存其诗一卷。　　　　　　　　　　　　　（包国芳）

春泛若耶溪

幽意无断绝，此去随所偶。

晚风吹行舟，花路入溪口。

际夜转西壑，隔山望南斗。

潭烟飞溶溶，林月低向后。

生事且弥漫，愿为持竿叟。

"随所偶"是诗人春日泛舟于会稽若耶溪时的心境，作时未能详考。小舟随黄昏的风吹送，穿花叶，沿港汊，不觉已进入若耶溪口，待转到溪西山壑之中，已入夜了。这时隔山仰望，只见吴越分野的南斗悬挂夜空。山高"星"小，似乎是空中的一点灵明，启示着地上诗人的遐思。于是在星月光照、似梦似幻的空澄烟水中，时光流逝了，皓月渐渐向林树低去。诗人不禁豁然悟彻：人生之事，不正如烟水般迷弥，不知不觉地匆匆而过，有什么值得营营奔竞呢？还是常在这静美的溪上作一个垂钓的渔翁吧！诗人因"幽意无断绝"而任舟"随所偶"，却在这"随所偶"中，不绝的幽独之意升华为对尘俗的超越。

诗的寄意并不出奇，奇警的是诗人叙景写意的匠心。中间六句写了任舟而行中的三幅图景，它们是连续的：在时间上分别为黄昏、际夜、后夜；在意绪上则思随时移，思随景转：舟行、时移、思运，浑然一体。它们又极富变化。三景形成清丽、深峻、清远的色调与空间变化，又与思神的运行相一致。"际夜转西壑，隔山望南斗"的高耸峻拔景象，既接过上一幅昏暮的丽景，使人在心理上产生警竦的感觉，又借"南斗"迥照，宕开去化为下一幅溶溶平远的清景，引出遐思。这样"际夜"二句就自然成为全诗的枢纽与警策，而它经营得又如此的自然无痕。

《河岳英灵集》评綦毋潜诗"屹萃峭蒨足佳句，善写方外之情"，本诗是一个典型的例；又云"荆南分野，数百年来，独秀斯人"，揆之六朝以来诗史，亦不为过誉。

（包国芳）

过融上人兰若

山头禅室挂僧衣，窗外无人溪鸟飞。

黄昏半在下山路，却听钟声连翠微。

　　诗人专程上山过访融上人却未遇，黄昏，当他下山行到半道时，却传来了寺庙的钟声，已是晚食时分了，上人回来了没有呢？兰若是小型寺庙，也许这钟正是上人所撞的吧！全诗写的就是这样一段生活小插曲，但仔细品味，却别有意味，其意味在字面外，在钟音里……

　　僧家以山林为第一静修处。空室无声，唯有一袭僧衣默默悬垂；溪静不喧，只有山鸟在水面上自由来去。首二句着意传达这宁谧至极的空静。三句以"下山"为转折，开出四句钟鸣的动景，"连"字传神，无际黄昏，绵延苍山，钟声起自山寺，融入山色，反而更显示出空旷静谧似乎亘古如一。于是禅家"众动复归于静"的理念，也就化成了诗歌中活生生的理趣。

　　然而禅家所云空静，说的是心性脱略万物，无执无物的自由真境，"性起之法，万象皆真"（皎然《诗式》），如以为空静只是一味死寂，就错会了中国禅宗的本旨。诗中主客双方都在这空静中表现出随缘任运的真趣。主人说去即去，去了是否已归；诗人访客未遇，是否有惆怅，闻见钟声，是否欣喜折归；这些诗中都未道及，也无须道及。只是从空中暮色的钟音里，我们能想见融上人飘逸脱俗的意态——虽然诗中无一字正面写他；能领会到诗人宁谧无拘的心境——虽然诗中亦无只字言及。王子猷雪夜访戴安道，及门而归，谓曰"乘兴而来，兴尽而去"，诗人深山访融上人，差略近之。

（包国芳）

李 颀

李颀（生卒年不详），颍阳（今河南许昌附近）东川人。开元二十三年（735）进士，曾官新乡尉，以久不调迁，归故乡东川隐居，约卒于安史乱前。《唐才子传》称其"性疏简，厌薄世务。慕神仙，服饵丹砂，期轻举之道，结好尘喧之外"。李颀是盛唐时代卓然成家的重要诗人。其诗以古体、歌行与七律见长。七言歌行能以奔放的才力铺叙夸饰、描景写人，尤善表现边塞、行旅、赠别等题材，风格豪健遒劲、慷慨悲壮，充满"高苍浑朴之气"（毛先舒《诗辩坻》）。七律留存不多，但构思巧密、声韵铿锵，尤重锤词炼句，故极耐人寻味。殷璠称其为"伟才"，评其诗曰："发调既清，修辞亦秀，杂歌咸善，玄理最长。"（《河岳英灵集》），洵为定论。今存诗一百二十余首，《全唐诗》编为三卷。（董乃斌）

古　意

男儿事长征，少小幽燕客。

赌胜马蹄下，由来轻七尺。

杀人莫敢前，须如猬毛磔。

黄云陇底白雪飞，未得报恩不能归。

辽东小妇年十五，惯弹琵琶解歌舞。

今为羌笛出塞声，使我三军泪如雨。

唐人的拟古诗在标题方法上有几种类型。一种直接标明所模拟的对象，如《古从军行》；一种并不标明，只笼统地写上《古意》，但读者可以从它的具体内容判断它与哪些古诗有关。如李颀这首《古意》就显然接近古乐府《出塞》《从军行》《侠客行》之类的意境。

这首诗共十二句，五言七言各半。前六句为五言，有叙述，有描绘，由远及近、由粗到细地刻画一位戍边的幽燕少年的形象。"男儿"两句以倒装句式先写事后写人，为的是更有力地推出"少小幽燕客"。"赌胜"两句写其骑术之精和勇悍粗犷。因为句型限制，"由来轻七尺"用了歇后体。"轻七尺"，看轻七尺之躯也。下面的"杀人莫敢前"则省略了"使"字，谓少年勇于杀人，使人不敢向前。"蝟毛磔"，形容少年的胡须像刺猬毛一般，多、硬且乱。少年的孔武与边事的倥偬亦由此可以想见。后六句为七言，将这位少年当作全体边塞将士的代表，从他的视角写环境，并直接抒发感情。"黄云"句写边塞的荒凉与气候的恶劣，紧接着的下句却表示坚守边疆的决心，悲歌中渗透慷慨献身之情，使读者的感受由同情哀怜上升为钦佩敬重。"辽东小妇"四句以一特写场面进一步渲染洋溢于军中的悲壮气氛。"辽东小妇"的出现，使全军将士不能不想起自己的亲人和家，偏偏她又是那样善于歌舞，她的精彩表演更不能不激起这些年来很少表露感情的军人内心的巨大波澜。于是大家不禁泪雨滂沱。这自然包括本诗的主人公，那位"由来轻七尺"、"杀人莫敢前"的幽燕少年在内。"三军泪如雨"可谓悲怆已极，但更重要的是三军并不因此而涣散动摇，这就更显出这支部队的忠勇与忘我，这一面才是主要的。

　　李颀和同时代人王昌龄一样，总是把边塞诗写得既悲又壮，既慷慨悲凉又激越昂扬，这可以说是盛唐边塞诗根本的时代特色，是它们迥异于中晚唐边塞诗的地方，而用与军人生活情境反差极大的"辽东小妇"来激发和映衬这种悲壮之情，则更是本诗的绝妙之笔。

（董乃斌）

古从军行

白日登山望烽火，黄昏饮马傍交河。

行人刁斗风沙暗，公主琵琶幽怨多。

野云万里无城郭，雨雪纷纷连大漠。

胡雁哀鸣夜夜飞，胡儿眼泪双双落。

闻道玉门犹被遮，应将性命逐轻车。

年年战骨埋荒外，空见蒲桃入汉家。

这是一首借用乐府古题的歌行体诗。乐府古诗中有《从军行》（见《乐府诗集·相和歌辞·平调曲》），其歌均为军旅苦辛之词。李颀这首诗或受现实生活触发，或由古诗获得灵感，因为所写是边塞军旅生活和从军征戍者的复杂感情，不另拟新题而借用此古题。全诗风格苍劲悲壮，可与王昌龄的同题之作媲美，是盛唐边塞诗中的一篇名作。

全诗十二句，可以根据韵脚的转换，将其分为三段。

第一段以极简炼的笔触，从时间的流逝着眼，写边疆戍军一天的生活，初步渲染悲凉幽怨气氛。从"白日"到"黄昏"，从向上运动的"登山望烽火"，到向下运动的"饮马傍交河"，一面点出地点（交河，唐时属陇右道西州，在今新疆吐鲁番一带），一面巧妙地显示军中一日的劳苦。"行人"指赴边的戍卒，刁斗为军中炊具，铜制，夜则敲击以代更柝。三四句写军营夜中情景，柝更声在大漠夜空中孤独地回荡，似乎使漫天风沙显得更加灰黯；这中间又杂着声声似泣似诉的琵琶声，似乎隐隐可闻当年汉公主嫁乌孙时的断肠之音。前四句白日、黄昏、夜中，勾勒了戍边生活的三个片断，由写形到绘声，使人不由在弥漫时空的悲音中，想起古往今来年复一年，无穷无已的戍守征战。

　　第二段换一角度，以空间的广袤荒芜，写戍军生活的艰苦，进一步刻画戍军的痛苦心情。"胡雁"两句用对面傅粉手法。胡雁、胡儿都是当地所长，本应对这种环境比较习惯，可是面对雨雪纷纷的大漠尚且哀鸣落泪，那么来自内地而长年驻守在"万里无城郭"的"野营"之中的戍军，岂不倍加痛苦？

　　诗写到这里，悲哀气氛已造足，第三段遂向怨愤与豪壮转折，以增添情味，丰富色彩。"玉门被遮"用汉武帝派使者遮断玉门关，不许出征将士撤退的典故，实即指回防无日。面对这种情况，怎么办？下一句"应将性命逐轻车"，便于悲愤中透出凄激之气。"轻车"即轻车将军之省，代指边将。既然形势如此，自然只有拼着性命，奋勇前进。然而这样做的后果如何呢？诗人和为他深深同情的边防戍卒们都很清楚，那就是诗的结句所写"年年战骨埋荒外，空见蒲桃入汉家"。蒲桃，即葡萄，也是用的汉武帝典故。葡萄原产西域，汉武帝时作为战利品被引进中国。但这是花了多大的代价才得到的啊！这里揭出了君主与百姓、军事扩张与经济贸易、文化交流与人民牺牲之间尖锐而错综复杂的矛盾。在这些矛盾面前，作者的爱憎倾向十分鲜明，他同情人民而反对统治者的穷兵黩武。但我们今天历史地看，一部人类文明史难道不就是在这些矛盾之中曲折地发展起来的吗？因此恐怕很难下一个简单的是非判断。诗人末尾揭出这个问题而并不解答，既大大开掘了思想深度，又使诗味更加隽永，更加耐人寻味。

　　概括言之，本诗艺术特色大要有三：一，善于以环境、气氛烘托戍军生活之悲苦；二，情调悲愤而不低沉，显示了劲气内含的精神力量；三，末尾揭示战争后果，不加评判而爱憎自明。（董乃斌）

爱敬寺古藤歌

古藤池水盘树根，左摞右挈龙虎蹲。

横空直上相陵突，丰茸离缅若无骨。

风雷霹雳连黑枝，人言其下藏妖魑。

空庭落叶乍开合，十月苦寒常倒垂。

忆昨花飞满空殿，密叶吹香饭僧遍。

南阶双桐一百尺，相与年年老霜霰。

　　此诗以粗犷有力的笔触，描绘出寺庙中的一株古藤，犹如一幅墨沈淋漓、风格遒劲的国画。诗共十二句，四句一小段，分别写古藤的总貌、遭雷击后的惨象和忆想其往昔的盛况。读来有拍短情促之感，恰与描写对象苍老黑瘦的外形与横遭雷击的际遇相谐。

　　诗以开门见山的手法将古藤的形象推出，写出它所在位置与总体外貌。"左摞右挈龙虎蹲"状写古藤紧抱大树，顽强发展，极富动感与声势。"横空"一联又加一笔细描，突出藤枝藤叶争相向上的精神和枝梢之叶茂密柔弱的姿态。"丰茸离缅（shī，离缅，羽毛始生貌）若无骨"的枝梢与龙踞虎蹲的根干恰成鲜明对照，然而它们虽有柔弱与强壮的差异，却又是不可分割的一体。这一点极可玩味。"风雷"两句写古藤被雷电所击和由此带来的传说。遭雷击固然不幸，蒙受"其下藏妖魁"的流言，则是更大的不幸。总之，经此劫难，古藤伤了元气。"空庭"二句写藤枝倒挂、藤叶稀少的景象，直觉得惨状怵目、寒意逼人。后四句却突兀振起，回忆古藤当年花飞满殿、并以浓荫遮庇僧人的情形，又与阶前两株茁壮的老桐相呼应，似予以默默的慰藉。

李颀在这首咏物诗中致力于对古藤状貌遭际作精心刻画，以其形象的鲜明奇特而造成令人惊心动魄的效果。至于作者的寄意，即此诗题旨，则表现得十分幽微含蓄。但读者仍可于字里行间，特别是从诗末的突兀振起中清晰地把握作者对历尽艰险、遍体鳞伤而依然顽强生活着的古藤的由衷赞美和同情。作者虽未对古藤作拟人化的描写，却使人自然联想到某些遭际坎坷而品节高尚者的形象。这是此诗不同于一般咏物诗的地方。

（董乃斌）

送 刘 昱

八月寒苇花，秋江浪头白。

北风吹五两，谁是浔阳客？

鸬鹚山头微雨晴，扬州郭里暮潮生。

行人夜宿金陵渚，试听沙边有雁声。

这是一首以融情于景为特色的送行诗。送行时间是仲秋八月。地点从诗意观之，当在镇江之南吴越一带。被送者叫刘昱，我们无法查考到他的身世行迹以及与作者的关系，而只能从诗中看出他是要溯江而上到江西去。

全诗八句，五言、七言各占一半。"八月"两句点明送行意况，看似平实，但已将苍凉萧飒之意写出。一个"寒"字、一个"白"字，分别诉诸读者的体感和视觉，使人很自然地接受了作者加给景物的感情色彩。"北风吹五两"描写树在船上的风信仪（楚人以鸡毛缚于竿顶候风，称之为"五两"）被北风吹动，寒冷萧杀与催客启程之意不言而喻。"谁是浔阳客"，点明刘昱此刻将去的地方。浔阳，即今江西九江。

上面的写景均未指明具体地点，可以说是一种泛写。这对创造意境、渲染气氛是必要的，可是单单这样又是不够的。所以下面便从另一方面补足之。鸺鹚山在今镇江，逆笔补出送行地点。扬州郭、金陵渚，均是诗人悬想中刘昱舟经的地点。白日，他在微雨中始发于镇江鸺鹚山，乘着晚潮又到了繁华的扬州城外，似乎在倾听着为秋雨催涨的暮潮声。夜来，他一定停泊在金陵（今江苏南京）江畔的沙渚旁，心情该是何等孤清。如果这样，诗人说，那么请你仔细听听，一定能听到跟他一样夜宿于沙洲之上的大雁的叫声。雁能传信，听着它，你当能感到我的心声吧？这样就在对景物、对行人旅况的想象描写中，把诗人的惜别之情充分表达出来了。

这首诗虽由五言七言各四句组成，但从全诗旋律的节奏来看，仍应属于七言古诗。八句中，除"谁是浔阳客"一句以提问方式点明刘昱去向外，其他均为不同程度的写景句。在景语中渗透感情，以景语代情语，即将作者对刘昱的关切留别之意，若隐若现地寓含于此时此地景色的描绘与异时异地景色的想象之中，是这首诗突出的艺术特色。

（董乃斌）

送陈章甫

四月南风大麦黄，枣花未落桐阴长。

青山朝别暮还见，嘶马出门思旧乡。

陈侯立身何坦荡，虬须虎眉仍大颡。

腹中贮书一万卷，不肯低头在草莽。

东门酤酒饮我曹，心轻万事皆鸿毛。

醉卧不知白日暮，有时空望孤云高。

长河浪头连天黑，津口停舟渡不得。

郑国游人未及家，洛阳行子空叹息。

闻道故林相识多，罢官昨日今如何？

　　陈章甫是开元、天宝间名士，楚人，曾应制科及第，"因籍有误，蒙袂而归"，遂隐居于河南嵩山一带。后虽为官，时间亦不长。此诗称陈为"郑国游人"（春秋郑国，在唐代属河南道），且说他"思旧乡""未及家"，当是陈罢官返乡时的送行之作。

　　诗的开头四句点明送行时间正是春暮夏初季节。紧接八句从外形特征到精神气质着力刻画陈章甫形象，作者对陈的评价即寓于这种刻画之中。这是本诗写得最精彩的核心部分。末六句回到送行的主题，对旅途的艰辛和陈罢官回乡后的处境表示关切。

　　在送行的题目下刻画人物，无疑是本诗最大特色，也使它对以后的诗人产生了很大影响（如李贺的《送沈亚之歌》）。用诗来刻画人物不可能是工笔描绘，而应准确抓住对象的特点，以简洁生动的笔触作有力勾勒，并且必须在客观的描绘中灌注以诗人对描写对象的主观评价，从而使艺术形象具备立体感。李颀这首诗就很好地做到了这一点。"虬须虎眉仍大颡（宽脑门）""腹中贮书一万卷""醉卧不知白日暮""有时空望孤云高"，属于浓墨重笔的写实，以其鲜明的外形特征给读者留下深刻印象；"陈侯立身何坦荡""不肯低头在草莽""心轻万事皆鸿毛"等，则在客观叙述中融入了作者的衷心赞叹和高度评价，使读者对陈章甫内心世界的某些重要方面有所了解。这样，整个人物就借助于简洁的线条而丰满地显现出来了，这是中国诗与中国人物画异曲同工之处。

　　这首诗开头写景笔墨粗犷而清晰。结尾述事意带双关，"长河浪头连天黑，津口停舟渡不得"，既是写实，又以此实景喻人生之旅，且将对方（郑国游人）的遑遽不安和自己（洛阳行子）的思念牵挂融为一体，因而含义隽永，使人倍感亲切，这些也都是值得一提的艺术特色。

（董乃斌）

别 梁 锽

梁生倜傥心不羁，途穷气盖长安儿。

回头转眄似雕鹗，有志飞鸣人岂知？

虽云四十无禄位，曾与大军掌书记。

抗辞请刃诛部曲，作色论兵犯二帅。

一言不合龙额侯，击剑拂衣从此弃。

朝朝饮酒黄公垆，脱帽露顶争叫呼。

庭中犊鼻昔尝挂，怀里琅玕今在无？

时人见子多落魄，共笑狂歌非远图。

忽然遣跃紫骝马，还是昂藏一丈夫。

洛阳城头晓霜白，层冰峨峨满川泽。

但闻行路吟新诗，不叹举家无担石。

莫言贫贱长可欺，覆篑成山当有时。

莫言富贵长可托，木槿朝看暮还落。

不见古时塞上翁，倚伏由来任天作。

去去沧波勿复陈，五湖三江愁杀人。

《别梁锽》这首七言古诗，不是一首寻常的送别之作，而是借送别为由而作的一篇梁锽小传。

梁锽是天宝年间人，曾做过执戟郎的小官（见芮挺章《国秀集》下卷），其他仕历不详。李颀这首诗简述了他的仕履，特别是用生动的笔墨刻画了他的人品和个性，可补史料之阙，值得珍视。

这首七言古诗长三十句，由于结构缜密，转换承接异常自然，所以读来浑然一气，喷薄而下，但大致划分可有四个段落。

第一段开头四句，以作者对梁锽的正面评价和介绍领起，首先点出他的倜傥不羁和蔑视流俗，初步勾勒他狂狷孤傲的形象——回头转眄，白眼看人，气势犹如猛禽雕鹗。这样的人虽然胸怀大志，却怀才不遇，难为世容，那是很自然的。四句造成先声夺人之势，以便引出下文。

第二段从"虽云四十"开始，到"共笑狂歌非远图"止，追叙梁锽的仕宦经历，直到目前的困窘处境，以典型性很强的事件活画出梁锽其人。"曾与大军掌书记"是说梁曾在某节度使军中担任过掌书记之职。"抗辞"两句，是说梁锽在军中执法严格，又曾因论兵坚持己见，而冲撞主帅与副帅。由于得罪了权高势重的节度使（诗中以"龙额侯"代指。额，额的古字。汉武帝曾封韩说为龙额侯，担任校尉出击匈奴。后韩说之子增继为龙额侯，在昭帝宣帝时任前将军，地位显赫），从此离开军队，回到中原，过起疏放自适的生活。但他的落魄不免遭到时人的嘲笑。"庭中犊鼻"两句是说梁锽人虽贫穷而志旺才高。"犊鼻"，一种短裤。"庭中犊鼻"用晋阮咸在庭中晒犊鼻裈的典故，喻其清贫。琅玕，一种美石，这里比喻才志。

第三段从"忽然遣跃紫骝马"到"不叹举家无担石"，写诗人与梁锽在洛阳的相见，进一步刻画梁的胸襟气度。他们相会在一个冬日，梁锽仍然是那样轩昂倜傥，饮酒吟诗，毫不为家境困窘而悲戚。

最后一段是诗人的感慨和惜别之词。他认为贫穷祸福可以转化，因此梁锽的穷困是暂时的。

这首诗的精华在前三段，它们抓住能够反映心灵世界的行为和细节来塑造人物形象，造成呼之欲出的效果。笔触苍劲刚健，音节铿锵有力，虽然所写对象是个失意之士，但读来虎虎有生气，令人有豪迈雄放、意气飞扬之感，充分显示了诗人强劲的内心力量和盛唐诗的时代特色。

（董乃斌）

听董大弹胡笳声兼语弄寄房给事

蔡女昔造胡笳声，一弹一十有八拍。
胡人落泪沾边草，汉使断肠对归客。
古戍苍苍烽火寒，大荒沉沉飞雪白。
先拂商弦后角羽，四郊秋叶惊摵摵。
董夫子，通神明，深山窃听来妖精。
言迟更速皆应手，将往复旋如有情。
空山百鸟散还合，万里浮云阴且晴。
嘶酸雏雁失群夜，断绝胡儿恋母声。
川为净其波，鸟亦罢其鸣。
乌孙部落家乡远，逻娑沙尘哀怨生。
幽音变调忽飘洒，长风吹林雨堕瓦。
迸泉飒飒飞木末，野鹿呦呦走堂下。
长安城连东掖垣，凤凰池对青琐门。
高才脱略名与利，日夕望君抱琴至。

　　这首诗的题目，在《全唐诗》及诸唐诗选本中均有所不同。应以殷璠《河岳英灵集》《唐文粹》等较早选本所题为正。董大，即董庭兰，是唐天宝年间的著名琴师。"弹胡笳"，指弹奏琴曲《胡笳十八拍》——这个曲子是汉末蔡琰从胡笳曲调翻成，共十八个乐段。"声兼语弄"，"语"是唐人形容琵琶乐曲的习惯用法，所谓"千载琵琶作胡语"；"弄"是琴曲的名称。因此"声兼语弄"是说董大弹出的琴声，既是浓郁的胡"语"风味，又含古雅琴曲之音。房给事，指房琯。史载房琯于天宝五载（746）正月为给事中，次年正月罢。所以这首诗当是天宝五载中的作品，创作意图是赞美董的技艺，把他推荐给才俊德高的房琯。

诗由三个段落构成。开头到"四郊秋叶惊摵摵（shè）"八句从蔡琰创作的《胡笳十八拍》写起，说明董大所弹琴曲的渊源。"董夫子，通神明"至"野鹿呦呦走堂下"十六句具体描绘并极力渲染董大的高超技艺。最后四句落到此诗"寄房给事"的宗旨，推崇房琯，并希望他接纳董庭兰。

这首诗的前两段都是描写音乐的，而且描写的是同一支琴曲，因此作者能否既写出它们之间的联系，又不使读者感到重复无变化，实乃此诗成败之关键。细读全诗，我们可以发现，第一段写蔡琰原作，用的是写实手法，"胡人落泪沾边草"两句，根据传说写出当初文姬演奏此曲的情景。"古戍"两句为文姬的演奏、也为文姬流落匈奴的生活画出真实背景。"先拂商弦后角羽"则借介绍弹奏技法，说明琴曲有由迟缓低沉向激越悲壮的发展。仅"四郊秋叶惊摵摵"一句，是从音乐效果方面着笔。

第二段写法迥然不同，诗人将重点放在董庭兰琴艺的直接描述和对音乐效果的大力渲染上，虽其中不无实写，但多数是虚拟的想象、比喻之词。"言迟更速"二句是说董的演奏手法纯熟、富于感情。"空山"以下八句，交错地表现音乐的意境与魅力。浮云阴晴、山川澄净、百鸟散而复聚、为之罢鸣，以及深山妖精出来窃听，这一切都是借外物的感应以显示音乐魅力之巨大。至于雏雁失群后的悲啼、胡儿离母时的哭叫，以及历代和番公主们远离家乡后的哀怨，则是董大的演奏对蔡琰原曲意境的准确再现，诗歌写此以与前段呼应，并表现出董蔡之间、古曲与今奏之间的联系。"乌孙"句用汉刘细君远嫁乌孙国王事。"逻娑"句用唐文成、金城公主远嫁吐蕃事。逻娑，唐时吐蕃首都，即今拉萨。"幽音"四句再次以想象比拟的手法写董庭兰演奏所达到的境界。原来他在完美体现原曲精神之上，又有所发展。他的演奏不尽是一派"幽音"，临末忽然变调，出现了"长风吹林雨堕瓦"、"迸泉飒飒飞木末，野鹿呦呦走堂下"三幅画面，表现的是爽朗、淋漓、潇洒、悠扬、轻快、柔和的情调。诗至此遂将董庭兰演奏艺术的高妙写足，随即转入下一个内容。

结尾写得很精炼，"长安"两句是说房琯官运必定亨通。房琯现在门下省担任给事中要职，"青琐门"是门下省的阙门。而从这里到地位更为清华的中书省（当时人称之为"凤凰池"）只不过一街之隔而已，言下之意由此及彼是很容易的。"高才"句夸赞房琯的才能与品格，"日夕"句谓只有像房琯这样不受名利俗事拘牵的人，才有雅兴赏琴，他一定会热切欢迎董庭兰的。

李颀是盛唐诗人中比较留意音乐、并用诗成功地表现了音乐的一个。除此诗外，他还写过《听安万善吹觱篥歌》《琴歌》等。他创造了以想象虚拟的不寻常画面状写音乐魅力的表现手法，对以后的诗人如韩愈(《听颖师弹琴》)、李贺(《李凭箜篌引》)等均有明显影响。另外，李颀诗既善于写悲，更注意辅之以壮，特别是擅长在充分地制造悲凉气氛后突兀振起，接以豪放激越，而绝不肯落于低沉颓唐。这个特点在《送陈章甫》《别梁锽》《爱敬寺古藤歌》中均有所表现，于本诗中亦可明显看出。这个特点也为盛唐时代许多诗人所有，到了中晚唐，就逐渐消淡了。

　　　　　　　　　　　　　　　　　　　　　　（董乃斌）

望 秦 川

秦川朝望迥，日出正东峰。

远近山河净，逶迤城阙重。

秋声万户竹，寒色五陵松。

客有归欤叹，凄其霜露浓。

这是一首写景抒怀之作。李颀晚年归颍阳东川家居，这首诗末联兴"归欤"之叹，或是离开长安东归时所作。

诗为五律，前三联写眺望秦川时所见所闻，末联引出所感作结。

秦川，有广狭二义。狭义指源于秦岭之水名，即樊川。广义则指关中平原，自大散关以北达于岐、雍，夹渭川两岸之宽广沃野，所谓"八百里秦川"。此诗当用广义。首联以"朝望""日出"点明眺望的时间，而以"迥"字点明视野之广远笼罩了整个关中，为下文写到远处山河和长安郊外的五陵（汉代五位皇帝的陵墓）张本。中二联写景悲壮肃穆、气象雄浑，既有远景（远近山河净），又有近观（逶迤城阙重）；既有声（万户竹、五陵松均发出萧飒秋声），更有色（竹叶渐枯、松枝犹翠，然均映射出寒冷之色）；于对仗工稳、音调铿锵之中归到五陵，含汉皇已去、贤才遭逢明主亦难之意，引出末联直抒胸臆。"客"为李颀自指。"归欤"用孔子语："子在陈曰：归与归与！"（《论语·公冶长》）有暗示怀才不遇之意，而且是在霜露甚浓的深秋独自还乡，其悲伤凄切之感，自然更加浓郁而难以排遣。

这首诗从观景入笔到引出感慨，构思格局属于唐人写景诗一般套路。其杰出处在于中二联的取象宏远、气势壮阔、构句精严、用词考究，形成了"枯松老柏、劲气中含"（清牟愿相《小澥草堂杂论诗》）的卓越风格，从而沾溉了后来的许多诗人。　　　　（董乃斌）

送魏万之京

朝闻游子唱离歌，昨夜微霜初渡河。

鸿雁不堪愁里听，云山况是客中过！

关城树色催寒近，御苑砧声向晚多。

莫见长安行乐处，空令岁月易蹉跎。

　　李颀除擅写古诗外，七律也写得很好。这一首便是很见功力的名作。

　　魏万，号王屋山人，后改名魏颢。曾与李白交往，受到赏识，并受李白委托，将其诗文编为《李翰林集》。他的辈分比李颀晚，于上元初年登进士第。此诗送魏前往长安，诗末以勿令岁月蹉跎勉之，当作于魏及第之前。

　　诗的首联写魏的告别和告别的季节。中二联设想魏万的旅途闻见，仿佛诗人的心一路伴随着行人直到长安。尾联是诗人对魏的嘱咐和勉励。

　　这首诗的佳妙处在于字句的锤炼。首联是一个突兀而起的倒装句，开门见山先写出魏万的辞行。这就突出了诗的主题，使全篇自然笼罩于浓郁的离情别绪之中。而后返笔写时令，一个小顿挫使人因意想不到而印象更深。"微霜初渡河"，写寒气渐由北方逼来，

"微""初"二字下得极为精确讲究。中二联是层次井然、情景交融的佳句。前一联渲染送别之情。鸿雁啼鸣本已令人有凄恻悲凉之感，更何况听者是一位前途忧愁的游子。云山好景本该使人心旷神怡、留连忘返，可惜如今是行色匆匆无心细赏。"不堪""况是"二虚词，一是诗人主观判断，一是客观冷静叙述，但上下文可以互见，合在一起十分贴切地反映了行者和送行者的共通的怅惘心情。后一联悬想魏万抵京时所见。"关城"二字涵盖西去长安必经的函关、潼关及雄伟的帝城，一路向西树色也渐次由青绿而变为苍翠，使人感到愈来愈浓重的萧瑟和寒冷。这里的"催"字，造成了凉意袭人的效果，也吐露了诗人希望挽留光阴却办不到的无奈心情。由寒冷自然地联想到捣衣，联想到满城砧声。秋深时节长安家家都在捣衣，都在为亲人缝制寒衣，唯独魏万于此时孤身一人来到此地，其凄惶漂零之感，不是愈加浓重吗？作者对魏万的一片关切，已完全溶入景色描写之中而无需明言。由此引出结尾的叮咛，就非常自然而得体的了。这种以含蓄温婉之笔于景语中寄托深情的写法，正是李颀七律的重要特色。难怪清人这样评论："七律如李颀、王维，其婉转附物、惆怅切情，而六辔如琴，和之至也。后人未能臻此妙境。"（宋徵璧《抱真堂诗话》）

（董乃斌）

王　维

王维（？—761），字摩诘，太原祁（今山西祁县）人。开元九年（721）进士，任大乐丞。后谪官济州司仓参军。开元十八年起，先后隐居淇上（今河南辉县附近）、嵩山。开元二十三年为宰相张九龄识拔任右拾遗。后迁监察御史，奉使出塞，在凉州河西节度幕兼为判官。开元末曾为殿中侍御史，知南选至襄阳。天宝间先后在终南山和辋川隐居，过着亦官亦隐的生活。安禄山攻下长安，被迫任伪官。长安收复后，降为太子中允。笃志奉佛，唯以禅诵为事。肃宗乾元二年（759）转尚书右丞。上元二年（761）卒。

王维是盛唐时期的著名诗人。诗歌题材广泛，尤以山水、田园、送别诗为多，擅长表现大自然的静谧恬适之美，体现了盛唐诗词秀调雅、情深韵长的典范风貌。唐代宗誉之为"当代文宗"。他在绘画、音乐、书法等方面都有很深的造诣，被誉为"诗中有画，画中有诗"。有赵殿成《王右丞集注》。　　　　　（葛晓音）

西 施 咏

艳色天下重，西施宁久微？

朝为越溪女，暮作吴宫妃。

贱日岂殊众？贵来方悟稀。

邀人傅脂粉，不自着罗衣。

君宠益骄态，君怜无是非。

当时浣纱伴，莫得同车归。

持谢邻家子，效颦安可希！

　　西施的故事，为人所熟知，它的产生是与吴越兴亡史紧密联系在一起的。但王维在这首诗中却选择另一个角度，借咏叹西施微贱和尊贵时声价的不同，委婉地讽刺了当时的世态，抒发了作者的不平之鸣。

　　西施由贱而贵，乃因色艳貌美。发端二句劈头反问，指出既然天下皆重艳色，那么艳冠天下的西施怎么会久处贫贱呢？接着，又将西施早年为越溪之女的身份与后来成为吴宫之妃的地位相比较，以"朝""暮"之对比，突出西施一步登天的际遇。然后再逼进一步，指出她微贱之时并无与众不同之处，贵盛之后，人们才知道她的珍稀。"邀人"二句对西施妆饰无须自理的骄态稍加铺陈，既是形容她的娇贵，又下启"君宠"二句，点出她在君王宠爱下愈加骄矜自许，反过来也使君王因沉溺美色而昏聩莫辨是非。最后用东施效颦之典，慨叹西施之美固然难以效仿，其际遇却也是不可希求的。

　　全诗自始至终只是慨叹西施的幸运，但从"贱日"二句和"君宠"二句来看，不难体味本意在讽刺当时某些因时遇而突然发迹的贵幸者，不仅依宠骄纵，而且误惑君听。同时，因艳色而贵的原因，也极易使人联想到小人因善媚而进幸的现实。但诗人将犀利的锋芒藏在平和委婉的咏叹中，正如赵殿成所说："四言之义，俱属慨词，然出之以冲和之笔，遂不觉汹汹乎为入耳之音。"（《王右丞集笺注》）

　　从题材来看，此诗属于魏晋以后流行的艳情诗，但诗人只是借前朝著名女子的故事为比兴，这就使艳情诗变成了以兴寄为主的咏怀诗。它突破了前人咏怀感遇诗寓理于喻或借喻论理的传统表现手法，使寓意在对兴象本身的吟咏中自然显露，没有人为比附的痕迹，因而诗境更为浑融完整。这也是咏怀诗发展到盛唐时期的重要特色。

（葛晓音）

宿　郑　州

朝与周人辞，暮投郑人宿。

他乡绝俦侣，孤客亲僮仆。

宛洛望不见，秋霖晦平陆。

田父草际归，村童雨中牧。

主人东皋上，时稼绕茅屋。

虫思机杼鸣，雀喧禾黍熟。

明当渡京水，昨晚犹金谷。

此去欲何言，穷边徇微禄。

　　这首诗作于王维赴济州途中。开元十年（722）以后，王维中进士、调大乐丞，因伶人舞黄狮子得罪，被贬为济州司库参军。离京以后，一路上心情十分抑郁。首二句写自己早晨从洛阳出发，晚上便到了郑州地界。洛阳一带皆周地，郑州古属郑国。这两句与下文中"明当渡京水，昨晚犹金谷"一样，都是感慨自己早晨还在洛阳，晚上便成了他乡孤客。人在旅途中，常常会因所至地邑改变之快速而产生感慨。置身异乡，昔日的伴侣都已隔绝，从故乡带来的僮仆虽与主人有上下之分，这时却觉得格外亲近。从旅人细腻的感情变化见出离乡的孤独寂寞之感，就是"他乡"两句的好处。

　　"宛洛"即南阳和洛阳，诗人从少年时起便在那里居住，并出入两京王公贵人之第宅。现在作为一个罪人离开，诗人的心境正像眼前被秋雨笼罩的原野一样阴沉晦暗。眼前，自己的处境还比不上在这片平川上生活的人们：田父从远处的草野归来了，村童仍在雨中放牧。诗人投宿的主人家住在东边的高地上，应时的庄稼环绕着茅屋。秋虫伴着织机一起鸣叫，鸟雀喧闹着迎接禾黍的成熟。田园生活的安宁，唤起旅人温馨的乡情；秋雨黄昏的情调，更增添独宿他乡的惆怅。明天又要渡过京水，踏上新的征途。京水源出荥阳县高渚山，郑州以上谓之京水。对于明日旅途的拟想，及对于昨晚宿处的回忆，既与首二句照应，又使旅人奔波劳碌的生涯与眼前他人安定闲适的生活形成对照。更何况此行只是为了微薄的俸禄，而前往穷乡边荒，还有什么话可说呢？深沉的叹息，倾吐出羁旅之中的无限感慨，谪宦的委屈和无奈，也尽在这不言之中。

　　诗中身在行旅之中与仆人更亲的感情体验，对乡村安宁生活的羡慕和眷恋，是大多数旅人在类似境况中所共有的感受。因此这首行旅诗在不同的时代都能引起人们的共鸣。

（葛晓音）

齐州送祖三

相逢方一笑，相送还成泣。
祖帐已伤离，荒城复愁入。
天寒远山净，日暮长河急。
解缆君已遥，望君犹伫立。

王维被贬济州（治所在今山东东阿西北）时，有几首写给祖咏的诗。祖咏行三，开元十三年（725）进士，张说引为驾部员外郎。张说于开元十四年罢相，祖咏即回汝坟老家。因此他为张说所汲引，并在齐州（今山东济南，与济州相近）见到王维，只能在开元十三年随玄宗东封之时。王维时任济州司仓参军。他与祖咏少年时曾同隐交好，友情甚笃。这首诗写江边送别情景，自然也就格外情深意长。

祖咏离开齐州，很可能是在东封结束、大驾还京之时，正是冬十一月。相聚不久，便又匆匆道别。"一笑"与"成泣"形成对照，在悲欢之情的迅速变易之中写出了朋友的离合无常之感。古人出行，祭祀路神谓之祖，送行时有帷帐等陈设，所以用"祖帐"代饯别。"荒城"指秋冬之际草木凋零的荒凉景象，也兼指齐州的僻远。因此"复愁入"，又隐含着朋友去后，荒远小城一己彷徨的忧惧和悲伤。诗人在这里将送别的背景简化到最为空廓荒凉的程度：荒城外，一带远山，一条长河，一抹斜晖。山色的空净与遥天的寒意展现了诗人内心的空寂和凄清，沉沉的暮色和湍急的流水又包含着诗人对时间流逝太快的怨怅。所以末二句说船方解缆，人已远去，虽似夸张，却也是诗人怨流水不解人意的真实感觉，至此又怎能不独立江头，久久神伤呢？

　　王维的送别诗多能就眼前景寄托思绪，创造出反映当时心情的独特意境。这首诗以日暮江边萧索空旷的背景，烘托朋友离别的凄凉落寞之情，以及自己羁留荒城的孤独空虚之感，眼前之景和意中之景融为一体。"天寒"二句写景浑成平易，而又精炼新警；看似语不关情，却意蕴深含，因而成为点睛的名句，使全篇生色。

（葛晓音）

春中田园作

屋上春鸠鸣，村边杏花白。

持斧伐远扬，荷锄觇泉脉。

归燕识故巢，旧人看新历。

临觞忽不御，惆怅远行客。

　　这是王维田园诗中的一首名作。诗人从一年之计在于春的生活体验着眼，敏锐地捕捉住田家准备农桑之事的若干细节，写出了春中田园清新浓郁的生活气息。

　　发端仅用两笔，便淡墨轻染勾勒出远近村舍花发鸟鸣的美景。春气刚发，尚未到农忙时节，但蚕桑、耕种的准备已开始，这里选取砍伐桑枝与察泉脉两个片断，可见出诗人对农事的熟悉和观察的深细。《诗经·七月》有"取彼斧斨，以伐远扬"之语，"持斧"句虽由此化出，但又是直接来自眼前，所以像生活一样自然，丝毫不见用典痕迹。高高扬起的新生的桑枝，将要破土而出的泉水，万物正在春气中苏生，令人自然引起新的一年又将开始的感触：去年飞走的燕子又归来了，还认识它的故巢；从旧年过来的人则正在翻看今年的新历。这虽是春日田园中最平常的景象，却蕴含着新旧交替的哲理，和光阴流逝的感慨。正因如此，最后才会在临觞时想到远行的游子，忽觉惆怅而停杯不饮。篇末流露的情思，其实早已伏脉于全篇，至此一结，浓郁的乡情便如泉水般溢出。

善于从平常的农家生活中提炼最能以少总多的细节，既鲜明准确地描绘出杏花时节田园生活的特征，又表达了人们从旧年渡入新春时通常都有的那种欣愉和感触，显然是这首诗的主要特色。全诗在平淡的白描中自然透出勃发的生机，并有一种对乡土的深切眷恋蕴藏于笔底，因而能以清新恬淡的风格和亲切淳厚的情味打动人心。

（葛晓音）

新晴野望

新晴原野旷，极目无氛垢。

郭门临渡头，村树连溪口。

白水明田外，碧峰出山后。

农月无闲人，倾家事南亩。

　　苏轼称王维"诗中有画，画中有诗"。诗画虽然都要塑造鲜明的艺术形象，但在直接诉诸视觉时，绘画总比文字占优势，可以用线条色彩把事物统一于平面的整体，使人一目了然。而诗歌必须以先后承续的方式将观念中的事物一一呈现出来。王维工于绘画和诗歌，因而能在透彻理解诗画这两种艺术之间同异的基础上，自由运用二者的特殊规律，使诗歌在诉诸视觉时堪与绘画争胜。这首诗写初夏新晴的田野风景，便是利用文字按照先后承续的顺序在想象中构成视觉印象的特性，造成了前后分明的层次，使诗歌产生了绘画般一目了然的效果。

　　起二句总写"新晴野望"的澄清气氛，也见出诗人的明爽心境，当是乍望之下的第一印象与感受。接着诗人的视线由近而远，景物也依次层层推出：城郭的外门临近渡头，村中的树林连着溪口，田野之外的江水在阳光下闪闪发亮，青山背后更有一层碧峰出现在天边。"郭门"二句以极简炼的笔触,勾出了城郊小村渡头旁溪水纵横、林木繁茂的地貌。"明"字写江水在远处因反射阳光而变成一片明亮的银白色,正如画中用光的亮点,使整幅图画的色调变得明快、爽目,又使"白水"与"碧峰"的色彩对照更觉纯净。阴雨或雾霾之中,天边远山往往隐而不见,这里用"出"字形容远山背后的碧峰在晴空中显现的情景,与"极目无氛垢"句照应,真切而又现成,是不见用词之巧的神来之笔。最后二句在清丽明朗的画面上缀以农作的繁忙景象,更增添了朴野清新的田园风味。

由这首诗可以看出,以最简炼的文字勾出景物的主要轮廓特征,使之在观念中形成最明晰的印象,进而转化为层次分明的视觉效果,达到诗中有画的艺术境界,乃是王维对诗歌表现艺术的重要贡献。唯其精于诗道、深于画理,并能使二者交相为用,此种境界才能为王维所独有。

(葛晓音)

桃　源　行

渔舟逐水爱山春，两岸桃花夹去津。
坐看红树不知远，行尽青溪不见人。
山口潜行始隈隩，山开旷望旋平陆。
遥看一处攒云树，近入千家散花竹。
樵客初传汉姓名，居人未改秦衣服。
居人共住武陵源，还从物外起田园。
月明松下房栊静，日出云中鸡犬喧。
惊闻俗客争来集，竞引还家问都邑。
平明闾巷扫花开，薄暮渔樵乘水入。
初因避地去人间，及至成仙遂不还。
峡里谁知有人事，世中遥望空云山。
不疑灵境难闻见，尘心未尽思乡县。
出洞无论隔山水，辞家终拟长游衍。
自谓经过旧不迷，安知峰壑今来变。
当时只记入山深，青溪几度到云林。
春来遍是桃花水，不辨仙源何处寻。

　　这首诗根据陶渊明的《桃花源诗并记》敷衍而成。但陶渊明笔下的桃源是一个没有王税、自给自足的空想乐园，而王维却描绘了一个景色优美的神仙世界。

　　全诗以《桃花源记》中武陵人误入桃源的经过为主线，一开始就以饱蘸的彩笔，染出大片粉红色云霞般的桃林、潺潺流过的碧溪，以及独自沿溪而上的一叶渔舟，展现了渔人因贪恋春光而不觉行尽青溪来到桃林尽头的情景。陶记写渔人在此"得一山，山有小口，仿佛若有光，便舍船从口入，初极狭，才通人。复行数十步，豁然开朗：土地平旷，屋舍俨然，有良田美池桑竹之属"。记述详明真切，颇有诗意。王维利用歌行的对偶重叠句法，将山口潜行的狭窄曲折与出山后四望平旷的感觉加以对照，并将渔人走近村舍的过程，化为一联精美的对句：遥看一簇树林如云头攒动，走近方知为千家种植的花竹。不仅写出了桃源中远近景色的不同美感，而且在不知不觉中，将陶记中富有泥土气息的记述改成了神仙洞府般的描绘。所以下面四句虽然仍按陶记中原意铺叙此中居人仍着秦衣的情景，但其所居田园已从逃避世乱之地，变成了超然物外之境。这样，居人往来耕作、"春蚕收长丝，秋熟靡王税"的乐土，自然也转化为隐士优游的林泉。"惊闻"二句写村人邀渔人还家的情景。"平明"二句写渔人所见村民早起暮归的安宁的生活。这就将村中落花遍地、溪流迤逦的美景又补足了一笔，使渔人在桃源中受到款待的过程，亦在处处飞花映碧波的静美境界中得以展现。"初因"四句写桃源中人现已成仙，与人间有云山阻隔，至此已将陶记中的乌托邦完全改造成了一个世外仙境，同时自然引出尘心未尽的渔人思念家乡、辞别桃源的结尾。《桃花源记》说渔人出洞后，"便扶向路，处处志之"，后"寻向所志，遂迷，不复得路"，这一富有传奇性的尾声给诗人提供了不尽的想象余地。诗人从体会渔人此时迷惘的心情着笔，再度展现了那记忆中的路径和两岸桃花夹津、遍地春水的美景。结尾与开头相呼应，但更清深杳远，并留下了无穷的惆怅。

这首诗本于《桃花源记》，而又不符陶记原意，可以代表一般士大夫对世外桃源的理解。全诗以桃红、水绿为主色，绘出了一个优美空静的仙境。但因这一仙境本由桃花源记中的乐土改造而来，因此虽然被诗人涂上了一层遥隔云山、不知人事的空幻色彩，却仍然富有田园风味，散发着春天的蓬勃生机，洋溢着诗人对美好生活的热爱。须知王维写作这首诗时，只是一个十九岁的青年。

（葛晓音）

洛阳女儿行

洛阳女儿对门居，才可容颜十五余；
良人玉勒乘骢马，侍女金盘脍鲤鱼。
画阁朱楼尽相望，红桃绿柳垂檐向。
罗帷送上七香车，宝扇迎归九华帐。
狂夫富贵在青春，意气骄奢剧季伦。
自怜碧玉亲教舞，不惜珊瑚持与人。
春窗曙灭九微火，九微片片飞花璅；
戏罢曾无理曲时，妆成只是薰香坐。
城中相识尽繁华，日夜经过赵李家；
谁怜越女颜如玉，贫贱江头自浣纱！

梁陈以来，描写贵族妇女生活的长篇歌行逐渐增多。但这些诗大多涉笔艳情，因而在初盛唐遭到摈斥。王维这首诗却借艳体兴寄，通过对照贵姬与贫女的不同命运，慨叹世事的不平，为艳情诗的革新作出了良好的开端。

首八句用铺陈夸饰的手法描写对门洛阳女儿的富贵生活：她年方十五，正当青春美貌。夫婿乘马的络头用美玉镶嵌，侍女献上的鱼丝用金盘承托。画阁朱楼有红桃绿柳环绕，香车宝马有宝扇罗帷遮护。这一节辞藻富丽雕绘，从洛阳女儿的食、住、行等方面尽情渲染她日常起居的排场，正是艳体诗的本色。

　　然后诗人又腾挪笔墨，转过来写女子夫婿的骄纵。"狂夫"是女子自称其夫的谦辞，但这里又指其夫婿的放荡。本来出身富贵之门，加上青春年少，任性使气，所以其豪奢放纵更甚于西晋的富豪石季伦。以"碧玉"为名的女子通常有二指：一为宋汝南王妾，一为初唐乔知之的婢女。由此可知此诗中描写的洛阳女儿只是一个侍妾或婢女。"珊瑚"典出《晋书·石苞传》，晋武帝赐王恺一株二尺多高的珊瑚树，王恺向石崇夸示。石崇用铁如意将它打碎。王恺大怒，石崇便教人搬来六七株三四尺高的珊瑚树赔他，使王恺十分扫兴。这里借以形容狂夫的骄奢"剧于季伦"，超过帝家。洛阳女儿虽然锦衣玉食，享尽荣华，但只是富贵狂夫的玩物而已。"春窗"二句，写窗中九微灯的灯花碎屑片片飞落，火花在曙光中渐渐暗淡，以隐晦的笔法暗示狂夫和女子春宵苦短的欢情。由于尽日嬉戏，竟无暇理曲，梳妆已毕，也只是薰香倚坐，这就在描写其荒淫无度的生活之时又进一步揭示出女子的慵懒和内心的空虚。

　　以上所写的虽是某一个洛阳少妇，但也足以代表洛阳所有富贵人家姬妾的骄奢生活。而这一层意思是巧妙地借"城中"二句表达出来的。"赵李家"，一说指赵飞燕和汉成帝的另一个得宠婕妤李平，或其外家；一说指汉哀帝时豪强赵季和李款。这两句带及洛阳城中一个权贵富豪阶层，点出他们的交游仅在上层社会展开，因而必然引出最后两句不平的感叹。结尾活用西施微贱时浣纱之典，若与王维另一首《西施咏》对照，便可见出诗人所叹息的，已不是贫女无人怜惜的处境，而是所有地位微贱、怀才不遇的士子的遭遇。

这首诗全篇铺陈洛阳女儿奢华骄宠的生活，最后二句以江边浣纱的贫女作为对照，借以点题。这种篇幅悬殊的对比结构由阮籍咏怀诗首创，后来卢照邻《长安古意》等有所发展。王维吸取了陈隋初唐歌行词藻华靡的特点，将艳体诗与咏怀诗相结合，讽刺了意气骄奢的权贵富豪，大发贫富悬殊、贵贱异途的不平之鸣，遂使一向伤于绮丽的艳体诗具备了内在的风骨，为融合齐梁词采和魏晋兴寄提供了成功的范例。

（葛晓音）

老　将　行

少年十五二十时，步行夺得胡马骑。

射杀山中白额虎，肯数邺下黄须儿。

一身转战三千里，一剑曾当百万师。

汉兵奋迅如霹雳，虏骑崩腾畏蒺藜。

卫青不败由天幸，李广无功缘数奇。

自从弃置便衰朽，世事蹉跎成白首。

昔时飞雀无全目，今日垂杨生左肘。

路傍时卖故侯瓜，门前学种先生柳。

苍茫古木连穷巷，寥落寒山对虚牖。

誓令疏勒出飞泉，不似颍川空使酒。

贺兰山下阵如云，羽檄交驰日夕闻。

节使三河募年少，诏书五道出将军。

试拂铁衣如雪色，聊持宝剑动星文。

愿得燕弓射大将，耻令越甲鸣吾君。

莫嫌旧日云中守，犹堪一战立功勋。

以长篇歌诗的形式描写老将一生功成不赏的遭际，以及老来犹思报国的精神，虽由南朝诗人鲍照的五古《代东武吟》发端，但以七言歌行表现这一主题，则是王维的首创。

全诗大致可按内容和韵脚的转换分为三部分。第一部分写老将从少年时起转战沙场的英勇业绩。"射杀"二句借用两个典故。晋代周处膂力过人而放纵，为害乡里。乡人将他与南山白额虎、长桥下蛟蛇并称"三害"。后周处入山射虎，投水杀蛟，改过自新，作出了一番事业。"邺下黄须儿"是曹操的次子曹彰，性刚勇，黄须。这两个典故一个融化在叙述中，一个以比较出之，衬托出少年争胜好强的意气，变化腾挪，气势凌厉。接着，又以"一身"与"一剑"的重叠对偶，概括而又夸张地表现老将一生转战的行程之久，所击败的敌骑之多。汉兵如雷电霹雳般奋迅的行动，与敌骑因畏惧铁蒺藜而纷纷崩溃的阵势，又为勇于孤身作战的老将展开了广阔的战争背景，更烘托出其无往不前、万夫莫当的英雄气概。正当诗人以酣畅淋漓的笔墨迅速将气势推向高潮时，却笔锋陡转，点出了老将既不得封赏又被弃置不用的下场。此处用卫青和李广的不同际遇作对比，极为含蓄，又颇省力。卫青是汉武帝皇后卫子夫的同母弟，官大将军。他与外甥霍去病在伐匈奴时立有大功。《史记》将卫青与霍去病合传，称霍"常与壮骑，先其大将军，亦有天幸，未尝困绝"。这里称卫青"由天幸"，似从霍去病之"亦有天幸"句意中生发。但联系卫青为汉室外戚的地位来看，这话未尝没有暗指卫青有天子宠幸的意思。李广七十战而未得封侯，史称"数奇"。最后一次随卫青出征，卫青派他行远迂回，结果因迷路误期，李广不堪听审受质而自刭。可见李广无功其实非尽"数奇"，而是由于人事。这里将卫青与李广的命运作比较，实际上也点出了老将无功乃因朝中没有靠山的背景。

　　第二部分写老将被朝廷弃置以后寂寞冷落的生活。身体衰朽，岁月蹉跎，当初能像后羿那样射中雀目的臂肘，今天已长出了疣子。"垂杨"典出《庄子·至乐篇》，支离叔"柳生其肘"。林希逸注："柳，疡也，今人谓生节（疣）也。"柳即垂杨，故以"垂杨"代指疣。此处还借字面形象与下二句中"卖瓜""种柳"相协调，勾勒出老将闲居乡间的环境。"故侯瓜"典出《史记·萧相国世家》，秦东陵侯召平于秦破后，种瓜于长安城东。瓜美，世称"东陵瓜"。"先生柳"用陶渊明著《五柳先生传》以自况的故事。两典比喻老将退隐后躬耕自食，节操不变，但隐居落寞，每日穷巷虚窗，唯见苍茫古木、寥落寒山。这对一个习惯于在沙场驰骋的勇将来说，该是何等的痛苦和无聊！这就自然引出下文中老将希望重返疆场、再建战功的一番壮语。

　　第三部分为老将直抒胸臆之言。虽叠用典故，而一气贯注。后汉耿恭在西域疏勒被匈奴围截，掘井十五丈而无水。耿恭为将士向井祝告，飞泉涌出。匈奴以为有神助，遂退兵。这里借此故事表明老将誓必学习耿恭之精诚，再度远征。西汉将军灌夫早年有军功，后居颍川，被朝廷疏远，好使酒骂座。这里借喻老将不愿因弃置而使酒任气。在羽檄交驰、朝廷募兵的战斗气氛中，老将也作好准备，擦亮铠甲，挥动七星宝剑，准备参战。他所企求的并非功名利禄，而是要用燕弓射杀敌将，使国家不受外族欺凌。"耻令"句典出《说苑·立节篇》，越军侵齐，齐国雍门子狄因越国兵甲惊动了国君而自刎。越军听说后，立即退兵。然而尽管烈士暮年，壮心不已，老将仍是难以起用的。所以最后二句用典意味深长：西汉魏尚作云中太守，防匈奴有功，反被削职。一天汉文帝埋怨当代没有廉颇、李牧那样的名将，冯唐趁机提到魏尚有功被罚之事。文帝遂命冯唐持节，去恢复了魏尚云中太守的官职。这一典故点出了老将得不到公平对待的原因：即使是圣明之君，也未必能真正识贤用贤；同时也表现了老将不计个人得失，以国家民族利益为先的高尚品格。

全诗运用大量典故，而气势奔放，激情澎湃，一泻如注，略无滞碍。原因在于善用同类典故构成鲜明的形象和完整的境界。即使不知故事含义，也不妨碍理解这些典故的字面意义。同时剪辑紧凑，骈散相间，句法多变，格调婉畅，开合转换，脉络分明，可说是集中体现了盛唐边塞歌行意气昂扬、丰神焕发的特色。（葛晓音）

陇头吟

> 长安少年游侠客，夜上戍楼看太白。
> 陇头明月迥临关，陇上行人夜吹笛。
> 关西老将不胜愁，驻马听之双泪流。
> 身经大小百余战，麾下偏裨万户侯。
> 苏武才为典属国，节旄落尽海西头。

　　盛唐疆域广大，国力强盛，加上统治者崇尚武功，许多富于幻想的少年都想到边塞去一试身手。因此盛唐诗人写下了不少讴歌少年游侠建功立业理想的边塞诗。王维早年所写的《少年行》《燕支行》等，也是这类诗歌中的名篇。但乐观浪漫的诗人对现实并不缺乏清醒的认识。边塞固然可使某些幸运儿飞黄腾达，而更多的人则是终老沙场、白首无成。这首《陇头吟》，便是将长安少年的意气与关西老将的遭遇相对照，揭示出军中赏罚不平的现象。

　　要在短短的一首诗中，表现出初到边塞者与久成边塞者的两种不同精神面貌和心理状态，并非易事。诗人却将这种对比轻巧地组织在一个月下听笛的画面中，借老将的命运含蓄地点破了少年不切实际的幻想。诗以歌行式的笔调发端，先写少年夜里登上戍楼观看太白金星的情景。太白主兵象，古人认为可以根据它出没的情况来预测国家的治乱和战争的吉凶。身为戍卒而夜观太白，可见少年胸中还有一番不凡的抱负。《秦州记》说："陇山东西八十里，登山颠东望，秦川四五百里，极目泯然。山东人行役，升此而顾瞻者，莫不悲思。山下有陇关，即大震关，为秦雍喉嗌。"陇山在今陕西陇县境。陇上行人夜中吹笛，笛声必是思念故乡的悲音。但此时意气正盛的少年侠客，未必能从笛声中体会出更深刻的含意来。只有久成边塞的关西老将，才会因闻笛而引起强烈的共鸣：关西老将当初很可能也像长安少年一样浪漫。然而当他身经大小百余战、在边地消磨了一生光阴之后，连部下偏将都封了食邑万户的侯爵，而自己则像被扣匈奴的苏武一样，归汉后仅得一个典属国的小官。须知当初仗节牧羊北海，长达十九年，节上的旄毛都已落尽了。末二句借苏武故事，慨叹有功不赏，古来如此。又使眼前的不平在历史意义上得到深化。全诗直到结尾，也没有将笔转回到长安少年身上。但戍楼上的少年与驻马听笛的老将，同在边关明月之下，就像是一个人的少年和老年所化成的两个剪影，彼此相对审视着自己的过去和未来。因而无须再作议论总结，自然便构成了具有高度概括力的意境。

（葛晓音）

鱼山神女祠歌二首

迎 神 曲

坎坎击鼓，鱼山之下；

吹洞箫，望极浦；

女巫进，纷屡舞；

陈瑶席，湛清酤。

风凄凄兮夜雨，神之来兮不来？

使我心兮苦复苦！

送 神 曲

纷进拜兮堂前，目眷眷兮琼筵。

来不语兮意不传，作暮雨兮愁空山。

悲急管，思繁弦，灵之驾兮俨欲旋。

倏云收兮雨歇，山青青兮水潺潺。

相传魏嘉平年间，郓州东阿县（今山东阳谷东北）鱼山神女成公智琼下降，与济北郡史弦超相好。被人发现后，神女不再前来。五年后弦超经过鱼山，复遇智琼，便一起前往洛西，并恢复旧好。王维开元十年（722）因获罪贬官济州数载，这两首祭神诗当作于这一时期。

诗用楚辞体,分为迎神和送神二部。《迎神曲》首先展现出鱼山下神女祠中一派祭神的热闹景象:人们吹着洞箫,遥望着远处的水浦,女巫们纷纷起舞,屡屡降神。祭筵已备,酒馔俱呈——所有这一切,都只是为着等待女神来临。然而自昼至暮,等来的只是凄风夜雨。末三句借这一转折,巧妙地将笔触从热闹的场面描写探入苦待女神者的内心情感,使人隐隐感到在失望和疑虑的人们中间,似乎有一个人对女神的不至别有一种难言之苦,那是对失约的恋人急切盼望而又怨怅交集的痛苦。这就自然令人联想到关于鱼山神女与弦超的传说。而这一美丽动人的故事,如此天衣无缝地被暗中融入迎神的场面,又全得力于"风凄凄兮夜雨"这句过渡性的景物描写。

《迎神曲》中,神女始终没有出现。而《送神曲》所写的却是神女将去和已去之后的情景。诗一开头,便在纷纷罗拜于堂前的众人中,着重描写了女神在琼筵上与她的恋人含情相视的目光。这两句虽由《少司命》中"满堂兮美人,忽独与余兮目成"句脱化而出。但"眷眷"二字,写相互睇视眷顾的神态,包含了难以言状的无限深情,更觉传神。"作暮雨兮愁空山"既是以实景描写烘托两情无法交流的惆怅,又用巫山神女与楚襄王在阳台幽会的故事,以朝云暮雨暗喻神女的私情,以及她来去飘缈的行迹。倏忽之间,神女已去,犹如云收雨歇,眼前只剩下青青的山色和潺潺的流水。人神交会的迷离惝恍之感、片刻相聚之后留下的空虚和怅惘,都溶化在青山绿水的清朗境界之中。而天色的清朗又使人不禁产生女神似乎并未来过的疑惑。因此末二句虽是写景，却可见出送神者惘然失神的情态。

　　这两首祀神歌借鉴屈原《九歌》中描写祭祀的场面、宋玉《高唐赋》的意境，以及《神弦曲》融情于景的手法，暗寓鱼山神女与弦超的故事，使内容和艺术表现达到了高度的和谐。诗中情语、景语的剪辑又跳跃变幻，独具特色。女神倏来忽逝的踪迹、恋人悲凉深长的情思，均在景物的变换中显现。这就在祭神的热闹场景中写出了人神相恋所特有的凄清神秘的色彩，形成了既是楚骚的出色嗣响，又体现了唐音的独特之处的情韵。

（葛晓音）

观　猎

风劲角弓鸣，将军猎渭城。
草枯鹰眼疾，雪尽马蹄轻。
忽过新丰市，还归细柳营。
回看射雕处，千里暮云平。

　　这首诗通过观猎写出将军射猎的英姿，通过射猎隐示出将军的勇武不凡。诗人给我们的只是一幅画面，而这一切即含蕴在画面之中，耐人把玩。

　　此诗四联，用笔皆妙。首联善于安置。诗不从交代将军射猎入手，而先推出一个镜头：劲风疾吹，飞箭呼啸。然后再补叙出"将军猎渭城"。未见其人，先见其神，使诗起势突兀，摇人心目，全在二句次序安排得当。所以沈德潜说这两句"若倒转，便是凡笔"。而首句所以如此得力，又在善于映衬。刘桢《赠从弟诗》云："风声一何盛，松枝一何劲。"有了疾风狂飙的摇撼，才更加显示出松枝的劲挺。这句将射箭安置在劲风环境之中，深得其妙，不言张万石之弓，而有其势。

　　颔联刻画猎景入微。因为草枯，禽兽失去隐身屏障，易为猎鹰发现，好似鹰眼分外明快起来；积雪消融，马无滞足之物，好似马蹄也特别轻快起来。实有之景，不大为一般人所觉察，而诗人能以敏锐的艺术观察抉发出来，铸造为艺术形象，便新颖动人。这可以说是艺术魅力之一。

颈联巧用地名刻画射猎的英俊形象。将军射猎之地在"渭城"，"细柳营"即在渭城西南，为汉名将周亚夫驻兵处，其地居唐代都城长安的西北。"新丰"则在临潼县东，居长安东北，两地相去七十余里。赵殿成说："《汉书》内地名，诗人多袭用之，盖取其典而不俚也。兴会所至，一时汇集，又何尝拘拘于道里之远近而后琢句者哉。"（《王右丞集笺注》）固然能道出诗人选词用字的常情，但其意义实不止此。诗人特别拈出这相距较远的两地，再加以"忽过"、"还归"二语，则将军风驰电掣般驰骋于广阔猎场的英武形象如见，并为尾联做好铺垫。

尾联收结，富有余味。回望远方射雕之处，只见暮云千里，平铺天际，而那里就是方才血溅飞翻的地方。将军之射技的高超、对猎技的自负以及猎获的喜悦，尽在不言之中。"射雕"又暗切一典。《北史》载，斛律光于校猎时，见云端有一大鸟，射之中颈，鸟如轮旋转而下，视之乃一大雕，因被称为"射雕手"。将军也自是一射雕手。

（孙　静）

归嵩山作

清川带长薄，车马去闲闲。
流水如有意，暮禽相与还。
荒城临古渡，落日满秋山。
迢递嵩高下，归来且闭关。

　　嵩山即嵩高山，在登封县（今属河南）北，为五岳的中岳。诗人在开元中期离开济州贬所以后，曾有一段时间屏居淇上和隐居嵩山，这首诗就是归隐嵩山时作。那时还在壮年，并没有终古隐居的打算，然而仕途的坎坷把他暂时推到这条路上来。所以，其中虽有萧散闲淡之趣，却也不免凄清孤寂之感，不似后来隐居终南、辋川时的一味冲淡，乃至寂灭。妙在这种复杂的心境没有一语直接道出，而体现在山水风物与诗人行动交织的画面中。

　　首联发端便推出一幅鲜明的图景。一道清溪沿着山麓长林涓涓出谷，归去的车马悠然从容地向着山林行去。草木丛生叫"薄"，"长薄"指随山麓延伸的林木丛。"带"字极妙，使人清晰可见溪水傍林麓奔流之象。"去"，此处有陶潜《归去来兮辞》的归去之意，而"车马去闲闲"也颇有陶《辞》中"舟摇摇以轻飏，风飘飘而吹衣"的韵味。

颔联善于运用拟人化手法，写得水有情、禽有意，大大增强了归隐者与大自然的和谐感。人向山里走，水从谷中出，似迎面而来相接，故云"流水如有意"。天色向晚，暮鸟投林，似与诗人结伴归山，故云"暮鸟相与还"。陶潜诗云："山气日夕佳，飞鸟相与还。"（《饮酒》其五）"暮禽"句用其意。不过"相与还"三字，陶诗指飞鸟自身结伴同归，此诗则由于上句将流水拟人化，而指暮禽相伴诗人而归，辞同意不同。

颈联景语中而含哲理启示。上句隐示人事的兴衰，下句隐示自然的永恒。城为人们聚居之区，故前临渡口。但渡乃古渡，城已荒城，人世一切繁华都将随时间的流逝衰歇，而自然事物则光景常新，秋山夕阳，依旧一片光华。"满"字下得有神。试闭目一思，夕阳西下时分，夜幕将临，大地上的一切渐趋黯淡，唯嵩峰高耸，无数个山头遥立天际，尽收夕阳返照，无峰不明，这是何等景色！人世如彼，自然如此，可以归向自然了。

末联点归隐嵩下。"迢递"，形容山的高远。"归来"，即陶潜"归去来"之意。"闭关"，亦承陶《归去来兮辞》中的"门虽设而常关"，指与世俗断绝交往。但句中不免孤寂之感。　　　　（孙　静）

使至塞上

单车欲问边，属国过居延。

征蓬出汉塞，归雁入胡天。

大漠孤烟直，长河落日圆。

萧关逢候骑，都护在燕然。

唐玄宗开元二十五年（737），诗人在监察御史任上，奉命出使河西节度幕府（镇凉州，今甘肃武威），诗即作于赴河西塞上途中。

首联以叙语发端，点明出使塞上。"单车"，表明了出使的身份，所去之边在哪里呢？即次句所言："属国过居延。"汉代称边域保有原国号而内附的附属国为属国，《后汉书》有"张掖居延属国"，其地唐属甘州（在今甘肃额济纳旗），为河西节度辖区的北界。"单车"而欲"问边"，表面是写征程的辽远，实际却暗说唐代声威远振，疆域辽阔，诗人意气豪逸，妙在含而不露。

颔联以"征蓬"自喻，得一巧对，用以写出塞之感，妙不可言。一个"出汉塞"，一个"入胡天"，只将二者鲜明对举，不必词费，一股浓郁的去乡赴远之感扑面而来。而且"汉塞""胡天"，一点即止，情不尽言，却启人细致咀嚼那身离中原、脚踏异域的丰富感怀。

颈联写展现在眼前的瀚海风光。沙漠一望无际，故云"大漠"。大漠上荒无人迹，只有孤零零的亭堠驿所的一缕炊烟，故云"孤烟"。在空无所有的大漠上，衬着广阔的天幕，一缕孤烟直上天际，不禁使人有如柱之感，诗人下一"直"字，极为传神。大河横穿沙漠，全景尽收眼底，好像从天的一端流向另一端，故云"长河"。平沙旷野，落日直贴在地平线上，得见其最大最圆的身影，故云"落日圆"。十个字勾画出只有大漠黄昏才有的独特景象，成为千古传诵的名句。试与"渡头余落日，墟里上孤烟"作一对比，同是"孤烟""落日"，所传出的景象、气氛是何等的不同，可见作者选材、构图、造境的卓越的艺术功力。

尾联以暗颂边事的胜利作结。"萧关"，在今甘肃平凉境。"侯骑"指侦察骑兵。"都护"，为唐代边域所设都护府的最高统帅官名，此借以指河西节度。"燕然"指燕然山，即今蒙古人民共和国境内的杭爱山，此用东汉车骑将军窦宪的典故，他曾击破北匈奴，登燕然山刻石纪功而还。对节度使军事胜利的颂扬，紧接在"胡天""大漠"的广阔背景之后，分外使人感受到盛唐国势的强大。

（孙　静）

汉江临泛

楚塞三湘接，荆门九派通。

江流天地外，山色有无中。

郡邑浮前浦，波澜动远空。

襄阳好风日，留醉与山翁。

汉江即汉水，发源于陕西，流经湖北襄阳等地，至汉阳入长江。诗人于开元二十八年、二十九年（739、740）知南选到襄阳（今湖北襄阳），这首诗即写襄阳城外汉水中泛舟的观感，鲜明地勾勒出汉水的雄姿，具有阳刚之美。

首联从汉水的背景上落笔。"楚塞"与"荆门"，泛指汉水流经之地；"三湘"与"九派"，约言汉水相通之所。"楚塞"指湖北北部古楚国险要之地，汉水流贯其中；"荆门"指荆门县南之荆门山，汉水流经其东。"三湘"，湖南湘江的总称，于湖南北部入长江；"九派"，古称长江至浔阳分而为九，即今江西九江一带。两句诗说汉水流经楚塞、荆门，南通三湘，东连九江，巧妙地运用四个地理名词展现出汉水的壮阔背景。

颔联转写眺望中江身的绵长。泛舟江中，向源头望去，水与天接，江似从天而降；向下游瞻视，茫无尽头，江水又似流出大地之外，故云"江流天地外"。而透过阳光辉耀下的江面水气遥望，岸上远山在山光水色之中似有似无，故云"山色有无中"。此联写景之真切，入木三分。

颈联写汉江的水势。江面辽阔，舟船随江浪起伏，瞻望郡邑，在视觉上，有似郡城漂浮水上，随波上下；遥望远空，亦似随浪摇簸。此联不正面描写波涛水势，而其浩瀚汹涌之状如见。

前三联将动人的汉水风光写足，尾联很自然地承以山简的典故为结。"山翁"指晋代山简。他为征南将军时，镇襄阳，好酒，常至习家园池，对景痛饮。这里以山简自喻。诗意说，襄阳如此风和日丽，正好供自己醉酒赏玩。在赞语中，表现出对汉江美景的陶醉。

这首诗境界开阔，画面雄浑，传神地写出汉水形胜与气势，堪与《终南山》媲美。

（孙　静）

过香积寺

不知香积寺，数里入云峰。
古木无人径，深山何处钟。
泉声咽危石，日色冷青松。
薄暮空潭曲，安禅制毒龙。

香积寺，在唐代都城长安之南，险要的子午谷之北。"过"是拜访之意。诗的中心是写佛寺的幽寂境界，却主要是通过一路寻寺勾画出来，别具匠心。

诗人来到香积寺所在的山下，只见草木昌茂，不见佛寺，"只在此山中，云深不知处"（贾岛《寻隐者不遇》）。于是放脚寻去。爬过数里山程，已到白云环绕的高高的山腰，却进入古木苍苍的林海，不仅无寺，连径路也无，竟是人迹罕至之区。忽然，深山里传来一阵寺院的钟声，那寺院还在遥远的前方，然而没有径路指引，莫辨其处。只听得泉声，只见得日色而已。泉水从高高的石罅中流出，其声微细如咽。"危"是高之意。日光虽暖而光华，但透过密叶投射到古木老林中来，却只给人以幽冷的感受。泉声、日色进一步烘托出深山密林的幽僻。"咽"字、"冷"字下得有力，赵殿成说："'泉声'二句，深山恒境，每每如此。下一'咽'字，则幽静

之状恍然；著一'冷'字，则深僻之景若见。"(《王右丞集笺注》)
颇能抉出二字之妙。以上六句写寻寺的笔墨，津津有味，引人入
胜，全用侧面烘衬的手法，情趣盎然地勾勒出寺院藏身的环境。

　　三联皆写寻寺，末联方写到寺，只写眼中所见，便戛然而止。
"薄暮"即傍晚。向晚方才到寺，足见山路的深长。寺就在潭水之
旁，香积寺的僧人们入晚已在坐禅。"安禅"指僧人入定。《涅槃
经》说："但我住处，有一毒龙，其性暴急，恐相危害。"以毒龙喻
人之情欲。"制毒龙"即以禅心驱情欲。诗人即景生思，由潭而联
想到龙，又由龙想到佛经上所说的毒龙，乃妙用佛典，生动地写出
僧人的禅定。

　　这首诗写诗人访寺，由家至山，一笔不取，入寺访僧，亦一笔
不取，只择足以表现深僻、幽静的寻寺、见寺二境落笔，又将寺院
的幽僻与僧人的禅寂融为一体，故意境鲜明深邃，笔有入化之妙。
诗写佛寺的幽寂境界，却出以引人入胜、意趣盎然的笔墨，二者不
相妨而恰相合，是此诗的又一个妙处。

　　　　　　　　　　　　　　　　　　　　　　　　　　　(孙　静)

终 南 山

太乙近天都，连山到海隅。

白云回望合，青霭入看无。

分野中峰变，阴晴众壑殊。

欲投人处宿，隔水问樵夫。

　　终南山，在唐代都城长安之南的武功县（在今陕西）。从诗题上就可以看出，这首诗是为终南写真。不过不是从远观静览中刻画，而是从游山人眼中写出，便充满活气。

　　首联总写终南山势。"太乙"也作太一，即终南山。"天都"指帝都长安，终南近傍"天都"，既明位置，又因"天"之字面意义隐见其高，它又峰峦起伏，直向海角延展开去，不见边际。据志书记载，终南西起陇山，东跨商洛，绵亘千余里。诗人以即目所见，结合志书所载，发挥想象，以"到海隅"写出重峰叠嶂、蜿蜒不绝的雄浑景象。首联已境界大开，为下文开拓了广阔的描写余地。

　　颔联写入山所感。人进入山中，回顾来时的路，唯见群峰在白云环抱之中。向前瞻望，则青气迷蒙，然而一步步走去，却无非葱茏林树，并不见青霭，故云"青霭入看无"。人们游山常历之景，一经诗人熔铸为艺术形象，即觉异常亲切动人。

三联写登上中峰之顶感受。古代天文学将天上十二星辰的位置与地上州国区域相对应，称某地为某星之分野。上句取此以为形容语，言至中峰，两侧已属不同的分野，足见山形跨越之广阔。承阳光者为晴，背阳光者为阴，只有一道道高山峻岭重叠推开去，才有"阴晴众壑殊"之景观。这一句使山势的广大陡增立体感。如果说"连山到海隅"是写群峰纵伸之景；那么，"阴晴众壑殊"便是展示层山横拓之势。

末联以富有情味的画面烘衬出壑谷的形胜。隔涧樵夫可望而不可即，只能遥相呼询，可见峡谷的深而且长，绝非轻易绕路可至。

全诗深得画理移步换形，以游程进展，从各个角度写出终南山之气象。末联一问，远势更在尺幅之外，有挹之不尽的余韵。

（孙　静）

终南别业

中岁颇好道，晚家南山陲。

兴来每独往，胜事空自知。

行到水穷处，坐看云起时。

偶然值林叟，谈笑无还期。

"终南"，即终南山，在唐代都城长安之南，亦称南山。"别业"即别墅。唐玄宗开元末、天宝初，诗人由于对政局的失望，走上半官半隐的道路，带职隐居终南，诗即作于此时。这首诗《国秀集》题为《初至山中》，《河岳英灵集》题为《入山寄城中故人》，很可能是初隐时所作，含有向城中好友夸耀隐居情趣之意，所以着重刻画隐居适意的生活情态。

首联叙事，点明归隐终南。"好道"指崇信佛学，学佛自然会淡于人事。"晚"是晚年之意。"南山陲"即指终南山别墅。在晚隐终南之前，加上一句中年好道，意味便大不同，一种得偿夙愿、称心适意之情，溢于言表。

以下三联突出写闲逸自得之境。全是平淡的语言，寻常的情事，却无比鲜明地传出那种无拘无束、自由自在、人物无间、心旷神怡的境界，见出作者笔墨的高妙。

　　颔联言依兴而行。兴致一来，便独自命驾出游，既不为人迫促，亦非有人招邀，全以兴致为转移。"胜事"即山中美景。"空自知"，虽只三字，却使人深切体会到诗人那种对山中胜景独有会心，与风物底蕴心心相印的物我合一的境界。

　　颈联言信步而游。本是乘兴而出，自无固定目标，一任客观景物的吸引，放脚走去，自由观赏。行到涧水的尽头，便坐下观览山云的升起。涧水多出自峡谷顶端，所以"水穷处"即山高处；云雾多聚于山之上端，所以"水穷处"又即云起处。两句妙超造化，写景逼真，情态自然，把自由自在之境写到十成，用笔却至浅至淡。

　　尾联言自然之遇。与林中老叟相逢，纯属偶然，非有预期。既无预期，自然没有固定的话题，即景随心而言，话入机缘，便忘记了归去。

　　这首诗事极寻常、语极平淡、笔极自然，均与自在之境相合。而择事亦精，乘兴而出，信步而游，邂逅而遇，也无不紧扣自由无拘的主旨，故境界鲜明突出。

（孙　静）

辋川闲居赠裴秀才迪

寒山转苍翠，秋水日潺湲。
倚杖柴门外，临风听暮蝉。
渡头余落日，墟里上孤烟。
复值接舆醉，狂歌五柳前。

　　辋川在蓝田县（今属陕西）西南，其地有诗人别墅，风光优美，所谓"辋川二十境，胜概冠秦雍"（宋黄伯思《跋辋川图后》）。诗即作于唐玄宗天宝前期诗人隐居辋川别墅时。裴迪为诗人密友，生平不详，但《旧唐书》称之为王维"道友"，马端临称其为"高人"，亦可想见其风度。

　　诗写隐居中闲逸自得的生活情态，选取秋日黄昏的一个片断。首联从广阔的大自然背景入手。日色向晚，暮气苍茫，山林岭树，渐呈深暗，故山云"转苍翠"。"转"字后隐然有一个尽日观山之人在。秋日水势渐煞，但水声昼昼不变，故水云"日潺湲"。"日"字后又隐然有一个尽日听水之人在。二句景语后有人，已深传流连山水的静者之神，笼盖全诗。

　　颔联落笔到诗人生活情态。黄昏时分，挂杖立于柴门之外，静静地玩味那习晚风送来的蝉噪。不言闲逸，而闲逸之气扑人，是善于捕捉生活情态以传生活情调者。

颈联再推开去，写即目之景，是为人传诵的名句。渡口尚余一抹夕阳，岸上人家已开始升起炊烟。十个字勾勒出一幅鲜明的山村暮景图。画面之妙，不仅在"渡头""落日""墟里""孤烟"线条分明，构图完整，而且内蕴深厚的生活气息。从渡头落日里，我们不难想象归人返渡的情景；在墟里炊烟中，又不难嗅到家人忙碌备餐以迎归人的气氛。所以不只有画，而且有境。陶潜写田园名句有"暧暧远人村，依依墟里烟"（《归园田居》），不能否认诗人此联从陶诗得到启示，但加一渡头落日，便别开新境，各有千秋。

尾联以极少的语言写出诗人与裴迪的品格及不拘行迹的交往等丰富内容，就在于巧妙地运用了两个典故。"五柳"用陶潜之典，陶作《五柳先生传》，自比忘怀得失的上古之民，诗人借以自喻。而"接舆"用楚国狂人接舆的典故，他是个傲世睨俗的人物，对孔子的汲汲救世不以为然，曾高歌而过孔子，大唱："凤兮，凤兮，何德之衰。"诗人以之喻裴迪，亦可见裴迪的性情风采。当年是狂歌而过孔子，如今是狂歌而过"五柳"，试想这又是一种什么景象！

（孙　静）

山居秋暝

空山新雨后，天气晚来秋。
明月松间照，清泉石上流。
竹喧归浣女，莲动下渔舟。
随意春芳歇，王孙自可留。

这首诗写山居所见秋山雨后黄昏的迷人景色和融怡陶醉的心境，大约也是诗人隐居终南或辋川别墅时所作。诗的境界清澄，有透明感，恰似一泓秋水，其中洋溢着浓郁的生活气息。在静与动的结合上，达到很高的美学境界，与诗人《竹里馆》等诗专写清寂的境界迥然不同。

首联从季候、状态的大背景上落笔，看似叙事性的交代，却传给人最真切的情景。"空山""新雨""晚来""秋"，平平实实的几个字，引人去品味那山居环境的静谧、新雨过后的清新、秋日天气的飒爽、白日向晚的安宁，字里行间散发着一股清幽明洁之气。

颔联落到林泉细景，而与上联山中秋日黄昏新雨的大背景紧密相关。雨后碧空无尘，松针如洗，皎洁的月色敷洒在松林上，诗人特别用一"照"字启示人们去体会那珠水晶莹的景象。一场秋雨之后，山泉水势必增，诗人又特别用一"流"字让人们去体味那水石相激的琤琤琮琮的水声。月色泉声，视听交织，可触可感。清泉而云"石上流"，则月光下涧水清澄见底可见。这一联给山中清幽之景又涂上一层明洁的色调。

颈联再拓展一步，进到人事生活。而这种生活呈现在山中黄昏这一特有的情境中，便出现迷人的画面。竹林深处传来一阵嬉闹的笑语声，那是洗衣的女孩子们结伴归去；莲丛中一道纷披的痕迹，那是打鱼人已经收网返舟。只听见竹林中的喧声而不见其人，只见到莲株的摇动而不见行舟，自可想见竹林、莲丛的茂密，人们竟是包裹在一个郁郁葱葱的绿色世界里，这是何等的诱人！无怪末联要由衷地倾吐出"王孙"可留的慨叹了。

末联巧用《楚辞·招隐士》之典。《招隐士》末句云："王孙兮归来，山中兮不可以久留。"原意是招王孙出山，作者则反用其意，自成佳构，增无限趣味。"随意春芳歇，王孙自可留"，春芳虽然自然而然地消歇了，但秋光一样美丽，"王孙"自可不必离去了。诗人对山中生活的迷恋之情，跃然纸上。

（孙　静）

冬晚对雪忆胡居士家

寒更传晓箭，清镜览衰颜。

隔牖风惊竹，开门雪满山。

洒空深巷静，积素广庭闲。

借问袁安舍，翛然尚闭关。

　　这是一首怀人诗。从诗人其他赠诗说："胡生但高枕，寂寞与谁邻"（《与胡居士皆病寄此诗兼示学人》），"斋时不乞食，定应空漱口"（《胡居士卧病遗米因赠》），可知胡居士是一位信奉佛教、守道安贫、僻居陋巷的贤士。信佛而在家修行，称居士。

　　这首诗造意甚巧。它将即景与用事自然地绾合起来。即景即"冬晚对雪"，晚冬而逢大雪；用事即用袁安卧雪故实。东汉袁安贫居洛阳，一次下了一丈多深的大雪。一般人家都在门前清出路来，外出觅食，唯独袁安门前无路。洛阳令以为他已死在里面，命人挖开积雪，却见他安卧床上。问他为什么不出来，答说：大雪天，人们都在挨饿，不宜出来求人。洛阳令认为他很贤良，拔举他为孝廉。胡居士的品格无疑就是袁安第二，在大雪天中，他的家会是怎样一种情景呢？这样，本来是忆胡居士其"人"，进而又忆胡居士其"家"，在怀人诗中，便别开生面。

　　诗虽即景、用事结合，即景尤占重要地位，因为所用之事即与大雪相关。诗之佳处，正在善于写雪。首联发端即妙，不直接切入本题，而由晨兴对镜起笔。"更"指更鼓，"箭"指滴漏之刻箭。更漏报晓，晨起理妆，完全是一如平昔的惯常生活情态，这样一来才便于引出下联蓦然见雪的情境。诗人正在对镜，忽听风敲寒竹的声音。莫不是变天了吗？不禁推门一看，吓，迎面闯入眼帘的已是雪压群山、一片银装素裹的世界了。可见那雪已足足下了一夜。这一联是写景名句，最能传大雪之神。雪花轻而无声，故虽大虽浓虽久，人却丝毫不觉，若不是风竹报警，此刻也还蒙在鼓里呢！在诗人之前，写雪妙句有陶潜的"倾耳无希声，在目皓已洁"，诗人这两句得其神理而自铸新境，足与陶句匹敌。在二、三联的用笔次序上，亦颇费安排。诗人由"山"而"巷"而"庭"，把雪景写得惊人眼目，雄伟壮观，如果倒转来，由"庭"而"巷"而"山"，首出"开门雪满庭"，便全失神气，不会如此警动了。

　　把雪写足，尾联的用事，一点即透。而居士的品格、诗人的关切，都融合在雄浑的雪景之中，使人味之不厌。

（孙　静）

韦给事山居

幽寻得此地，讵有一人曾。

大壑随阶转，群山入户登。

庖厨出深竹，印绶隔垂藤。

即事辞轩冕，谁云病未能。

"给事"，给事中的省称，属门下省，为侍从顾问谏净之官。韦给事，生平不详。这首诗盛赞韦给事山中居室及环境的幽胜。

首联即以赞叹语发端，谓不曾有一人寻幽得到过像韦给事这样的胜地。"讵"是岂之意，出以诘问句，更增强赞美语气。这句韵脚"曾"字，下联韵脚"登"字，都善用险韵，配以五言句二二一的节奏，不觉拗涩，只觉顿挫生姿。

颔联是写山上居宅的妙句。"阶""户"为步履所至；"大壑""群山"为目中所见。院落屋室建在山间，举步登阶，随阶梯曲折，所见大壑不断变换方向；屋室层叠，牖窗多面，穿堂入户，群山联翩入眼，有似遍登其处。二句只言登阶入户之感受，不言房室架构，而其堂宇迤逦、阶廊回环之况如见。高在隐含景观之中，耐人玩味。

颈联写食住环境之幽雅。步入院落，并不见庖厨，或者野味飘香，或者炊烟升起，方才发现厨房即在竹林深处。印章为公事所用，这里即以"印绶"指处理公事的厅室，它被包裹在垂藤之中，这是何等雅致的去处！"山居"只是说韦给事山中的居宅，并不等于辞官归隐山中。

尾联妙用《七发》之典收结，意趣盎然。"即事"即指居处如此胜地。为官则乘轩服冕，"辞轩冕"即辞官归隐。"病未能"，典出枚乘《七发》。文中写楚太子患病，吴客往见，向他演说音乐、射猎等各种游乐，刺激太子精神奋起。其第四节讲游览之胜，说"登景夷之台，南望荆山，北望汝海，左江右湖，其乐无有"，又摆酒"虞怀之宫，连廊四注。台城层构，纷纭玄绿。辇道邪交，黄池纡曲"。问太子能否起游，太子回说："仆病，未能也。"此反用其意，言得此胜地，即可归隐，谁还会说仆病未能呢？进一步烘衬出山居之格外引人，并略带戏谑。

（孙　静）

送梓州李使君

万壑树参天，千山响杜鹃。

山中一半雨，树杪百重泉。

汉女输橦布，巴人讼芋田。

文翁翻教授，不敢倚先贤。

　　李使君，未详何人。使君是对一州的行政长官刺史的称呼。梓州的州治在今四川省三台，古为巴蜀之地。李氏去做梓州刺史，诗人作此诗赠别。

　　唐人送别诗很多，但所取视角不同，表现也千差万异。初唐王勃脍炙人口的送别诗《送杜少府之任蜀川》，着重抒写缠绵惜别之情，故首联云："城阙辅三秦，风烟望五津。"前一句点王送别之地长安，后一句点杜赴任之所蜀川，有意地将二者对举，突出分离后天各一方的悬绝之感。诗人这首不同，寓眷爱深情于期望劝勉之中，所以丝毫不及送别之地，全从李氏赴任之所着笔。

　　前二联四句写梓州的自然风貌。梓州多山，又气候和暖，植被丰厚。四句诗巧妙地运用几个数字——"万壑""千山""一半""百重"，使人们真切地感受到丛山峻岭、林海漫漫、峰峦起伏、壑谷重重的壮阔景象。"一半雨"，不是有处有雨，有处无雨，而是不

必下足之雨。即使如此，已见树梢百道飞泉，可以想见山势的高峻
陡峭，涧谷的层叠累积。左思《蜀都赋》"鸟生杜宇之乡"，相传杜
鹃鸟为古蜀主望帝杜宇的魂魄所化。山山皆有杜鹃，把蜀地这一风
土味点染得十分浓足。诗以雄伟的山水发端，起势陡健，故纪昀评
此四句云："高调摩云。"

　　后二联以历史故实寓劝励之意。先以颈联引入梓州人事。梓州
为少数民族聚居区。地处嘉陵江之西，嘉陵江古称西汉水，故女称
"汉女"。其地又为古巴地的西缘，故人称"巴人"。左思《蜀都
赋》："布有橦华"，"瓜畴芋区"。蜀产橦树，其花可织布，名橦布，
地则多产芋，故上句云"输橦布"，下句云"讼芋田"。收税理讼都
是刺史的职事，由此过渡到尾联，希望李氏能像文翁治蜀一样治理
此地。文翁，西汉景帝时为蜀郡太守，见其地僻陋有蛮夷之风，乃
以仁爱之心广施教化，使之日趋开化。"不敢"，赵殿成以为是"敢
不"的误倒，甚是。"敢不倚先贤"，即会以文翁为榜样。这种厚望
深期既表现了诗人的真挚的友情，又反映了诗人开明的"济人"的
政治思想。

（孙　静）

送秘书晁监还日本国

积水不可极，安知沧海东。

九州何处远，万里若乘空。

向国惟看日，归帆但信风。

鳌身映天黑，鱼眼射波红。

乡树扶桑外，主人孤岛中。

别离方异域，音信若为通。

　　"秘书晁监"指在秘书省任官的晁衡。秘书省是朝廷中掌管经籍图书的机构，设监一人，少监二人。晁衡，也写作朝衡，日本人。唐玄宗开元初年来华，因爱慕中华文物，遂留在中国任官。天宝十年（721）前后，一度返日，诗人写这首诗相送。这虽然也是一首赠别诗，但送别对象为日本人，其地远离九州，横跨大海，气象自是不同。

　　到唐代为止，我国士子还很少越海到日本。虽然日本不断有使节、僧人来华，谈说彼中情事，但究属耳闻，而非目睹，仍不免隔膜。说起东海，还不能完全消除神话传说留给人们的不可捉摸的印象。这首诗前四句为一节，对友人的归处充满渺远而茫不可知的迷惘。《荀子》云："积水而为海。""积水"即指大海。沧海不可到达它的边际，怎么能够知晓大海之东的景况呢？"九州何处远？"意谓：何处离九州即中华大陆最远呢？没有比日本再远的了。万里汪洋，渡越它，真像登天一样了。对友人归处这一种渺远难即的描写，把离别的怅惘情绪抒发得异常深沉浓郁。

次四句为一节，写友人的归程。"向国"二句是巧对。《唐书·东夷传》云："日本使者自言国近日所出，以为名。"因居东方，自以为近日所出，故名日本。诗人因此得一上联"向国惟看日"。向日出处归去。古代用帆船，横绝大海，全依季节风以定来往航期。"信风"即随时令变化、定期定向而来的季候风。诗人又由此得一下联"归帆但信风"。二句事符情理，语臻工妙，铢两悉称。"鳌身"二句以丰富的想象、夸张的笔墨写出大海中奇特的景象。"鳌"是大龟，鳌身凸出海面，镶嵌在蔚蓝的天幕上，将蓝天都映成黑色，可想见鳌之大。鱼眼为红色，它穿行绿色的海水中，将碧波都映成红色，亦可想见鱼之巨。二句都善于运用色彩，使画面格外鲜明突出。

末四句为一节，写别后悬远难通的愁怀。"扶桑"，神木名，生长在日出处。《淮南子·天文训》说："日出于旸谷，浴于咸池，拂于扶桑。""乡树扶桑外"，强调友人之家在遥远的东方。日本为岛国，"主人孤岛中"，强调友人住处悬隔大海。做了这样的铺垫之后，很自然地引入收结的两句，异域之别，如何得通音信呢？别意深长，有余音袅袅之妙。

（孙　静）

奉和圣制从蓬莱向兴庆阁道中
留春雨中春望之作应制

渭水自萦秦塞曲，黄山旧绕汉宫斜。

銮舆迥出仙门柳，阁道回看上苑花。

云里帝城双凤阙，雨中春树万人家。

为乘阳气行时令，不是宸游重物华。

天子所作称"圣制"。天子作诗，诗人和之，因是奉天子之制命而作，故称"应制"。"蓬莱""兴庆"都是宫名。蓬莱宫即大明宫，在兴庆宫北，两宫之间有阁道相通。阁道的目的虽在方便帝王出行，由于架空而设，也颇宜观眺。这首诗紧扣天子原作的主旨——雨中瞻望长安春景来写。

首联从远望之景落笔。"秦塞"，这里主要指在长安西北的秦故都咸阳，渭水由其南流过。"黄山"即黄麓山，在咸阳西渭水南岸，汉代建有黄山宫。从阁道上西望，秦汉旧迹尽收眼底。渭水萦绕秦京，黄山环抱汉宫。这个拓展开去的阔大景象，不仅使诗的发端磅礴有势，而且秦汉旧迹自然地成为繁荣的盛唐的长安的陪衬，大有"请看今日之域中，竟是谁家之天下"的意味。

颔联回笔到近观。"銮舆"即天子乘舆。"仙门"指宫门，一作

"千门"，意同。乘舆留在阁道上，所以遥居宫柳之上。"迥"是高远之意。"上苑"即上林苑，此借以指唐之苑囿。"回看"犹四望。居高临下，故苑花尽入眼帘。此联实暗点蓬莱、兴庆二宫。

蓬莱、兴庆宫居长安东偏，在秦京汉宫旧迹与阁道之间，即平压地面的繁荣的唐代帝京长安。颈联写其景象。建章宫圆阙上有金凤，称凤阙。繁钦《凤阙赋》："筑双凤之崇阙。"这里用"双凤阙"泛指帝京高大的建筑。上句说帝京宫阙高耸入云，下句言万户千家尽笼细雨。二句鲜明可见帝京的壮丽繁华，而其中弥漫一种风调雨顺、政通民和的气象。"雨中春树"，更平添一股雨露滋润、万物欣欣向荣的气息。

尾联说天子乃是因春季到来，阳气畅达，顺此天道而出游，以行时令，并非放逸游乐，流连风景，深切应制诗颂扬圣德、寓规于颂之意。

应制诗大体以颂德歌功为主导倾向，并以气度雍容、典雅庄重为体，往往写得平庸而乏神采。本诗虽不脱应制的一般体格，但由于诗人有实际生活体会，以及敏锐的艺术感受、高超的表现技巧，写出了帝京长安的生动的画面。诗的前三联通过远景、近景、中景三个层次，勾画出长安踞跱秦汉旧地的形势，帝京雄伟昌盛的峥嵘气象，远至渭水秦塞，近至阁道苑花，中则云阙万户，非常富有立体感。

（孙　静）

敕借岐王九成宫避暑应教

帝子远辞丹凤阙，天书遥借翠微宫。

隔窗云雾生衣上，卷幔山泉入镜中。

林下水声喧笑语，岩间树色隐房栊。

仙家未必能胜此，何事吹笙向碧空。

岐王，唐睿宗之子，名隆范。九成宫，在麟游（在今陕西宝鸡）天台山上。奉诸王之令作诗叫"应教"。"敕"，天子的诏命。天子借九成宫给岐王避暑，诗人奉岐王之命作此诗。据《旧唐书》本传记载，开元、天宝年间，诗人诗名盛于京师，"凡诸王驸马豪右贵势之门，无不拂席迎之"。其中与岐王、薛王过从尤密。

首联叙事，言岐王奉诏离开京城去九成宫避暑。"帝子"，指岐王。"丹凤阙"，泛指帝京宫室。"天书"，天子诏命。"翠微宫"，非实指终南山之翠微宫，而是以"翠微"为形容语，直称九成宫。山气青苍叫"翠微"，九成宫建在山上，以此相称，便微透一股青翠幽静之气，既与题目的避暑相切，又开启下文的铺开描写，有曲径通幽之妙。

颔联、颈联集中写九成宫消暑胜地的景致。白云绕窗，并从户牖的缝罅中偷袭人来，沾惹衣上；卷起帘幔，对镜理妆，山泉的投影即在镜中，则室面悬瀑可知。瀑水投下峡谷，谷在林封树掩之中，透过密林，传来欢声笑语般的哗哗水声；而重重房室都在岩间绿荫之中。四句把"翠微"二字具体形象化，写出一个云拥雾绕、树抱水环的胜境，这还不是如登仙界吗？尾联即顺此以夸耀收结。仙境也未必胜过此地，不必学王子晋成仙了。"吹笙"，用王子晋的典故。《列仙传》载，周灵王太子晋好吹笙作凤鸣，游伊洛之间，被浮丘公接上嵩山。这个典故选择甚妙，恰合"帝子"岐王的身份。

（孙　静）

出 塞 作

居延城外猎天骄，白草连天野火烧。

暮云空碛时驱马，秋日平原好射雕。

护羌校尉朝乘障，破虏将军夜渡辽。

玉靶角弓珠勒马，汉家将赐霍嫖姚。

唐玄宗开元二十五年（737）三月，河西节度副大使崔希逸在青海战胜吐蕃。这年秋天，王维以监察御史的身份奉使出塞宣慰，写下了这首气势雄浑、笔力简劲的七律。

此诗为劳军而作，对唐军的胜利却不更多着墨，而是别出心裁先用一半的篇幅描写交战对手的强悍勇猛。

开篇便写吐蕃在边境打猎："居延城外猎天骄，白草连天野火烧。""天骄"，本匈奴自称，这里用来借指吐蕃，这固然是唐诗借汉喻唐的习见手法，也未始不是对吐蕃气焰骄人、不可一世的形容。匈奴常以校猎为名进行军事演习，所以那白草燃烧、火光冲天的惊心动魄的场面，就不仅表明声势浩大的狩猎活动即将开始，而且意味着一场大规模的军事行动就在眼前。

在以连天野火渲染出紧张的战争氛围之后，次联"暮云空碛时驱马，秋日平原好射雕"进而着笔于人物。游牧民族本善骑射，暮云低垂、空旷无边的沙漠，秋高气爽、牧草枯黄的平原，恰为他们提供了大显身手的场所。只见他们时而纵马驰骋，时而弯弓搭箭，个个雄姿勃发，勇敢剽悍，充分显示了吐蕃军队的雄厚实力。

三联方转入对唐军一方的描写，但诗人既不铺叙交战过程，也不作一字议论，只用白描手法展现了两个典型的战斗场景："护羌校尉朝乘障，破虏将军夜渡辽。""护羌校尉""破虏将军"均汉代武官名，在此借指唐军将士。"障"，即障堡，是筑于要塞的防御工事。这两句虽只从一"朝"一"夜"、一守一攻写来，容量却极大。从中既可见唐军攻守自如、变化莫测的高明战术，更可见唐军将士临危不惧、御边保国的赫赫军威及所向无敌的英雄气概。虽不言战争结局，却预示了唐军之必胜无疑。

行文至此，写慰劳胜利之师已是水到渠成，于结末点出题旨："玉靶角弓珠勒马，汉家将赐霍嫖姚。"诗人将朝廷赏赐的玉剑、角弓、戴着珠勒口的马等物品一一罗列，渲染出一派热闹喜庆的劳军气氛；又将崔希逸比作汉代威震敌胆的嫖姚将军霍去病，褒扬之情溢于言表。

此诗以对敌军的一扬再扬，有力地衬托了唐军的威力，突出了歌颂唐军的主旨。中间两联采用对仗兼有排比的句式，大大增强了诗歌的节奏和气势，不愧是盛唐时期一首出色的边塞诗。（张明非）

积雨辋川庄作

积雨空林烟火迟，蒸藜炊黍饷东菑。

漠漠水田飞白鹭，阴阴夏木啭黄鹂。

山中习静观朝槿，松下清斋折露葵。

野老与人争席罢，海鸥何事更相疑？

这是一首著名的七律，描写辋川山庄优美恬静的田园风光以及自己归隐后淡泊闲适的心境。

前两联写景，生动地再现了辋川久雨景象。"积雨空林烟火迟，蒸藜炊黍饷东菑。"上句写山林空蒙一片，炊烟缓缓升起，这正是久雨未晴、空气潮湿所特有的现象。"空""迟"二字状物传神，极为精妙。下句紧承"烟火"写农家早炊和饷田，从一个侧面展示了农家生活的繁忙有序。七字中连用"蒸""炊""饷"三个动词，一扫积雨可能造成的单调沉闷的氛围，透露出浓郁的生活气息和欢快的情调。

颔联由田家生活转向自然景色。"漠漠水田飞白鹭，阴阴夏木啭黄鹂"，是人所共赏的名句，十四字绘出一幅极其生动优美的图画：远处，苍茫广阔的水田上空飞翔着点点白鹭；近处，浓密的绿阴中不时传来婉转的莺歌。由白鹭、黄鹂、水田、绿阴组成的这幅图画，色彩鲜明和谐，笔墨浓淡有致，动静相映，有声有色，已极富诗情画意。诗人再点染以"漠漠""阴阴"这一对双声字，便倍觉精彩，不仅与"积雨"相照应，而且使意境既开阔又深邃，因此屡为后人所称道。

诗人发现，大自然的优美静谧，特别是从中感受到的农家生活的无忧无虑和白鹭、黄鹂的自由自在，与自己恬淡闲逸的心境是如此和谐一致，所以接下来将笔锋折向自己："山中习静观朝槿，松下清斋折露葵。"身居山中，习养静寂的心性，于木槿的朝开暮落参悟人生的无常，在松下采摘带露的葵菜以供斋食。这既是诗人隐居生活的真实写照，也流露出他闲适淡泊的情趣。

诗人为什么选择这习静参禅、清心寡欲的生活方式并以此为乐呢？末联对此作了回答："野老与人争席罢，海鸥何事更相疑？"这两句各含一个典故，上句出自《庄子·寓言》：杨朱去见老子时，旅舍的人欢迎他，拿凳子给他坐，其他客人也给他让座；待他学成归来，旅客们便不再让座，而与他毫无拘束地"争席"了。下句见于《列子·黄帝》：从前有人住在海边，与鸥鸟相亲相习，他父亲知道了，要他捉几只回来。等他再到海边，海鸥却不飞近他了。诗人化用这两个典故，意在表明自己已经尽去机心，与世无争，可以优游山林了。明乎此，也就不难想到，诗中积雨的辋川山野之所以如此生意葱茏、明丽如画，正是诗人热爱自然、萧散出尘的心境与物境融合为一的结果。

（张明非）

相　思

红豆生南国，春来发几枝？
愿君多采撷，此物最相思。

　　这是一首咏物诗，借咏红豆寄托相思之情。红豆，草本而木质，果实形如豌豆而微扁，其色殷红，晶莹圆润。相传古时有人死在边地，其妻哭于树下而卒，化为红豆，故又名相思子。

　　此诗四句，句句围绕红豆来写。首句以红豆起兴："红豆生南国。"南国，泛指岭南一带，是红豆的产地，也是下文"君"之所在地。次句就红豆发问："春来发几枝？"这不经意的轻轻一问，意味深长，包含着对红豆的关切，红豆春来的生机勃发也跃然纸上。三句承上启下，红豆春华而秋实，故可采撷；而"愿君多采撷"，则是因为"此物最相思"。这末一句既与发端之"红豆"相呼应，又切"相思子"之名，并点出写红豆之作意。

　　古典诗歌中不乏抒写相思之作，托物寓意的手法也并不新奇，然而就是这样一首主题、手法都很平常的小诗，却具有非凡的艺术魅力。这不仅因为其语言凝炼，结构精巧，宛如一件小巧玲珑的艺术珍品，更因为写得风神摇曳，韵致缠绵。诗人借红豆表达相思，又以殷殷叮嘱对方毋忘故人，托出自己的一片相思之情，既自然明快又委婉含蓄；而南国红豆的美丽形象和动人传说，也尤能唤起读者富有诗意的想象。

（张明非）

息 夫 人

莫以今时宠，能忘旧日恩。

看花满眼泪，不共楚王言。

关于这首诗，孟棨《本事诗》中有这样一段记载："宁王宪（玄宗兄）贵盛，宠妓数十人，皆绝艺上色。宅左有卖饼者妻，纤白明媚，王一见属目，厚遗其夫取之，宠惜逾等。环岁，因问之：'汝复忆饼师否？'默然不对。王召饼师使见之。其妻注视，双泪垂颊，若不胜情。时王座客十余人，皆当时文士，无不凄异。王命赋诗，王右丞维诗先成。"

诗人同情弱者，然而，奉宁王之命即席赋诗，为做到既不发违心之论，又不致冒犯宁王，故借历史上息夫人的故事影射现实。仅就选材而言，已显出诗人的独特匠心。

息夫人是春秋时息侯的夫人，楚王闻其美貌，便兴兵灭息，据为己有。她到楚宫后，终日不语，楚王问她为什么，她回答说："我一妇人，而事二夫，纵然不死，又有什么可说的？"饼师妻与息夫人身份虽不相同，遭遇却很相似，故以息夫人为题咏饼师之妻，确实再恰当不过了。

此诗手法高度凝炼，既不铺叙事件，也不展开议论，只就二者的共同特征——不言——加以点缀，便使女子形象跃然纸上。前两句"莫以今时宠，能忘旧日恩"，以今昔对照表现女子不因新宠忘却旧恩的心理活动。后两句"看花满眼泪，不共楚王言"，通过细节刻画女子的外部形态。看花本赏心乐事，却泪水盈眶；楚王如此宠爱，而不与交言。女子内心的极度痛苦自不言而喻。这前后两部分内在联系很紧，前者是人物行为的依据，后者是人物内心情感的外化，二者相辅相成，成功地塑造了一位不慕权势、多情重义的女子形象。而诗人对女子的同情和赞叹，对楚王（亦即宁王）的讽喻也尽寓其中。

此诗托古讽今，怨而不怒，故人称深得《三百篇》之法，无怪在座的文士均为之搁笔。题下小注云："时年二十。"由此可知诗人年轻时代就已经显露出敏捷的才思和不凡的才情。

（张明非）

山中送别

山中相送罢，日暮掩柴扉。
春草明年绿，王孙归不归？

　　这首诗又名"送别"，写离别相思之情，却与寻常送别诗写法不同。诗人对临别这一使人情感动荡的特殊时刻不作一字描述，而是别出心裁，从别后写起。开头便说："山中相送罢。"一个"罢"字，即将别前、别时种种情景一笔带过，而且语气平淡，仿佛并不以眼前离别为意。接下来按通常写法本当抒别后之情，却又宕开一笔，写"日暮掩柴扉"。此举本是山居人家的生活习惯，与送别无关，但此刻读来却别具意味。日暮黄昏和柴门独掩所带来的黯淡凄凉的氛围，多少可以使人窥见一点消息，体味出诗人送友归来日暮独处的寂寞和惆怅。唐汝询《唐诗解》说"扉掩于暮，居人之离思方深"，颇能解个中三昧。

　　《楚辞·招隐士》说："王孙游兮不归，春草生兮萋萋。"写因见萋萋春草而怀念久出未归的远人。"春草明年绿，王孙归不归？"即由此脱化而来，却又翻进一层，而且如从己出。两句诗不唯点明此时正值春天，同时由眼前春草吐绿联想到明年此时春草当再绿，进而想到草绿自有定时而友人归日难期，一片真情蕴于其中。"归不归"的疑问中，既有与友人重聚的憧憬和希望，也有对其久别不归的担心和忧思。

　　此诗以送罢始,以盼归终,虽不言情而惜别之情弥笃,有含而不露、意在言外之妙。此外,诗人如此盼望友人归来山中,似于相思之外,另有寓意。俞陛云《诗境浅说续编》说:"所送别者,当是驰骛功名之士,而非栖迟泉石之人。"联系王维的隐逸思想,可知此说有一定的道理。

(张明非)

山　中

荆溪白石出，天寒红叶稀。

山路元无雨，空翠湿人衣。

　　这首小诗写山中幽景。首句着笔于山间流水。荆溪，又名浐水，源于陕西蓝田县西南秦岭山中，北流至西安，东入灞水。"荆溪白石出"，写溪中白石清晰可辨，足见溪水何等清浅澄澈，这正是天寒的特征。次句"天寒红叶稀"，进而点明时节乃秋末冬初，同时以那尽管稀疏却仍鲜艳如火的片片红叶，给苍山涂抹了点点绚丽的色彩。荆溪、红叶，不过是山中的一角，如何展示它的全貌呢？诗人不多着笔墨，只说："山路元无雨，空翠湿人衣。"然而，从"无雨"却"湿人衣"的感觉中，读者不是分明可以感受到山的无比深幽、山色的空蒙苍翠吗？这两句诗与张旭的"纵使晴明无雨色，入云深处亦沾衣"（《山中留客》）意境相似，然运笔更加空灵。

　　苏轼《书摩诘蓝田烟雨图》说："味摩诘之诗，诗中有画；观摩诘之画，画中有诗。"所谓"诗中有画"，意味着诗人不仅融画法入诗，而且能够发挥诗歌表情达意的特长，熔诗情、画意于一炉。这首《山中》便是如此。前两句写清水白石，苍山红叶，色彩鲜明和谐，景物错落有致，极富画意。但如果只停留在这样的描写上，同前人（譬如富艳精工的谢灵运）便并无多大差别，不能显示王维的特色。正是由于他在这样的画面上进一步点出绿树荫浓、翠色欲滴，才使得这首小诗格外清新隽永，情趣盎然。后两句虽不无画意，但营造的却是丹青难绘的妙境。苏轼对王维做出上述评价时，特意援引了这首《山中》，原因正在于此。

（张明非）

鹿　柴

空山不见人，但闻人语响。

反景入深林，复照青苔上。

　　《旧唐书·王维传》载："（维）晚年长斋，不衣文彩。得宋之问蓝田别墅，在辋口，辋水周于舍下，别涨竹洲花坞，与道友裴迪，泛舟往来，弹琴赋诗，啸吟终日。"王维自编诗集《辋川集》就是这段隐居生活的记录，集中共收与裴迪吟咏辋川景物之作各二十首。这二十首诗"以淳古淡泊之音，写山林闲适之趣"（王鏊《震泽长语》)绘景传神，超妙自然，是王维山水诗和五绝的代表作，《鹿柴》即为其中的第五首。

　　描写清幽静谧的境界，是王维山水诗取材的特色；以动衬静，以有声写无声，又是王维刻画山水小景的绝技。这首《鹿柴》即是如此。诗人要写的是山林黄昏空寂无人的意境，他像其他诗人通常所作的那样，渲染了空寂的氛围，如以"空山""不见人""青苔"等景物构成了一幅寂静无声、色调幽暗的图画；但又有所不同，即在画面上有意点染了声和色。"人语响"，是声；"返景"，是色。耐人寻味的是，这"声"和"色"的点缀不但没有打破原来的阒寂，反而使空山显得更加空旷寂寥，深林也越发清冷幽暗了。这是因为偶尔传来的几声人语不过是空谷之音、幽中之喧，不可能改变空山固有的幽静，就像那转瞬即逝的一缕微弱的阳光，改变不了深林原有的冷色调一样。尽管如此，这微小的变化却对人的视听产生了影响。当人语过后，夕阳消逝，一切复归于平静，山林却仿佛显得更加空寂幽冷了。用这样的手法写景，还会产生一个独特的效果，那就是使景物幽静幽暗而不阴森，这正是王维追求的理想境界。

此诗自然浑成，纯乎天籁，仔细体会，却不难发现它构思精巧，针线细密。如上下两半各有侧重，似不连贯，实则都围绕动和静来写，上半静中有动，下半动中有静；上半写人而不见人，下半写景而人自在其中。内在联系十分紧密。此外，也如黄叔灿《唐诗笺注》所说："'不见人''闻人语'，以林深也。林深少日，易长青苔，而反景照入，空山阒寂，真麋鹿场也。诗细甚。"一首寥寥二十字的小诗，却颇可玩味。

（张明非）

竹　里　馆

独坐幽篁里，弹琴复长啸。
深林人不知，明月来相照。

　　这首诗是《辋川集》中的第十七首。描写诗人在幽静的竹林深处独自弹琴长啸，四周空寂无人，只有皎洁的月光透过竹林照在他的身上。由"幽篁""深林""明月"与"独坐""弹琴""长啸"的幽人所组成的这样一个世界，是如此清幽绝俗，空明澄净。

　　诗仅眼前景、口头语，却有特殊的魅力。《唐诗归》评云："一时清兴，适与景会。"当诗人怀着对官场生涯的厌倦，回到自然的怀抱里，大自然的宁静优美、与世无争，恰可成为他摆脱尘世纷争与烦扰的精神寄托。于是他忘却了一切世情，整个身心沉醉其间，陶然自乐，流连忘返。正因为他与自然已融为一体，所以读者从他的诗里所感受和体味到的，就不只是自然界的幽美静谧，而更有诗人超尘脱俗、宁静恬淡的心境。

　　此诗乍读似纯然天籁，细味则可见其中之匠心。如以"人不知"、唯有"明月来相照"传出首句"独坐"之神；以"弹琴复长啸"的声响托出一片静境；"明月"既是幽林夜景不可或缺的有机部分，又暗示了时间悄然流逝、诗人"独坐"之久。凡此种种，都表明诗思的细密，不过是大匠运斤、不露斧凿之痕而已。　（张明非）

辛 夷 坞

木末芙蓉花，山中发红萼。
涧户寂无人，纷纷开且落。

　　辛夷坞是辋川别墅的一景，因坞中有辛夷树而得名。此诗是
《辋川集》中的第十八首，描写辛夷花在寂静的春山中自开自落的
情景。

　　前两句写花开。"木末"，即树梢；"芙蓉花"，借指辛夷花，
因其形状、颜色似芙蓉，故称。两句诗说的不过是山中辛夷花
发，大朵的红花绽开在树的梢头，读者却由此可以想象出辛夷花
开的繁茂，花朵的鲜丽，并进而联想到春山的色彩斑斓和生机
蓬勃。

　　如此盛开着的辛夷花，面对的却是一派空幽静谧，涧崖相向似
门户，辛夷花就在这幽邃深峭的山谷中纷纷开放之后，又纷纷落
下。这就是三、四句"涧户寂无人，纷纷开且落"所展示的意境。

　　诗人笔下的辛夷坞，不只是一个"空山无人，水流花开"的风
景幽美的所在，而且是一片与世隔绝、自成一统的天地。这里没有
任何外界的干扰，一切都仿佛是静止的、无声的，一切又无不按照
自身的规律在运动着，春去春来，花开花落，是那么自然和谐。这
其中显然蕴含着某种哲理，大千世界、万事万物莫不像自开自落的

辛夷花一样生生灭灭，这既是诗人从这一静谧空灵的境界中悟出的，也是他想要昭示于读者的。后世的读者或许不会赞同他诗中的禅理，却不会不赞赏他以那无比幽淡而富有远韵的笔墨所描绘的动人境界，更不会不赞叹他那以禅入诗而浑然无迹的高超艺术。

（张明非）

鸟 鸣 涧

人闲桂花落，夜静春山空。

月出惊山鸟，时鸣春涧中。

这是《皇甫岳云溪杂题》五首中的第一首，这组诗描写皇甫岳别墅中的景色。皇甫岳是王维的朋友，云溪是他别墅的所在地。

这首诗描写春山月夜的幽美景象。作者旨在写静境，却有意打破常规，纯用动境处理。从"花落"到"月出"，再到山鸟的"惊"和"鸣"，无不有动有声。然而正是通过这样的动态和声响，有力地衬托出"人闲""夜静"和"山空"，这便是齐梁诗人王籍《若耶溪》中"鸟鸣山更幽"所说的动与静的辩证关系。试想，连桂花开落这样通常不易觉察的细微变化，诗人都注意到了，岂不是"人闲"？无声无息的月出竟会惊动山鸟，山涧的空寂幽静更可想而知。几声鸟鸣之后，春山显得更加幽寂。"寓静于动"，"寓无声于有声"，是此诗也是王维山水诗独特的表现手法。对大自然声响和动态的捕捉及描绘，构成这类诗最富有魅力的一部分。

用这样的手法创造出来的意境，既单纯优美又不寒俭枯涩，既安恬平静又不死气沉沉，既绝少人迹又不幽僻枯寂。这样的艺术效果，是那些一味突出"静"和"无声"的描写所难以达到的。这是因为王维笔下的动态和声音本身就是他所描绘的静境中的有机组成部分，同时又充满着情趣和生机。例如这首诗里的"花落""月出""鸟鸣"就足以构成有声有色、清幽迷人的境界，更何况这一切还发生在富有诗情画意的春夜里、空山中，极易使人联想到春山的幽旷、桂花的馨香、月光的清朗、鸟鸣的悦耳，从中充分领略到大自然的静美，获得独特的美的享受。

（张明非）

田 园 乐

采菱渡头风急，策杖村西日斜。
杏树坛边渔父，桃花源里人家。

　　《田园乐》一作《辋川六言》，共七首，生动再现了辋川的风景人物及诗人的隐居生活和闲情逸致，这是其中的第三首。

　　此诗两两成对，谓之全对格，是六言绝句的特点。前两句描绘诗人由"渡头"到"村西"的行动轨迹，从中展示了他"采菱"和"策杖"而行两个生活场景。"风急"和"日斜"两种自然景色的点染，一则勾画出人物活动的背景，同时借一动境与一静境造成的反差，衬托出诗人愉悦欢快和悠然自适两种不同的情态。

　　如果说前两句着笔于诗人自身，那么后两句便是诗人望中所见。"杏树坛边渔父，桃花源里人家。"这里展现的显然不只是两幅色彩鲜明、境界优美的图画，诗人还借助于典故赋予它独特的意境和丰富的蕴含。上句见于《庄子·渔父篇》："孔子游乎缁帷之林，休坐乎杏坛之上。弟子读书，孔子弦歌鼓琴。奏曲未半，有渔父者，下船而来，须眉交白，被发揄袂，行原以上，拒陆而止，左手据膝，右手持颐以听。"诗人化用这一典故，不独暗示出渔父乃情趣高雅的隐士，连人物那潇洒安闲的意态也使人历历如见。下句采用尽人皆知的桃花源的典故，它极易唤起读者对陶渊明笔下美丽的世外桃源的丰富联想，眼前浮现出既幽美静谧又生机盎然的美好图景。正是如此不同凡俗的人物和优雅的环境，构成了辋川的独特魅力。

此诗四句，宛如四幅独立的小景，组合在一起，又是一幅意境浑成、充满幽闲野趣的田园风景图画。不唯渡头、村庄、渔父、人家极富画意，就连诗人自己也成为其中不可或缺的画中之人。

（张明非）

九月九日忆山东兄弟

独在异乡为异客，每逢佳节倍思亲。
遥知兄弟登高处，遍插茱萸少一人。

这首诗是王维十七岁旅居京华时所作。它朴素而动人地抒发了自己在重阳佳节，思亲怀乡的真实感受和深挚感情。

首句开门见山，点出自己是在他乡做客。以一个"独"字领起，继而连用两个"异"字，有力地表现了诗人孤独无依的处境和心理。虽只是叙事，浓重的乡情已蕴于其中，并为以下抒写对亲人的思念营造出特有的氛围。

次句承上写思亲之情，看似平淡无奇，却有着极大的容量和深刻的内涵。在传达诗人此时感情的同时，暗示平日也无时不有的思亲之情；而且更准确、凝炼地表达了每次佳节在一切远离家乡的游子心中，所唤起那种普遍的感受。这种感受是人人都曾有过而谁也不曾说出的，因而一经作者道出，便成为万口传诵的名句。千载之后，当人们作客他乡的时候，仍然会情不自禁地吟诵它，强烈地感受到那超越时空的艺术化的普遍感情。

三、四句出人意料地将境界一转，从眼前所居的长安转到千里之外的家乡。他仿佛看到，此时此刻家人们正在登高，每个人都插戴着茱萸，他们正在牵挂、思念远在他乡的自己。不去具体表现自己如何怀念亲人，而从对面落笔，说兄弟在怀念自己，这已是一层曲折，这一意思却也不直说，只用"遍插茱萸"同"少一人"相对照，曲曲传出家中亲人对"独在异乡为异客"的自己的思念，这又是一层曲折。这样写，不仅表现了两地的相忆之情，而且是上文"倍思亲"感情的深化，作者对亲人的深情体贴也见于言外。

刘熙载说："诗能于易处见工，便觉亲切有味。"(《艺概·诗概》)此诗的魅力正在于此。

(张明非)

送元二使安西

渭城朝雨浥轻尘，客舍青青柳色新。

劝君更尽一杯酒，西出阳关无故人。

在古代难以计数的送别诗中，《送元二使安西》是极负盛名的一首。此诗入乐以后又名《阳关曲》或《阳关三叠》，在当时就广为流传，至今仍历久不衰。

前两句写景。清晨，微雨过后，咸阳古道上纤尘不扬，路旁客舍掩映在青青如洗、依依新绿的柳色之中。这两句明写春景，暗寓离别，其中不唯杨柳是离别的象征，"轻尘""客舍"也都暗示了旅人的行藏，巧妙地点出了送别的时间、地点和环境。这里景物清新开朗，对离别只是轻点暗逗，不事渲染，为即将到来的送行场面创造出虽然微蕴神伤、却清明无垢的氛围米。

后两句点题。诗人别具匠心地借别筵将尽、分手在即时的劝酒，抒发了对友人的一片深情。"劝君更尽一杯酒，西出阳关无故人。"二句看似脱口而出，却意挚情深，韵味深沉。一个"更"字，不仅写出临别时的恋恋不舍、难分难别，而且使人想到此前的频频祝酒、殷殷话别。末句更是"含不尽之意，见于言外"。试想，西出阳关已无故人，安西之远又在阳关之外，友人更何以堪！况且，西出阳关又岂止是"无故人"而已，眼前的一切，包括如此美好的渭城风物，不是统统见不到了吗？再说，"无故人"的又何止是远行的友人，诗人自己不也为身边少了一位故人而深深地感到惋惜和遗憾吗？两句诗将惜别、留恋、体贴、关切、祝福等种种情感尽寓其中，既真率动人，又耐人咀嚼。

此诗高度凝炼地表现了人们在分别时的一种普遍心理和情感，极易唤起读者曾经有过的生活体验和感情共鸣，因此常常在别席离筵上被吟诵。

（张明非）

送沈子福归江东

杨柳渡头行客稀，罟师荡桨向临圻。
惟有相思似春色，江南江北送君归。

这首诗是作者送别友人沈子福归江东之作。

首句写别时情景。"渡头"，乃分别之地；"杨柳"，既是眼前实景，又是离别的象征，同时暗示节候，为下文写"春色"伏笔；"行客稀"，以渡头之岑寂衬托别离之凄凉。次句点题，写友人乘舟而去。"罟师"，乃渔夫，这里借指船夫；"临圻"，即题中之"江东"，指长江下游以东一带。在这幅江干送别图中，不仅景物透露出作者的情思，就连局外的"行客""罟师"，也莫不被牵入局中，以其漠不关心反衬出作者的依依别情。

友人渐行渐远，作者目注神驰，惜别之情不能自已，于是生出奇想：如果自己无尽的相思能像眼前这无边的春色一样，与友人相伴相随，那该有多好！"惟有相思似春色，江南江北送君归。"这三、四两句将眼前景物与心中情感结合在一起，联想既自然巧妙，比喻又生动贴切，确是妙手偶得的佳句。这样写，不唯将抽象的不易捉摸的感情化为具体可感的形象，而且使读者从遍于大江南北无所不至的春色中，体味出作者真挚浓厚的一片相思之情。况且，如此美妙的春色，"惟有相思"差可比拟，作者心中这一份感情的美好自不言而喻。

此诗意境开阔，景物鲜明，将送别写得一往情深而又热烈奔放，正是典型的盛唐之音。

（张明非）

裴　迪

裴迪，生卒年不详，关中（今陕西）人，一说绛州闻喜（今山西运城闻喜）人。王维的好友，开元末、天宝初同隐终南山。四十后随王缙入蜀，与杜甫交往，有诗赠答。诗风清淡，擅五言，与王维相近而精丽空灵不若。《全唐诗》录存其诗二十九首。

（展望之）

宫槐陌

门前宫槐陌，是向欹湖道。

秋来山雨多，落叶无人扫。

　　裴迪似乎是王维的影子，提起王维总要想到他。他留下二十九首诗，有二十二首与王维有关。

　　王维于天宝初买得前辈诗人宋之问的蓝田别墅，改建成辋川山庄，与裴迪"浮舟往来，弹琴赋诗，啸咏终日"（《旧唐书·王维传》）。幽庄有名胜多处，王、裴各赋五言绝句二十首，互为唱和，以歌咏其优美景色。

　　王维这二十首小诗，融禅机画意，是一组颂扬大自然恬静之美的乐曲；裴迪的和诗，就像一连串零落、微弱的回声，用他的平淡衬出了王维的空灵。但在二十首中也不乏杰出者，有的甚至超出了王维。

　　这首《宫槐陌》即如此。王诗云："仄径荫宫槐，幽阴多绿苔。应门但迎扫，畏有山僧来。"显得较为枯涩滞重；而裴迪的诗，倒更能表现他们共同追求的那种在孤独、寂寞中的超逸与闲静的审美情趣。古老的宫槐，像一本无声的历史书，守着沉默，阅尽人间沧桑。春风吹绿叶子，秋雨又打落它们，纷纷洒洒，像泪，像叹息，飘零堆积，无人扫除，一片叶子就是一个故事。境中无人，诗人站在画框外面，指着画面对我们这样叙说。

　　古人作五绝，意境要疏淡、古朴，期待有识者细细品味。这首诗正是这样。

（展望之）

祖 咏

祖咏，生卒年不详，洛阳人。开元十二年（724）进士，张说在并州（今山西太原）时，任别驾之职。与王维友善，相交三十年。后隐居汝水之间。诗描写精微，善于形容，气氛和平淡荡。贺裳在《载酒园诗话》中说："读祖咏诗，如坐春风中，令人心旷神怡。"

（黄　明）

江南旅情

楚山不可极，归路但萧条。

海色晴看雨，江声夜听潮。

剑留南斗近，书寄北风遥。

为报空潭橘，无媒寄洛桥。

祖咏游历江南，至今江西南昌一带作此诗，唐时江西属江南西道，故诗题称"江南旅情"。

楚山即楚地之山，舟至荆楚，云山无极而归路漫漫，诗人不胜离愁乡思，故起联先见怅惘之意。颔联继写旅途见闻。古人以长江中下游水面空阔，称之为海，江上天晴，碧涛阵阵，须臾云起，雨从天降，水势顿长；入夜，江潮更生，舟中卧听，这江景江声似乎是旅人烦扰的心思。"剑留南斗近"，据古代星野说，江西属南斗。

晋时张华见斗牛间有剑气，嘱雷焕寻觅，果于南昌附近丰城得宝剑，此句用此典，言行行已近南昌一带。"书寄北风遥"，用古诗"胡马依北风"，申足远游虽胜而故乡更行更远之复杂心态。尾联就此生发，而暗用屈原《橘颂》。"为报"即"因告"。诗人见到一丛江南丹橘临照空潭，坚贞澄明，于是对它说，自己为仰前修、慕英姿而有此江南之游，然而又有谁能为我捎信到家乡洛阳呢？乡思之中仍含蕴着英发之气。

（黄　明）

望 蓟 门

燕台一望客心惊，箫鼓喧喧汉将营。

万里寒光生积雪，三边曙色动危旌。

沙场烽火连胡月，海畔云山拥蓟城。

少小虽非投笔吏，论功还欲请长缨。

此诗写作年代不详。蓟门，又称蓟丘，今北京德胜门外，是唐代军事重镇。燕台，即黄金台，故址在今河北易县东南，战国时燕昭王筑台招纳天下贤士。古称燕赵多慷慨悲歌之士。诗人登燕台之先，已有感于古豪杰的英雄事迹，登台览望，山川雄丽，军营威武，故一望而惊。二、三、四三句便紧扣"惊"字展开。箫鼓喧天，军乐嘹亮，汉营中一片蓬勃振奋景象。三句极目远望，白雪皑皑，覆盖山川。积雪上射出的一片寒光，照目生眩，凛然生威。四句举目上望：天空晨曦初现，朝霞满天。"三边"，指幽、并、凉三州。蓟门为幽州首府。营寨上空高悬的旌旗，在晨风中飘动，分外精神。"危"，形容旌旗高悬。此三句皆望中所见，"客心惊"之内容。颈联则剖析"客心惊"的缘由。"烽火连胡月"，战火之光，直逼边塞之月，表示战争正在激烈进行中。"蓟城"，即蓟门，地近渤海，海上吹来的云雾，缭绕群峰，环抱蓟城。喻蓟城地势险要，是重兵扼守的军事要冲，与上文"箫鼓喧喧"句呼应。两联写景雄丽。此时，诗人身处燕台，心已驰往蓟城，极为自然地转入尾联。"投笔吏"，后汉班超少年时家贫，为官府抄书谋生。一日投笔叹曰："大丈夫当立功异域，以取封侯，安能久事笔砚间！"后立功西域，封定远侯。"请缨"，汉武帝时南越反，终军请求出使，曰："愿受长缨，必羁南越王而致之阙下。"缨，长绳。

此诗起句挺拔，中两联雄大壮阔，刻画入微，显示盛唐时国势的强盛与必胜的信心。尾联用典稍觉俗滥，但还是表示了投笔从戎、为国建功的心愿。金圣叹《唐才子集》评曰："此诗已是异样神彩。乃读末句，又见特添少小二字，便觉神采再加十倍。"（黄　明）

终南望余雪

终南阴岭秀，积雪浮云端。
林表明霁色，城中增暮寒。

　　唐以诗赋取士，《终南望余雪》为开元十二年（724）进士试题。由于限制多，思想受束缚，试题诗历来少有佳作。祖咏此诗却是例外。

　　终南山，在长安以南约六十里处，高大雄峻，为关中名胜。由长安遥望，正是山之北麓，即"阴岭"。阴岭少见阳光，方有积雪。"秀"形容山岭曲折起伏。首句五字，紧扣诗题。终南山在六十里外，远望只是一片青蒙，山色若有若无。山势因积雪而显明，积雪因阳光映照而生辉，现于云端之上，云飞而山不移，"浮"字写得十分精切，愈显山峰之高，积雪山峰之美。第三句进一步写雪。"林表"，林外。"霁"，雨雪止为霁。天开雪霁，低坡向阳之处，树林之上，阳光映照，分外清晰。第四句回写城中。城中已经入暮，终南高峰却仍被夕阳映照，雪光闪闪，分外明亮，寒意直逼长安。"增暮寒"形容积雪的寒威。

　　试题诗限定六韵十二句，祖咏仅写四句便交卷。试官讶而问之，他答道："意尽。"确实如此，这四句诗已将终南余雪刻画入微，无以加之了。

（黄　明）

孙　逖

孙逖（696？—761？），博州武水（今山东聊城）人，幼依其父之外祖家寓居巩县（今属河南）。开元初，应哲人奇士举第一，授山阴（今浙江绍兴）尉，历左拾遗、左补阙，累官考功员外郎，取颜真卿、李华、萧颖士、贾至、李顾等，皆海内名士。开元二十四年（736），拜中书舍人。天宝中，判刑部侍郎，改太子左庶子。以疾沉废累年，转太子少詹事。上元中卒，谥曰"文"。善诗工文，尤长制语，有集三十卷，已佚。

（李云逸）

春日留别

春路逶迤花柳前，孤舟晚泊就人烟。

东山白云不可见，西陵江月夜娟娟。

春江夜尽潮声度，征帆遥从此中去。

越国山川看渐无，可怜愁思江南树。

　　这是一首赠别诗，告别的对象是越中的山川，当作于开元八年（720）、九年作者自山阴尉入朝为秘书省正字时。北人宦游江南，深赏其山明水秀，今将远别，不禁依依，遂为此诗。

　　诗凡八句，一、二叙水程与晚泊，三、四写泊舟时所思所见，五、六记翌日拂晓启航北上，七、八抒告别越地的惆怅之情。诗人择取舟行后、即将离开越地之时抒写，始则绿水曲折、"花柳"迷人，已隐含眷恋之情；继则伫立“孤舟”，思“东山”，（谢安隐居处，在浙江上虞）之“白云”，望“西陵”（渡口名，在浙江萧山）之“江月”眷恋之情愈浓，至于夜不能寐；嗣后是夜尽潮平，黎明启航，心中自念，“征帆”一“去”，江南胜景从此“遥”矣；最后是渐行渐远，频频回首，“越国山川”终于在视野中消失，眷眷之情不能自禁，遂迸爆为“可怜愁思江南树”七字。随着昼—夜—昼的推移，和航行—止泊—再启航的变换，眷恋之情也经历了隐—显—极显的变化。结构自然而细密，情感反复渲染而逐步深化，极有层次。

此篇佳处在意象浑成，造语概括，醇厚含蓄。比如暮春时节，江南胜景何限，而诗人独拈“花柳”二字，却也足使人想起丘迟的名句；首句看似叙述水程，但爱赏怜惜之情自在其中。再如，诗人年未弱冠制举及第，作尉山阴，若耶溪、云门寺、禹穴、越台、鉴湖、兰亭，无不留下了诗人的足迹，吴越著名文士贺朝、万齐融，诗人也曾与其诗酒唱酬；这一切，诗中只以“东山白云”“西陵江月”二语概之，虚实结合，以少总多，却也蕴藉深婉，写出多少怀恋之情。

孙逖“幼有文，属思精敏”（《新唐书》本传），援笔成篇，词理典赡，先后为雍州长史崔日用、吏部侍郎王丘所赏识，一代文宗张说“尤重其才”（《旧唐书》本传）。然而他在开元中实不以诗名，其最为人称道者，为在中书省所草之制敕。不过，这首《春日留别》确是佳构。四句一组一换韵，与卢、骆正类似，但不重对偶；净洗铅华，朴素自然，却又透露出盛唐气息，典型地表现出七古在初盛唐之际的过渡性特色。

（李云逸）

崔　颢

崔颢（？—754），汴州（今河南开封市）人。开元十一年（723）进士。天宝中，官尚书司勋员外郎。以诗才著称。性好饮赌，为时论不满。早期诗体浮艳，后漫游各地，足迹遍于大江南北，最后从军东北边塞，诗风一变为雄浑豪宕。殷璠编《河岳英灵集》，说他"晚节忽变常体，风骨凛然，一窥塞垣，说尽戎旅"。《全唐诗》编存其诗一卷。　　　　　　　　　　　　　　　　　　（黄　屏）

黄　鹤　楼

昔人已乘黄鹤去，此地空余黄鹤楼。

黄鹤一去不复返，白云千载空悠悠。

晴川历历汉阳树，春草萋萋鹦鹉洲。

日暮乡关何处是，烟波江上使人愁。

　　这是一首千古擅名的览胜抒情之作。

　　黄鹤楼，旧址在湖北武昌蛇山（又名黄鹤山）黄鹤矶上。传说古代仙人子安乘黄鹤过此（《齐谐志》）；又云费文祎登仙后，曾驾鹤于此休息（《太平寰宇记》），因而得名。诗人即借以起兴，抒发了登临吊古、思乡怀土的心情。

　　崔颢一生仕途坎坷，空负才名，长期飘泊。所以当他登上黄鹤楼时，由望云而思仙，觉鹤去而楼空，不禁联想到古人已逝，岁月不再，然天际白云，悠悠千载，依然如故，于是对人世的茫然，发出深沉的慨叹。两个"空"字深刻反映了诗人对人世的虚无、空幻之感。后两联，诗人由遐思回到现实，观览楼前景物，心境逐渐平和，语气转向舒缓。其视野所及，从远渐近；举首望晴空，大江对岸的汉阳绿树，清晰可见；低头看江中，鹦鹉洲上芳草萋萋，春意盎然。然而景物虽好，游子客旅，毕竟归思难收。末联即以遥望故乡，但见暮霭沉沉，烟波江上，乡关难觅，勾起无限愁绪作结。

这首七律以流利自然取胜，风格奇俊。前两联起势非凡，奔腾直下。诗人不拘对偶，且"黄鹤"两字重复出现，三句连用六仄，四句连用五平，当是信手写来，一气呵成，实为七律中所罕见。后半联转为律调，但文势却从头直贯到底，转、合自然。颈联对仗工整，"春草萋萋"用《楚辞·招隐士》"王孙游兮不归，春草生兮萋萋"之典，自然妥帖。唐人七律由歌行体蜕出，至武后、中宗时期大抵定型。本诗以古入律，正见七律形成前期的过渡痕迹。

相传李白后登此楼，本拟题咏，因见此诗而搁笔，有"眼前有景道不得，崔颢题诗在上头"之叹（《唐才子传》）。虽未必实有其事，然李白《鹦鹉洲》和《登金陵凤凰台》两诗，确有拟此作的痕迹，可见他对此诗的喜爱。

（黄 屏）

行经华阴

岧峣太华俯咸京，天外三峰削不成。

武帝祠前云欲散，仙人掌上雨初晴。

河山北枕秦关险，驿路西连汉畤平。

借问路旁名利客，何如此处学长生。

这诗当为崔颢在唐开元十年（722）进士及第前，赴试路经华阴时作。华阴（今陕西华阴东南）位于华山之北，诗中的太华，即西岳华山，它耸立于华阴县南八里，东距长安一百八十里。咸京，本为秦都咸阳，唐代人多用以代指长安。三峰指华山的芙蓉、明星、玉女三峰。相传华山为巨灵神所开，其手迹尚存华山东顶峰，五指俱全，因称华山东峰为仙人掌。汉武帝观仙人掌时立巨灵祠以祭之，即为武帝祠。秦关，指秦潼关。汉畤，在长安北面的雍县；畤是古时祭天地五帝的固定处所。秦文公曾在雍县作鄜畤，到汉高祖作北畤止，这里共有五畤。以上各处均为长安附近的名胜。

此诗前六句全写景。远景、近景、实景、虚景，写来层次分明。首联是远眺，总摄华岳横空出世之态和奇崛之势。起笔形象突兀，极写华山之高峻，"俯咸京"一语既点明华山的地理位置，又显示华山对京都的压顶之势。次句借三峰进一步描绘华山的神奇，

"削不成"道出山峰的形成全赖鬼斧神工，绝非人力所能为，暗点为巨灵所开的传说。颔联是近摄，"云欲散""雨初晴"，通过气候的变化使眼前的景色更为绚丽多彩。颈联是想象，诗人由眼前的无限风光而浮想联翩，借目不可及而意可独到的一些名胜古迹来展示华山的背景，显得壮阔宏伟。上句谓华山北枕潼关、黄河之险；下句说华山西面驿道相连，越长安，延展到雍县汉五畤。"险""平"两字意蕴丰富，不仅说明华山地处要害，诗人更由此想到历史演变、世事沧桑、人生短暂。秦关纵险，难保国运；汉盛一时，汉畤已平。慨叹中思想如江河陡转，引出末联的发问，是诗人寄意所在。见西岳华山的崇高和仙迹灵踪的可寻，觉悟到时空无尽而人生如寄，何苦再在仕途上坎坷奔波，追名逐利？不如就在华山学道。问人自问，嘲人自嘲，寄慨中微寓谐谑之意，读来自有奇趣。

（黄　屏）

长干行

（四首选二）

君家何处住？妾住在横塘。
停船暂借问，或恐是同乡。

家临九江水，来去九江侧。
同是长干人，生小不相识。

长干行（或题长干曲）是南朝乐府《杂曲歌辞》的旧题，内容多述江南水上生活及男女情爱。长干，地名，遗址在今江苏南京市秦淮河之南。其地为狭长的山冈，吏民杂居，号称长干里。原作共四首，采用联章体，通过一对青年男女的互为对答，反映他们萍水相逢、相恋的过程。这里选取的是前两首。

第一首为女子问语。起句单刀直入，女子遥问男子故居，不待回话，又接着自报家住横塘（在今南京市西南，与长干相近），两句话惟妙惟肖地写出了小女儿的热情、天真、坦率的性情。三、四两句是前两句的补充说明。"停船""暂"点明江中偶逢。末句说明女子发问的原因，是忽闻乡音，急欲认同乡。读者可以想象这一女子长期离乡背井，过着孤寂无伴的水上生活，多么希望能遇上一个可以亲切共语的人，来疗治自己的思乡之情。

第二首为男子答辞。前两句诉说自己自幼飘荡在外。九江，这里泛指长江下游，古时相传长江流至浔阳（今江西九江）分为九派（九支）。后两句惋惜虽是同乡人，却幼小不相识，言外之意有相见恨晚之感。

这两首抒情小诗用南朝以来吴歌之体，出之以生活语言，朴素、自然、清新。其用笔似直而曲，似近而远，令人品味、启人想象。文字则高度凝炼，短短数十字，蕴涵了极丰富的内容。

清王夫之曾以此诗为例，说短诗有"咫尺万里之妙"，并指此诗"墨气所射，四表无穷，无字处皆其意"（见《夕堂永日绪论》）。

（黄　屏）

崔国辅

崔国辅（生卒年不详），青州（今山东益都）人。开元十四年（726）进士，授山阴（今浙江绍兴）尉，历许昌（今属河南）令、左补阙、起居舍人，累迁集贤直学士、礼部员外郎。天宝十一载（752）四月，坐是王铣近亲，贬竟陵郡（治沔阳，今属湖北）司马。为诗"婉娈清楚，深直讽味，乐府数章，古人不及也"（《河岳英灵集》）。 　　　　　　　　　　　　　　　　　　　　（李云逸）

从 军 行

　　　塞北胡霜下，营州索兵救。
　　　夜里偷道行，将军马亦瘦。
　　　刀光照塞月，阵色明如昼。
　　　传闻贼满山，已共前锋斗。

　　这是一首边塞诗。其发端突兀，劈头就说，东北边地，发生了紧急军情：胡人来犯，营州（治所柳城，今辽宁朝阳。其地"西北接奚，北接契丹"，为唐东北边防重镇）吃紧，守军求援。寥寥十字，即写出边塞之僻远，气候之寒冷，形势之紧急，造成危迫严峻的氛围，以笼罩全诗，引起悬念，为下文的驰援赴敌做好铺垫。

　　二、三两联正面描写唐军驰援营州，画出一幅"月夜行军图"。"偷道"，即乘敌不备，偷越敌人阵地，当然最好是在漆黑的夜晚；

然而偏偏有月，照耀如同白昼，这就给行军增加了困难。但为了救援营州，也就顾不得许多了。将士个个衔枚疾走，星夜兼程，连将军的马也累瘦了。

末二句用侧面描写。在明月照耀之下，大部队要"偷道"而不被发觉，是很困难的。果然，前边传来消息说，敌人满山遍野，气焰甚炽，我先头部队已经接敌，战斗已经打响了。

诗凡四十字，分告急、驰援、接敌三个层次，在贯穿始终的紧急、艰险的基调上，逐次推向高潮，生动地再现了唐代边防军人守土御边战斗生活的一个片段。通过将士们不畏艰险、勇敢赴敌，表现了盛唐军人高度的爱国主义热忱。作者用笔简括省净，含蓄传神。比如，只说"将军马亦瘦"，而行军之急速、战士之饥渴劳顿，已不言自明。又如"刀光映塞月，阵色明如昼"二句，只写视觉形象，则可见军纪严明，"赴敌之兵，衔枚疾走"，不闻喧哗，烘托出一派肃穆紧张的气氛。诗结在"传闻贼满山，已共前锋斗"上，则即将发生的一场大战、苦战以及战争之必胜前景，自可思而得之。如此结尾，能给读者留下想象的余地，是颇具匠心的。全诗押去声"宥"韵，疾促凌厉，在渲染战争气氛方面，也发挥了很好的作用。

（李云逸）

小长干曲

月暗送潮风，相寻路不通。
菱歌唱不彻，知在此塘中。

这是一首歌唱爱情的乐府诗。小长干，里名，在建业（今南京）南。诗写南国水乡的民俗风情。

首句写景，是扬。入夜，月色朦胧，一阵阵送潮风（海水退潮时的风）自天边吹来，使人心旷神怡，这正是情人约会的好时刻。次句叙事，是抑。小伙子去寻访心爱的姑娘，可惜"路"却"不通"。路不通，可以解作不是真的道路阻断。而是说初恋的小伙子害羞，怕见女子的亲属，不便径到她门前，呼唤她出来，这可叫小伙子作难了。第三句仍是叙事，诗意发生转折，是复扬。小伙子正在踌躇窘急之际，耳畔忽然传来一串清脆的菱歌声。末句是心理描写，是再扬，于是诗意达到了高潮。小伙子凭着熟悉的歌声，迅即做出判断：那唱歌的人儿，可不就是"她"吗？你听那一支支唱个不停的菱歌，不是分明在告诉我，她正驾着采菱船，在这个池塘里等待着我吗？小伙子终于得到情人讯息时的一阵激动，一阵狂喜，洋溢在字里行间。

当然，"路不通"也可理解为月暗水曲，觅路不得。这时菱歌不住传来，小伙子知道姑娘在此塘中，却唯闻其声，不见其人。想来他要急得"搔首踟蹰"了。其意略同于《诗经·蒹葭》。两种解读，是唐诗中常有的歧义现象，请读者仔细讽诵，自可见仁见智。

（李云逸）

古　意

净扫黄金阶，飞霜皎如雪。
下帘弹箜篌，不忍见秋月。

　　这是一首宫怨诗。"古意"，是拟古的意思。

　　诗前半写景。在建筑精美而又打扫得十分干净的宫殿的阶前，满目都是洁白如雪的"飞霜"。"黄金阶"是夸饰，极言建筑的华美。因为有明月朗照，自天而降的"飞霜"愈显得皎洁了。此二句看似单纯写景，但实际上"一切景语皆情语也"。盖霜露皎洁既借喻这宫殿的主人——宫女人品的美好纯洁，也透出若干凄冷的气氛，烘托出她那寂寞凄清的心境；"黄金阶"，则又以物质生活的雍容华贵，来反衬出精神世界的空虚匮乏。

　　诗的后半写主人公的行动和心理。在这月白霜清之夜，这位宫女却是形单影只，无心赏月；非但无心赏月，她简直就不忍看见那一轮秋月。因此，她放下窗帘，遮蔽了月光，独自坐在黑暗里弹奏箜篌。为什么"不忍见秋月"呢？诗人不肯明说，要让读者思而得之。原来"伤心人别有怀抱"，宫女之所以不忍见月者，当因月圆而人独分离（失宠见弃是分离，抛别父母也是分离），月满而人间事独难圆满，望月只会愈加伤怀，所以宁愿下帘独坐，以箜篌排遣那无可告诉的悲愁。

　　这首小诗笔墨简净而形象鲜明，意境玲珑而含蓄婉转，不言怨而怨情无限，诚所谓"不着一字，尽得风流"（司空图《诗品》）。

（李云逸）

高　适

高适（700？—765），字达夫。史称渤海蓨（今河北景县南）人，系举其郡望，真实籍贯不详。早年随父旅居岭南，二十左右至五十岁前，客宋中（今河南商丘）。天宝八载（749）有道科及第，授封丘（今属河南）尉。未几，哥舒翰表为掌书记。安史乱起，迁侍御史、谏议大夫，旋除淮南节度使。以中贵之谮，改太子少詹事，出为彭（今四川彭县）、蜀（今四川崇庆）二州刺史。宝应二年（763）拜剑南西川节度使。翌年召为刑部侍郎，转散骑常侍，卒。高适是盛唐杰出的诗人。其诗风骨遒劲，沉厚雄浑，诸体兼擅，而尤长歌行，与岑参齐名，世称"高岑"。有《高常侍集》。　　　　　　　　　　　　　　　　（李云逸）

蓟中作

策马自沙漠，长驱登塞垣。

边城何萧条，白日黄云昏。

一到征战处，每愁胡虏翻。

岂无安边书，诸将已承恩。

惆怅孙吴事，归来独闭门。

　　高适是一位常怀兼济之愿、颇以功名自许的诗人。济代安邦，富国强兵，从而使"勋烈垂竹帛"（《三君咏》），乃是他梦寐以求的理想。然而他的人生道路却极为坎坷，前半生沦落不遇，迟至五十岁时，始得以制科及第，解褐为封丘尉。

天宝（742—755）中期，已经做了三十几年皇帝的唐玄宗年事已高，治政倦怠，遂委朝政于李林甫，军事上则倚重东北、西北两大强藩——安禄山与哥舒翰，自己一味沉溺声色。边镇于是拥兵坐大，外重内轻，局势甚为危殆。安禄山利用玄宗晚年好大喜功的心理，每每轻启边衅，邀功取宠；数年之间，即由营州都督、平卢军使升任平卢、范阳两镇节度使（不久，又兼河东节度使），拥雄兵十数万，图谋反叛。朝野有识者无不为之寒心，玄宗却对他坚信不疑。

天宝九载（750），高适以县尉身份遣送戍兵赴青夷军（范阳节度使所辖，驻妫川郡城内，在今河北怀来县东）。这已是他再次北上幽燕了。早在开元十八年（730）、十九年，诗人即曾北游燕赵，并短期从军，对边塞和军中的情况有所了解，有所不满。时过二十年，当他再度来到东北边陲时，非但依旧不能一伸长策，立功报国，反而得亲自遣送中原健儿，为安禄山补充兵员，岂非可笑而又可悲可叹！这年岁暮，诗人自青夷军返回，住在蓟县（范阳节度使治所，今北京大兴）萧寂的客馆里，不禁思潮翻滚，写下了这首诗。

诗凡十句，一、二句写登城远眺，"策马"而至，"长驱"而"登"，极有气势，大有志士临边，将塞上风云尽收眼底之概。三、四句写远眺所见，是一派荒凉、阴沉气氛，烘托出诗人抑郁、愁苦的心境。五句以下转入抒情，写登临边城所感。所感的内容，正如明人唐汝询所云："此志在安边伤不遇也。言我览观边塞胡虏之未宁，岂无安边之书可献乎？特以诸将巧诈以图爵赏，使贤者不能自达于上耳，是以徒抱孙吴之略而不得一试也。"（《唐诗解》卷九）其中"每愁胡虏翻"的"翻"字值得玩味。"翻"实即"翩"，飞也，此处有两层含意：言胡人剽疾，其倏然来犯，有如鸟之翻飞，是其一；言胡人叛而去我，有如鸟之飞扬，是其二。安禄山，史称为"营州柳城杂种胡人"，其时叛逆之迹已显，当然是诗人忧虑的焦点。又"诸将已承恩"，其首当然也是安禄山。天宝三载，安禄山身兼两镇节帅，六载，又兼御史大夫。玄宗宴勤政楼，百官皆坐楼下，独为安禄山在御前置榻；又特许禄山可自由出入宫掖。七载，又赐安禄山铁券。九载，安禄山进封东平郡王，又兼河北道采访处置使。如此种种，不一而足。公忠为国、屡以安禄山必反警告朝廷的大将王忠嗣被贬死，狡诈阴险的安禄山却大"承恩"，言外可见君主何等昏聩，时局何其淆乱！难怪怀抱孙子吴起的才略、有识有志的诗人，只能卑栖一尉，怏怏归来，闭门独处了。

此诗的佳处在于景、事、情一炉而冶、景物描写大处落墨，气吞山河，感情的抒发概括简净，而含蕴丰厚，苍茫宏阔的客观物象与忧深虑远的主观情志契合无间，熔铸为沉郁苍凉的意境，产生出动人的魅力。诗的语言刚健质朴，充分表现出高适"直举胸臆""气骨琅然"（徐献忠《唐诗品》)的创作特色。

（李云逸）

别韦参军

二十解书剑，西游长安城。
举头望君门，屈指取公卿。
国风冲融迈三五，朝廷礼乐弥寰宇。
白璧皆言赐近臣，布衣不得干明主。
归来洛阳无负郭，东过梁宋非吾土。
兔苑为农岁不登，雁池垂钓心长苦。
世人遇我同众人，唯君于我最相亲。
且喜百年有交态，未尝一日辞家贫。
弹棋击筑白日晚，纵酒高歌杨柳春。
欢娱未尽分散去，使我惆怅惊心神。
丈夫不作儿女别，临歧涕泪沾衣巾！

这是高适早年之作，大约写于开元七年（719）初游长安不遇，客居宋州（今河南商丘）以后。

诗凡四层。第一层八句，追叙弱冠之年初入长安谋取高位不成的经历。"二十解书剑"四句，写诗人少年有志，文武兼习，充满自信，自以为"取青紫如拾芥耳"。"举头"而望，"屈指"而计，生动地显示出青年诗人自视之高，对人生世相之缺乏认识。它表现了盛唐时期知识分子意气风发的精神状态，同时也暴露了青年人的涉世不深、脱离实际、耽于幻想。此二十字中，有一种悠游不迫、神采飞扬的情趣。"国风"二句是铺垫，进一步高扬（明褒暗贬，语含嘲讽）。大意说自己欣逢盛世，当今世风的淳厚超过了三皇五帝，朝廷的礼乐教化远播于普天之下。顺流而下，青年士人本当进身不难。然而，"白璧"二句却骤跌急转：如今天子已怠于求贤，他只管把黄金白璧赐予身边的近臣，布衣之士竟无法谒见天子，从而有所干请。至此，一腔热忱忽然撞在现实冰冷的墙上，诗人也从迷醉的梦境中惊醒过来，情绪于是由高扬而变为沉抑。

　　第二层四句，诉说求仕不遇、寓居梁宋后穷困落魄的生活。首句说故土没有祖宗留下的产业。负郭，即城郭附近肥沃的田地，出自《史记·苏秦列传》。苏秦说过："使我有雒阳负郭田二顷，吾岂能佩六国相印乎？"苏秦是东周洛阳人，所以"归来洛阳"一句中用洛阳指代故乡。次句说只好寄迹梁宋，心情也不舒畅。王粲《登楼赋》曰："虽信美而非吾土兮，曾何足以少留。""非吾土"出此，言他乡虽好，终非故土。梁宋，即唐宋州一带，是西汉梁孝王的封地。梁孝王曾在此大修宫室苑囿，筑兔苑，其中有雁池。诗人即在兔苑的废墟上种一点地，有时到雁池捕一点鱼（说成"垂钓"，有自比吕尚，待时而出之意）；因为年景不好，粮食歉收，捕鱼又难于度日，生活极为艰窘，内心时常是悲苦的。至此，已到"山重水复疑无路"之处。

　　第三层六句，乃忽然转入"柳暗花明"之界，叙述困顿落寞之中，幸与韦参军相知交欢之状。"世人"二句，说因为贫贱，趋炎附势的流俗遂把我等同于庸庸碌碌之辈，每每投以轻蔑的冷眼；独有韦参军能够知我爱我，肯与我订交，成为我最亲密的朋友。上句以流俗的态度作衬垫，下句中韦参军迥异于世俗的纯朴真诚的友谊愈显得可贵。"且喜"二句写韦参军对朋友的真率、热情，仗义疏财。"百年"，犹平生。"交态"即交情。二句大意说，韦参军向来只知道为平生得一知己而高兴，每当我生活上有困难时，他总是慷慨解囊，未曾有过一次，因为自己的家也不富裕而现出丝毫难色。"弹棋"二句，愉快地回忆平日二人亲密过从的情景，表现出忘形尔汝、兴高采烈的情态。"弹棋击筑，纵酒高歌"，写出文人雅聚的内容——琴棋诗酒，表现出知识阶层的兴趣特点。"白日晚"，既可见是日夕相处，也写出陶醉其中、不觉"白日"忽"晚"的自得感。"杨柳春"，则借春光旖旎烘托内心的欢愉；诗至此写得情致昂扬，达到了高潮。

　　第四层四句，复从极峰上急剧下跌，写分别的惆怅和临别的互勉。后二句从王勃的诗句"无为在歧路，儿女共沾巾"（《送杜少府之任蜀川》）变化而来，言大丈夫不当临歧洒泪作小儿女之别。惜别时仍发豪放之语，低回中不失昂扬之意，正可见诗人此时对前途尚充满信心，还是一个意气风发的少年。但必得以壮语自励始可分手，却也正见得交情之深，分别之难。

　　本篇以长篇独白的方式，直抒胸臆，感情充沛，喷薄而出，极为动人。作品的语言浑朴自然，整练概括，大体四句一顿，自为起结，而又脉络联贯，组织严密。作者巧妙地运用了铺垫、衬跌、对比、抑扬等手法，使诗意起伏跌宕，极沉郁顿挫之致。押韵平仄交错，句法骈散相间，五七言并用，显得气韵奔放流走，摇曳多姿。

（李云逸）

燕歌行 并序

开元二十六年，客有从元戎出塞而还者，作《燕歌行》以示适，感征戍之事，因而和焉。

汉家烟尘在东北，汉将辞家破残贼。
男儿本自重横行，天子非常赐颜色。
摐金伐鼓下榆关，旌旆逶迤碣石间。
校尉羽书飞瀚海，单于猎火照狼山。
山川萧条极边土，胡骑凭陵杂风雨。
战士军前半死生，美人帐下犹歌舞！
大漠穷秋塞草腓，孤城落日斗兵稀。
身当恩遇常轻敌，力尽关山未解围。
铁衣远戍辛勤久，玉箸应啼别离后。
少妇城南欲断肠，征人蓟北空回首。
边庭飘摇那可度，绝域苍茫无所有。
杀气三时作阵云，寒声一夜传刁斗。
相看白刃血纷纷，死节从来岂顾勋？
君不见沙场征战苦，至今犹忆李将军。

　　本篇是高适的代表作。关于它的题旨，一向有刺张守珪说，有刺安禄山说，都不免失之拘泥、穿凿。事实上，高适"喜言王霸大略"，常以安边为己任，对当代边防问题做过长期的观察和思考。开元十八年（730）起，又在东北边塞生活过三四年之久，《燕歌行》正是对诗人边塞生活的亲身经历和唐帝国长期纷繁的边塞战争的艺术概括。它并不为某一具体战役和某一特定个人而发。

　　诗凡三段。前八句为第一段，写敌犯我东北塞垣，天子命将，大军赴边。首二句发端突兀，接亦陡健，气势凌厉，如急流注坡，长坂走丸。"男儿"二句，一写健儿志气之豪，一写朝廷付托之重。"横行"，即驰骋沙场。"男儿本自重横行"，犹马援所谓"男儿要当死于边野，以马革裹尸"，句中有勃勃英气。"天子"句，写元戎启行，天子陛见，赐以温颜，可见朝廷信赖之深、期望之殷，与下文主将生活腐化、不恤士卒、轻敌致败恰成反照。"㧜金"二句写行军有声有色，显示出军容之盛。短短几句，唐军已自长安而榆关，而碣石，而瀚海，时空的大跨度跳跃，正表现出军情的紧急和行军的神速。

　　中间十六句为第二段，多角度地描写征戍之苦。又可分为三层。第一层四句写敌我鏖战。"胡骑"逼压我军，势如狂风骤雨，战斗的激烈、残酷可以想见。以下以对比手法，暴露军中的黑暗现实：战场上，健儿出生入死，奋力战斗；中军帐里，将军却沉溺声色，纵情享乐。元戎如此不以战士的生命为意，不以边防大计为意，焉能克敌制胜？这已为战争的黯淡前景埋下了伏笔。第二层八句写双方相持、唐军困守孤城及征夫思妇之怨。"大漠"二句勾勒出一幅苍凉雄浑的图画，造成一种悲壮的氛围。秋季草盛马肥，正是胡人昌炽之时。草衰，显示气候转寒，环境愈艰。"孤城"说明悬军远戍，孤立无援。落日西沉（那正是家乡所在的方向），暮色更易牵动乡愁。"斗兵稀"，是说除去伤亡者外，能作战的已经不多，可见战争的残酷与处境的危殆。仗何以打得这样狼狈？这都因为"身当恩遇"的将军非但不能励精报国，反而养成骄气，轻敌麻痹。至此一顿，战争的主线暂时断开；而副线——征夫思妇之怨出现，以战争的另一侧面与主线呼应。"铁衣"以下四句运用对偶，突出战争给征戍者夫妇双方造成的离别相思的痛苦和人民对和平幸福的向往。第三层四句，主线重现，再次渲染边塞的危苦荒凉和战地的阴森紧张。

最后四句为第三段，作者抒发感慨，表明对现实的评价。"相看白刃血纷纷"四句，大意说，战士彼此相看，但见每个人的宝刀上都沾满了敌人的血污。他们这样拼死苦战，难道就是为了获得勋劳爵禄吗？从来也不是；只是为了保家卫国，不惜牺牲，以尽人臣忠义之节。只是当今哪有"飞将军"李广那样公忠为国、威震匈奴、爱护士兵的将军呢？君不见沙场征战何等艰苦，可惜徒然辜负了无数健儿爱国的赤诚之心啊！诗到此结束，但它所提出的问题和那悠然不尽的弦外之音，却引发读者继续思考。

本篇在艺术成就上可称道之处甚多，最大特点是其高度的概括性。作者在二十八句里，描写了出师、行军、接敌、激战、困守等战争各个片断，再现了官兵各方面的活动，揭示了军中深刻的矛盾，暗示了战争旷日持久的内外根源，表现了征人思妇的相思怨慕，反映了战士的豪情壮志和渴望，含蓄地批判了朝廷任人不当和军政腐败——盛唐边塞诗所涉及的内容，几乎无不兼及。为了实现其高度的概括性，作者将时空跨度较大的许多画面，用类似蒙太奇的手法，组织起来，以主、副线交叉、点面、虚实结合的结构，烘托、示现、对比、对偶、比喻、夸张、反问、用典相互配合，从而使作品显得集中、精粹、包罗宏富。 （李云逸）

古大梁行

古城莽苍饶荆榛，驱马荒城愁杀人。
魏王宫观尽禾黍，信陵宾客随灰尘。
忆昨雄都旧朝市，轩车照耀歌钟起。
军容带甲三十万，国步连营一千里。
全盛须臾那可论，高台曲池无复存。
遗墟但见狐狸迹，古地空余草木根。
暮天摇落伤怀抱，抚剑悲歌对秋草。
侠客犹传朱亥名，行人尚识夷门道。
白璧黄金万户侯，宝刀骏马填山丘。
年代凄凉不可问，往来唯见水东流。

这是一首怀古之作。大梁，战国魏都，唐之汴州（今河南开封）。《新唐书·杜甫传》曰："尝从（李）白及高适过汴州，酒酣登吹台，慷慨怀古，人莫测也。"事在天宝三载（744），诗当作于此时。

首四句为一层，写驱马游览古迹之所见。"古城"，即魏都大梁（今河南开封西北）。时隔千余年，古城早已荡然无存，空旷的郊野上，但见荆棘丛生而已。魏王的宫殿楼阁已不复存在，遗址之上，弥望尽是禾黍；声闻邻国的信陵君及其三千宾客，也早已成为灰尘，飘得无影无踪了。

次四句反承上文，追思全盛之日堪称"雄都"的大梁。那时候，朝廷中卿士云集，街市上四民乐业，熙来攘往。大夫们的轩车交驰，光彩照耀，编钟奏出的乐声此伏彼起。国运赫奕，军容强盛，披甲之士三十六万，树栅连营，绵延千里。

第三层四句转折，在上文纵笔铺垫之后，又跌落到今日之衰。"全盛须臾那可论"七字，承上启下，发出深沉的感喟。对无限的历史长河说来，任何一个政权、一个时期，都不过只是顷刻而已，哪里值得评说呢！昔日的高台早已倾颓，曲池也已埋塞，废墟之上，但见狐狸的足迹和草木的宿根。

最后八句为第四层，是集中抒情，反复咏叹。在草木凋落的秋日黄昏，面对秋草萋萋的古城遗址，诗人不禁"抚剑悲歌"，感慨"伤怀"。作者为何对此而"抚剑悲歌"呢？这是很值得深思的。盖乌坠兔升，春秋代序，煊赫一时的魏国及其雄都大梁，咄嗟之间，便成陈迹，当年权倾朝野、富甲天下的万户侯连同他们的黄金白璧、骏马宝刀，而今安在哉！而往昔的"市井鼓刀屠者"朱亥，抱关击柝、看守夷门（大梁东门）的侯生，姓名却至今流布人口；可见金钱权势，都不能传世不朽，"古者富贵而名磨灭，不可胜记，唯倜傥非常之人称焉"，大丈夫生世，自当建功立业，垂英名于后世。然而君门万里，诗人历年求仕无成，英雄终无用武之地；想到岁月不驻，时不我待，想到七雄并立之时，列国君主求贤若渴，士人"或枉千乘于陋巷，或拥彗而先驱"（扬雄《解嘲》），诗人怎不

"抚剑悲歌"呢？由此看来，诗人在凭吊古迹之时，是怀着强烈的身世之感的。

本篇感情充沛，酣畅淋漓，慷慨悲歌，极为动人。它的显著特点，是采用了对比、衬托手法。作者以大梁今日之衰，反衬"雄都"昔日之盛，以朱亥、侯生的卑微而垂名后世，反衬公侯的富贵而湮灭无闻，以汴水东流的永恒反衬荣华爵禄的短暂不足恃，相反相成，相得益彰。在描写大梁今昔巨变时，作者选取了最典型的事物，来突出这一变化，如：以魏王宫观、信陵宾客、轩车歌钟、千里军营写昔日之盛，以荆榛莽苍、禾黍高低和狐狸秋草之类写今日之衰。在结构上，诗人将今昔盛衰、描述抒情穿插交织，使景、事、情、理融为一体。语言、韵律方面，诗人采用骈散结合、隔联相间的形式，如一、三、五、七各联散行，二、四、六、八各联均用对仗；大体四句一组，一组中一韵到底（每组第三句概不用韵）；邻组之间，平、仄韵相间，如第一组用平声"真"韵，第二组用上声"纸"韵，第三组用平声"元"韵，第四组押上声"皓"韵，第五组押平声"尤"韵。这样，全诗显得既典重整齐，又流走灵动，节奏鲜明，极富于音乐性。

（李云逸）

封 丘 县

我本渔樵孟诸野，一生自是悠悠者。
乍可狂歌草泽中，宁堪作吏风尘下？
只言小邑无所为，公门百事皆有期。
拜迎官长心欲碎，鞭挞黎庶令人悲！
归来向家问妻子，举家尽笑今如此。
生事应须南亩田，世情付与东流水。
梦想旧山安在哉，为衔君命且迟回。
乃知梅福徒为尔，转忆陶潜归去来。

　　这是一首咏怀诗，写于天宝十载（751）诗人任封丘尉后期郁郁不得志、打算弃官之时。

　　诗人高适素有大志，"语王霸衮衮不厌"，"以功名自许"（《新唐书》本传），然而怀才不遇，隐迹渔樵多年。迟至五十岁，始以制科及第解褐为封丘（今属河南）尉。初得官时，诗人是兴奋的："此时亦得辞渔樵，青袍裹身荷圣朝，犁牛钓竿不复见，县人邑吏来相邀。"（《留别郑三韦九兼洛下诸公》）可是县尉只是一个仰人鼻息的佐贰之官，职责是"亲理庶务，分判众曹，割断追征，收率课调"（《大唐六典》卷三十），事务极繁剧，而对一县政治良窳、民生甘苦却无可为力；县尉又是直接临民施政的下层官吏，是封建国家横征暴敛、压榨人民的工具，这同高适的政治抱负更是相悖。所以赴任未久，诗人就厌恶透了。《封丘县》就是这种心境下的产物。

第一层八句，写做县尉的种种不堪，抒发烦乱懊悔、委屈痛苦的心情。"我本渔樵孟诸野，一生自是悠悠者"，劈头就回顾怀恋作尉以前虽清贫，然而自得恬适的隐居生涯。"孟诸"，古泽名，故址在今河南商丘东北。"悠悠者"，安闲自得、无所牵挂的人。"自是"，言本性如此。"乍可狂歌草泽中，宁堪作吏风尘下？"以昔日的自由安适，对比今日的侘傺疲惫，写出深深的烦恼懊悔。"乍可"（即"只可"）与"宁堪"对照，强调今日劳碌风尘、奔走作吏，何等违反自己的本性。以下具体而概括地自诉"作吏风尘"之苦。封丘是小县，原以为事务有限，可以清闲度日；殊不料竟是公事猬集，期限有定。更令人不堪的是，对长官须毕恭毕敬，躬身作揖，这种繁文缛节严重摧辱着诗人那颗自尊自负的心；对百姓则须催租逼赋，倘有拖欠逋负，又须奉命鞭挞督责，致使呻吟号呼之声，日闻于耳，这更时刻压迫、刺痛诗人那颗仁民爱物之心。

后八句为第二层，写在职而思归隐，欲隐而又不得的矛盾、困惑。原想做官，得了官却又觉得难做，委屈，痛苦，矛盾，惶惑，难以自拔，只好回到家里，问妻室儿女：到底该怎么办？原来家人的想法一样，听了诗人的诉苦以后都笑了起来。"妻子"之笑"今如此"，显见是拿诗人平日的抱负和今日的屈就、所为相比较。既然理想无法实现，倒不如仍然归去种田，什么事父事君、立言立功之类（"世情"，即儒家的积极入世之情），都一概付之"东流"，随它去罢！然而，真要归耕，他又不易下定决心："梦想旧山安在哉，为衔君命且迟回。"在那梦缠魂绕的故乡，祖宗留下的旧业何在？要归隐，哪有条件？这真是"谋官谋隐两无成"了。权衡之下，只得姑且受命奉职，然而归隐愿望却十分强烈。他在犹豫困惑之中，不禁想起了与自己处境类似的古人，觉得只有到今天，才真正深刻地理解了梅福（西汉九江寿春人，任南昌尉，值成、哀之世，因弃官而归。）和陶潜。倘上无明君，吏治败坏，一个小小县尉纵有满腔报国热忱，又能如何呢？难怪梅福要弃南昌尉而隐居求仙，陶潜要辞彭泽令而赋《归去来》了。诗以用典作结，抚今思昔，感慨遥深。

此诗直抒胸臆，痛快淋漓。作者一腔悲愤抑郁，积蓄既久，其发至速。诗人以内心活动的自然逻辑组织作品，顺势而下而波澜起伏，一气贯注而针线细密。首言久习纵放、不堪作吏，次写"作吏风尘"的种种痛苦，中以"归来""问妻子"为过渡，下文乃抒写弃官归耕的愿望。然欲归隐而无"旧山"可依，故心中迟疑不决。最后写虽不得归，然梅福、陶潜，无日不在心目，终欲效之。其犹如峡谷之水，急流而下，一气奔涌，至于跌入深潭，也只是暂时打几个漩，不久还是要冲决而出的。作品的语言质朴洗练，一联散行，一联对仗，交错成文，押韵平仄相间，既凝重整饬，又流走自然，有抑扬顿挫、回旋往复的旋律美。

（李云逸）

人日寄杜二拾遗

人日题诗寄草堂，遥怜故人思故乡。

柳条弄色不忍见，梅花满枝空断肠。

身在南蕃无所预，心怀百忧复千虑。

今年人日空相忆，明年人日知何处？

一卧东山三十春，岂知书剑老风尘。

龙钟还忝二千石，愧尔东西南北人。

　　高适跟杜甫是多年的好朋友，至迟在天宝三载（744）与李白同游梁宋时，二人即已订交。五载，又于济南相聚。十一载，高适辞封丘尉抵长安，复得与杜甫过从，同游慈恩寺，登雁塔赋诗。十三载夏，高适以河西节度使府掌书记随哥舒翰入朝，复与杜甫相聚。高适西归，杜甫曾为他送行，别后，又一再寄诗问候。安史乱起，二人虽连年未能相见，但彼此的心则始终连在一起。说来也巧，乾元二年（759），命运竟驱使两位老友一先一后来到西川，五月，高适由太子少詹事改彭州（今四川彭县）刺史，年底，杜甫自秦州（今甘肃天水）携家飘泊到成都。二人相距过百里，所以常以诗篇相赠酬，生活上，杜甫又不时得到高适的周济。上元元年（760）九月，高适转蜀州（今四川崇庆）刺史，杜甫乃赴蜀州，分别数年的老友始得再度见面。翌年正月初七（即"人日"），高适仍在蜀州，写了这首诗，寄给时已卜居成都西郊浣花溪畔的杜甫。

诗凡三层。第一层四句，首句点题，次句以下致体贴、同情之意。大意说，遥思飘泊异域的老友，虽在人日，而值此国破家亡之时，一定是为想念故乡而满怀愁绪吧。见柳条弄色，则不免感春归而人犹未归；观梅花满枝，则难禁乡思与春花同发。原本赏心悦目的春光，在客子看来，却徒然使人断肠而已。这几句，乍看是在体念老友的心境，其实同时也是在述说自己的心境。这是因为一则作者也是作客他乡，二则从下文可知，当时作者自己心绪也不好。

二、三两层各四句，是向老朋友倾吐衷肠，诉说自己忧时念乱、壮志不遂、有负平生、愧对老友等复杂的情怀。诗人高适素来"喜言王霸大略，务功名，尚节义，逢时多难，以安危为己任"（《旧唐书》本传）。安史入关，他初因驰谒玄宗于河池郡（今陕西凤县），陈潼关败亡之势，为明皇所嘉，迁侍御史、谏议大夫，继而肃宗又赏识他曾切谏上皇诸王分镇之策，召授淮南节度使。方将大用，而宦官李辅国畏忌，以谗毁之，乃左授闲职，未几，又出牧外州。所以，第二层四句，即诉说这种蹭蹬失意的牢愁。"身在南蕃"二句，言值此大乱方炽、干戈扰攘之际，自己却横遭排挤，身离枢要，僻处西南，不能参与朝政，徒然忧国悯民，百端交集。"今年人日"二句，则是说邦国多难，小人盘踞君侧，贤能之士不得久于事权，因此官无常职，抒发出一种身难自主、进退由人、前途未卜的迷惘不安。

末四句是第三层。"一卧东山"二句是抚今追昔，抒发身世之感。自言早年隐居渔樵，读书习剑，犹如谢安的高卧东山；以才兼文武之身，历经三十春秋，求仕无成，艰难竭蹶，始得微职。本图济代安人，孰料衰暮之日，竟徒然奔走风尘，作吏他乡，实在有愧于随身的书剑！"龙钟"二句，又由自己想到故人。大意说，在这万方多难之时，故人尽管失职在野，然而仍然一如先圣孔丘之栖栖遑遑，志在君国，依止无定。（《礼记·檀弓》曰："今丘也东西南北之人也。"）而像我这般老迈疲癃之人，却忝居刺史之职，坐食俸禄，并不能为朝廷建一策、献一奇。古人云："四郊多垒，大夫之耻也。"思想起来，我岂不愧对老朋友吗？这样结尾，既挽合开头怜念故人之意，又呼应"身在南蕃无所预"的牢骚不平之情，显示了诗人不甘安于小成、极想大有作为的强烈使命感和"烈士暮年、壮心不已"的积极用世的品格。

　　本篇题为寄赠，实则是志一时之感的咏怀之作。全诗语言质朴无华，而真情流贯，感慨遥深，极为动人。大抵最动人之情有二，诚如杜甫在十年后所写的答诗中所说，是"叹我凄凄求友篇，感君郁郁匡时略"（《追酬故高蜀州人日见寄并序》）。首四句感念故人，设身处地，体贴入微，适足以说明相知之深，情谊之厚。五、六二句，"身""心"对比，以见虽遭摈斥，而志在君国，徒有"匡时略"而无可施展。九、十两句，以三十年苦学书剑与作吏风尘相对，形成巨大反差。凡此，都写得语省净而意概括。难怪杜甫"读终篇末"，会"泪洒行间"了（同前）。

（李云逸）

使青夷军入居庸三首

匹马行将久，征途去转难。
不知边地别，只讶客衣单。
溪冷泉声苦，山空木叶干。
莫言关塞极，云雪尚漫漫。

古镇青山口，寒风落日时。
岩峦鸟不过，冰雪马堪迟。
出塞应无策，还家赖有期。
东山足松桂，归去结茅茨。

登顿驱征骑，栖迟愧宝刀。
远行今若此，微禄果徒劳。
绝坂水连下，群峰云共高。
自堪成白首，何事一青袍！

天宝九载（750），高适奉命自封丘遣送戍兵赴青夷军（范阳节度使所辖，驻妫川郡，在今河北怀来县东）。岁暮使还，入居庸关

（在今北京昌平县西北），写下了这一组诗。其主旨是叹行役、慨卑宦、思归隐，而三首各有侧重。

第一首叹行役，由打从青夷军启程南归时写起。首联以慨叹发端，抒发登程之时，预想匹马远行、征途较来时更难的一腔愁绪。以下多次渲染一个"难"字。颔联从中原人的感觉中，写出塞外严冬出奇的寒冷。颈联写征途所见所闻，以冷寂萧索的景物烘托孤独愁苦的心情。尾联与开端呼应，瞻念前途，作内心独白，叹行路之难：不要说关塞绝远，更何况还是寒冬腊月，白雪皑皑、天低云暗呢。

第二首写思归隐。首联从黄昏时分抵达居庸关落笔，是点题，景物中透出一种凄清落寞的气氛。颔联出句以夸张之笔写关城所在的山峦之高峻，对句言山路崎岖，加之冰冻雪滑，征马只能缓缓前行，还是写征途之"难"。颈联以下抒情。高适为人胸有大志，才兼文武，早年曾浪游幽蓟，颇留心于帝国边防大计，期望能立功边陲。其为诗，一则曰："倚剑对风尘，慨然思卫霍。"（《淇上酬薛三据兼寄郭少府微》）再则曰："常怀感激心，愿效纵横谟。"（《塞上》）对朝廷之用将非人、军政失宜，他也曾屡屡致慨。此次送兵青夷，眼见东北边塞险象环生，诗人对玄宗宠任安禄山更是深感忧虑。然而，区区一个县尉，能奈此现状何？所以只能哀叹"出塞应无策"了。所幸公事一毕，即可如期南归："还家赖有期。"既不能一伸素志，又何必眷恋这点微禄，徒然奔走风尘之中？倒不如效谢安之高卧东山，养气待时；所以尾联曰："东山足松桂，归去结茅茨。"二句正面表明归隐的愿望。松桂经冬不凋，桂花馨香远播，诗人于

"东山"种种可怀的事物中独独拈出"松桂",乃是像喻诗人希望以归隐保全高洁的节操,不肯为功名利禄降志辱身、随俗俯仰的意思。

第三首慨卑宦,承前首之意。首联对起,写由居庸关继续南行的情景。"登顿",即上下,言时而登山,时而下坡。"栖迟",即栖止,指驻马小憩。二句大意说,驱马赶路,则十分劳苦;驻马休息,则忧从中来,深觉有负于随身的宝刀。行亦忧,驻亦忧,写尽归途中的厌倦和惆怅。颔联言如此远行,于国无功,于身无益,只徒劳耳。"微禄",借代俸禄微薄的县尉。"徒劳"又遥承次首"出塞应无策"之句。颈联借景物写"登顿",一俯一仰,通过高低对比、景物变换,造成行进的动感和山高谷深、上下艰难的印象,再次渲染一个"难"字。尾联是该首诗的结尾,也是一组诗的结束,故有条条江河归大海的气象,言以上种种情景,自然催人白头,令人不禁懊悔地自责:何以要用此一领青袍(县尉为九品官,唐制,八、九品官服色用青)裹身,"使我不得开心颜"呢?

这组诗沉郁雄浑,至情动人。其显著特点是章法严密。各首意有侧重,写法不一,相对独立,而又秩序井然,连成一气,相互呼应,逐步深化主题。如第一首自青夷军写起,迤逦而来,次首正写入关,末首写离关而去,次序不可变乱。再如发端写行程久、征途难,此意领起、笼罩全诗,故只能置于首篇首联。"莫言"二句自是行进不驻的语气,故置于首篇结尾,诸如此类,都颇具匠心。又如:诗中写跋涉之苦,先点出一个"难"字,以下即以衣单溪冷、寒风落日、岩峦冰雪、绝坂群峰等层层渲染;写卑宦之叹,一则曰

"出塞""无策"，再则曰"愧"对"宝刀""微禄""徒劳"，三则曰"自堪""白首"，反覆抒写，遂使情景契合无间，诗意沉至深厚。高适特擅七古，至其五律，身手也自不凡，故明人高棅尊之为五律正宗，称其"骨格浑厚"（《唐诗品汇·五言律诗叙目》），此篇亦足可见之。

（李云逸）

送郑侍御谪闽中

谪去君无恨，闽中我旧过。

大都秋雁少，只是夜猿多。

东路云山合，南天瘴疠和。

自当逢雨露，行矣慎风波。

诗人的朋友郑侍御，名字里贯不详。侍御，京官，属御史台，唐人称殿中侍御史、监察御史皆曰侍御。郑侍御因罪被谪闽中（今福建），其地远在距长安五千里之遥的东海之滨，卑湿炎热，风习殊异，向被视为百越蛮荒之地，友人的悲伤抑郁可想而知。因此，临别赠诗，自当尽力宽慰譬解，以减轻其精神上的重负，使他能够较为轻松地应付人生道路上难免会有的这种挫折。诗人正是这样落笔的。

"谪去君无恨"（无，通"勿"），发端即诚挚亲切地劝慰故人不要难过。"闽中我旧过"，次句说那地方我以前去过，言外之意是，闽中并不可怕，中原人在那里是可以适应的。此句总领下文，自然过渡到对闽中的介绍，语意一直涵盖到末句。诗人作为朋友，又曾到过闽中，熟悉那里的情况，他的介绍自然可信，对郑某当然是极大的安慰。

　　"大都秋雁少，只是夜猿多"，这是讲闽中的物候特点。"大都"，犹"大致"。传说秋雁不过衡阳的回雁峰，闽中更远在衡阳东南，故曰"秋雁少"，言外是说地方僻远。古代又有鸿雁传书的传说，"秋雁少"，言外又有寄书不易，难于常与亲朋联系之意。"夜猿多"，一则猿喜欢栖息山林，猿多可见山多林密，人烟稀少，空寂荒凉；二则猿鸣凄厉，迁客夜闻，会难以成眠。二句乍看是客观的陈述，实则是饱含担忧、怜惜之情，设身处地，预为故人着想，情调是压抑的；但由于以"大都""只是"带起，言外有"无非如此"之意，便赋予达观的情趣，冲淡了其中的哀愁，使之深挚而不哀伤，恳切而不低沉。

　　"东路云山合，南天瘴疠和"，是讲闽中的地理、气候。闽中多山，峰峦合沓，云雾弥漫。如此则出入艰难，逐臣困于跋涉，亲友亦难相随，这是从不利的一面说。然而，较之岭南、黔中，瘴疠的为害却并不烈，这倒是差可慰藉的。

　　尾联复以未来的光明前途给故人以鼓舞：如今朝廷宽仁，恩泽屡降，君不久必当欣逢赦宥，归朝起用。末句既鼓励故人勇敢前行，又叮嘱他途中注意安全。至此，送别之情已写得极为周详恳切，缠绵动人。

　　本篇抒情淳挚深厚，语言平淡自然，浑成含蓄，结构严整，格律精工，立意婉曲。作者立足中原，而已神驰闽中；甫在送别，而已盼其归朝；送行在今，却又笔笔往昔、思兼来日。全诗有同情，有宽慰，有鼓舞，有叮咛，显得抑扬起伏，往复回旋，兴象宏阔，意境深远。

（李云逸）

送前卫县李寀少府

黄鸟翩翩杨柳垂，春风送客使人悲。

怨别自惊千里外，论交却忆十年时。

云开汶水孤帆远，路绕梁山匹马迟。

此地从来可乘兴，留君不住益凄其。

　　本篇《文苑英华》题作《东平别前卫县李寀少府》，诗中又提到汶水梁山，可知为天宝六载（747）春高适游东平（郡名，治须昌，在今山东东平县）时所作。卫县（今河南淇县），属汲郡。唐人称县尉为少府，李寀时已卸任，故称"前"。

　　诗的前半写未分手时，后半写已分手后。首联上句起兴，寓情于景，以黄鹂飞舞、柳丝低垂的乐景，反衬分别的惆怅是一层，以鸟儿相逐于柳荫深处，与人方送别恰成对比又是一层；下句点题，言值此春风骀荡之时，我方"送客"，此情何堪？发端二句，已造成凄迷怅惘的氛围并使之笼罩全篇。

　　颔联承上，上句说"送客"何往，下句写"客"为何人，落实"悲"的原因。原来，故人并非小别而暂去附近某地，而是将要到千里之外的远方去；别离既久，再见必难，故使我心"惊"且"怨"。故人又非新知，回想起来，已是有十年交情的老朋友了。

"当此之时，即新知近地，且犹不可，况以十年之谊，而为千里之游乎?"(《唐七言律诗笺注》卷一赵臣瑗语)

颈联以景语承之，把描写、叙事、抒情融为一体，写别后的情景。上句写"客"去，白云开处，但见汶水（水名，在东平）之上，一片孤帆，渐去渐远；下句写"我"归，单骑绕梁山（在东平）而行，无精打采，懒得举鞭，所以一任马儿慢慢腾腾地走着。"孤""远""匹""迟"四字，颇值得玩味。

至此，写送别之意已经完足，尾联乃补写东平，犹如一声长长的叹息，"言今日设无此别，则此处与君正堪乘兴，而今已不必说也"(《唐才子诗集》卷四金圣叹语)。作者此时也是作客东平，客中送客，顿失慰藉，所以倍感"凄其"。

这首七律抒写离情真挚浓郁，凄惋动人。作者妙用比兴、对比、烘托、示现等手法，语言清新自然，浑厚含蓄，使作品显得意象优美，境界深远。清人沈德潜赞之曰："情不深而自远，景不丽而自佳，韵使之也。"(《唐诗别裁集》卷十三)他之所谓"韵"，实即诗的意境。

（李云逸）

营 州 歌

营州少年厌原野，狐裘蒙茸猎城下，
膚酒千钟不醉人，胡儿十岁能骑马。

　　营州是唐代东北重镇，开元七年（719），设平卢节度使，治所在柳城（今辽宁朝阳）。其地西北接奚，北接契丹，是多民族杂居之地。此诗写东北地区少数民族的生活习性，赞美其自幼游牧射猎、热爱大自然和粗犷、勇武、豪迈的精神风貌。

　　一、二句写营州少年的日常生活，其特点是"厌（饱也，犹如说饱经、惯于）原野"。游牧民族从事畜牧业生产，惯于过野外生活，天天在茫茫草原上沐浴风日，冲犯霜雪，较农业民族更亲近大自然。这种生活锻炼出他们强壮的体魄、坚韧的意志，也养成他们酷爱自然和自由不羁的性格。"狐裘蒙茸"，写少年穿着毛茸茸的狐皮袍子，"猎城下"，写少年勇敢、尚武的行动。仅用两句，已活画出一个健壮、活泼、勇敢、英俊的少数民族少年的形象。第三句写其地酒薄，而其人嗜酒能饮，粗犷、豪迈。第四句撇开少年，泛写"胡儿"，以侧面烘托之笔，既补写出营州少年高超的骑术，"十岁""胡儿"既能"骑马"，则"少年"的骑术自可想见，又使个别与一般、点与面相结合，表现出这个民族勇武剽悍、坚强豪迈、精于骑射的总体特点，遂使这首小诗成为一幅生动的少数民族的民情风俗画。（李云逸）

别　董　大

千里黄云白日曛，北风吹雁雪纷纷。
莫愁前路无知己，天下谁人不识君？

董大，当即董庭兰，天宝中著名的古琴演奏家，曾游给事中房琯门下。天宝六载（747），房琯因事贬谪，董庭兰或因此离京。冬，抵睢阳，得遇高适，旋离宋州（即睢阳，今河南商丘），高适因赠诗以别之。

首句以写景兴起，发唱警挺，大刀阔斧，以纵肆粗放之笔，写出日暮云昏、大愁地暗的景象。次句仍以景物承之，写天气骤变，北风凛冽，大雪纷飞，鸿雁哀鸣，造成风威雪猛、肃杀荒凉的氛围，一则以大雁离群托喻朋友的分别，一则烘托出故人临歧的惆怅。二句写得真挚悲怆，却自有一种健举挺拔之气回旋其中。此皆因诗人年近五十尚沉沦草泽，蹉跎无成，董大则虽以一艺蜚声海内，但并无官职，飘泊无依。二人怀才不遇，同病相怜，倍感伤怀，故一片真情出自肺腑；而高适又是一个抱负宏大、才兼文武的诗人，他气魄豪迈，胸襟开阔，虽半生坎坷，对前途却不曾丧失信心，同李白一样，也相信"天生我材必有用"，因此虽悲怆而并不颓丧。唯其如此，故第三句果能以掣鲸碧海之力陡然一转，末句复以充满信心和力量的语气慰藉朋友，言外之意说：以天下之大，何处无识才知音之人？以真才实学，又何患无所遇合而不得知己？这是在安慰朋友，又何尝不是在自勉自励？这诚挚的情谊、豪爽的话语，对即将踏上茫茫征途的董大，该是多么巨大的鼓舞啊！

此诗之所以脍炙人口，正是因为其真情流贯，出自肺腑，雄浑悲壮，豪迈健举，确是盛唐特色，在送别诗中，可谓独具一格。

（李云逸）

崔　曙

崔曙（生卒年未详），宋州（今河南商丘）人，开元二十六年（738）登进士第。殷璠称其诗"多叹辞要妙，情意悲凉，送别登临，俱堪泪下"（《河岳英灵集》）。《全唐诗》收其诗一卷，共十五首。　　　　　　　　　　　　　（汪涌豪）

奉试明堂火珠

正位开重屋，凌空出火珠。

夜来双月满，曙后一星孤。

天净光难灭，云生望欲无。

遥知太平代，国宝在名都。

这是诗人为应试而作的一首咏物诗。唐封演《封氏闻见记·明堂》谓：垂拱四年（688），武则天于东都造明堂，为亲祀之所，后毁于火，敕重造。"开元中，改明堂为听政殿，颇毁彻而宏规不改，顶上金火珠迥出空外，望之赫然。省司试举人作《明堂火珠诗》，进士崔曙诗最清拔。""明堂"是帝王宣明政教的地方，凡朝会及祭祀、庆赏、选士等大典，均在其中举行。"火珠"指宫殿塔庙建筑正脊上作装饰用的宝珠，因珠的周围匝以两焰、四焰或八焰等不同形式的纹饰，故曰火珠。崔曙此诗所描绘的，正是这种饰物。

　　首联写明堂建筑宏伟,重楼叠屋,故屋脊上的火珠便有凌空出世之势。又因为明堂是统治者宣明政教的地方,凡所号令皆由此出,故当初建造时很有一番讲究,不但建筑物本身有一定规格,如"上圆下方,八窗四达",且地势选择上也有特别的讲究,须"在国之阳"(《孝经》),此所谓"正位"。"正位"而复"重屋",皆是为"凌空出火珠"作铺垫。接着四句结合不同的天时,描写火珠的晶亮、耀眼。傍晚,它熠熠闪光,与月亮相辉映;破晓,它又如一星孤悬天边,光亮不灭。天高云淡之时,阳光的照射并不能减去它的光辉;只有云接天涯之日,它才若隐若现,变得闪烁、朦胧起来。这两个对句状景生动细腻,既补足火珠凌空出世之意,又写出了它光亮无比的风姿。与李白的"水摇金刹影,日动火珠光"(《秋日登扬州西灵塔》)有异曲同工之妙。尾联依奉试诗惯例,由火珠述及对太平盛世的称颂,仍紧扣题目,以火珠象征大唐气象,反映了诗人此时明快开朗、奋发有为的精神状态。

　　崔曙一生作诗不多,赖以树名的只有这一首。据计有功《唐诗纪事》载,作此诗后的第二年,诗人就去世了,留下一女名曰"星星"。这首诗竟成谶语,实在令人惋惜。

(汪涌豪)

九日登望仙台奉呈刘明府容

汉文皇帝有高台，此日登临曙色开。
三晋云山皆北向，二陵风雨自东来。
关门令尹谁能识，河上仙翁去不回。
且欲近寻彭泽宰，陶然共醉菊花杯。

　　这是一首投赠诗，作者写给一个做县令（唐明府即县令）的朋友，写于何时则不详。"望仙台"在今陕西鄠西县。相传河上公曾在此授文帝《老子》一书，别去后不见影踪，帝感其义，于西山筑台望之。

　　首句直切题意，写自己于九日清晨登望仙台远眺。接着两句写登楼所见：三晋之地高山峻岭北向而列，东、西二陵风雨由东飘来。前句实写，后句虚写。"三晋"即韩、赵、魏，战国时此三家分晋，此处泛指今山西、河南、河北等地的一部分。"二陵"即两个古陵墓，《左传·僖公三十二年》记载，殽地有二陵，南为夏后皋之墓，北为文王避风雨处，故址在今河南洛宁县北。至此登台一意写尽，底下转入呈刘明府一意。"关门令尹"指尹喜。他隐德修行，为世人不知，一日见紫气东来而知老子至，出关迎之，老子授以《道德经》。后与老子"俱游流沙，莫知所终"（《列仙传》）。"河上仙翁"则指上面提及的河上公（事见《神仙传》）。此处以尹喜与河上公比刘明府。最末两句用陶渊明（陶氏曾为彭泽令）当菊醉酒典，邀请刘与自己一起对菊饮酒，以应重阳。《南史·隐逸传》记陶渊明尝于九月九日出宅坐菊丛中，俄有白衣人送酒至，乃王弘所使，于是畅饮至醉而归。此处以陶氏比刘明府，既切时令，又合场景，让人想及作者的朋友也是一个抱道自守的高士。

全诗紧扣题意展开，前半首写登台所见，后半首及邀友之意，结构谨严，整然有序。诗韵随内容而转换，引用故事能贯穿上下，浑然无迹。

（汪涌豪）